司南
神機卷
下

目錄

第一卷

神機

第十章　靈犀相通

回程時已是日近中午。

輕舟在熹微晨光中橫穿西湖，萬頃風荷碧葉如浪濤起伏，朵朵蓮花則如紅魚穿梭游曳在碧浪之間。

嫩生生的荷花蓮蓬擦著船身而過，卓晏看見朱聿恆扯了幾支蓮蓬與花朵，握在手中。

回到樂賞園，桂香閣內，阿南正在梳妝，隔窗看見朱聿恆手中的荷花，揚了揚眉。

朱聿恆悶聲不響，將花與蓮蓬遞給阿南。

「一大早替我摘荷花去了？」阿南笑著抱過，將蓮蓬擱在旁邊，抬手在荷花苞上輕拍。

她用這麼粗暴的手法對待如此嬌嫩的花朵，但這粗暴又確實是有效的，那些緊緊包裹的花朵，在她的拍打下，花瓣在他們面前次第張開，如同奇蹟。

朱聿恆看著她那隻殘暴擊打花朵的手，看著手上那些陳年的傷痕，心想，不知道她是三千階的時候，是怎麼樣的一個女子呢？

也像現在這樣，每天懶洋洋的，把利刃深藏在骨子裡嗎？

「阿言你知道嗎？」她抱著已經盛開的花朵，示意他與自己一起去前廳吃飯，朝他笑道：「你是這世上，第一個送我花的人。」

公子也沒送過嗎？朱聿恆心中想著，朝她略一揚脣角，沒有說話。

走在他們身後的卓晏在心裡感嘆，殿下明明說對阿南沒興趣的，可現在這模樣，哪像是沒興趣的樣子啊，甚至已經到了寵溺的地步了……

只是忽然之間，他想起今日殿下對諸葛嘉所說的話，頓時如遭雷擊，呆立當場。

是一頭好鷹。

養不熟、馴不服、熬不成的一頭鷹，諸葛嘉終於讓牠站在了自己的護腕之上。

滴水不漏、身分未明的公子，也被安排了一個馴鷹人。

那麼，打不過、抓不住、騙不到的這樣一個阿南呢？

他膽顫心驚地抬頭看前面這一對人。

朝陽下的花朵帶著煙霞般的色澤，渲染得抱著花朵的阿南雙眸晶亮，雙脣鮮豔，明燦如此時日光。

而站在她面前的皇太孫殿下，長身玉立，光華灼灼，他低頭看著她手中的花朵，抑或是在看著她，目光溫柔。

在風月場中混了這麼多年的卓晏，竟一時也不敢斷定，殿下是否真的想要馴一馴阿南這隻鷹。

或者，他真的能夠讓她放棄自己原來的天空，改而站在他的手腕之上嗎？

三人來到堂上，朱聿恆詢問卓晏：「你娘的身體可好些了？」

卓晏搖頭，一臉擔憂：「本來只是心痛，不知怎麼的，早上開始發熱了，見風就頭痛。就連我在旁邊發出一點聲音，她也受不了，把我趕出來了。我娘之前一直脾氣很好的呀……」

阿南在旁邊剝著蓮蓬，微微皺眉，問：「被貓抓了之後就這樣嗎？」

「是啊，怪怪的……」卓晏憂愁道。

「我去探望探望她。」阿南也不管自己抱著荷花了，轉身就往卓夫人住的正院走去。

卓晏想要攔她，但見朱聿恆也跟她前去，只能摸不著頭腦地跟在她身後：「可是，我娘現在連我都不想見，要不妳還是下次向她問安吧……」

「你家的貓，在園子裡會亂跑嗎？」

卓晏沒想到阿南突然問這種無關緊要的事情，疑惑道：「這山上到處都是老鼠鳥雀，院牆上又是漏窗，跑出去肯定是有的……」

阿南加快了腳步，走到堂上才發覺自己懷中還抱著那束荷花，見博古架上有個高大的青玉瓶子，便把幾支荷花往裡面一插，快步就向旁邊廂房走去。

廂房房門緊閉，門外兩個婆子正忐忑不安地守在外面。見他們三人過來，忙躬身行禮。

卓晏聽裡面並無聲音，便問：「我娘睡下了嗎？」

「夫人……夫人嫌我們吵鬧，讓我們都出來了。實則……」桑婆子苦著臉，無奈道：「我們都不敢說話了，也已經盡力放輕腳步了，夫人又說我們衣服摩擦有聲音……」

阿南聽到此處，二話不說，抬手就去推門。

眾人沒想到這個客人會直接推門進屋，一時阻攔不及，房門洞開，只聽到裡面一聲輕細的驚呼。

黑洞洞的屋內照進一點光，他們看見床幃內一條身影縮在床角，將自己蜷成一團，瑟瑟發抖。

卓晏一見如此情形，忙一個箭步衝進去，急問：「娘，娘您哪裡不舒服嗎？是我啊，晏兒！」

「晏……晏兒……」卓夫人的聲音又低又細，顫抖著伸出一根手指。「把門關上，太刺眼了，眼睛睜不開……」

這氣若游絲的聲音，讓卓晏十分揪心，抬手將床幃掀起一點，見母親蜷在床上，將臉死死埋在膝上，趕緊衝外面喊：「叫大夫啊，快叫大夫！」

「不要大夫，太吵了，我要安靜待著……你把門關上，太冷了，太亮了……」卓夫人喃喃道，聲音嘶啞乾澀。

阿南聽她喉嚨都劈了，便去倒了一杯茶，掀起一點簾帷，遞進去給她：「卓夫人，喝點水潤潤嗓子吧……」

那水還沒遞到她面前，只聽得一聲尖叫，卓夫人貌若瘋狂地抬手，打翻了她手中的茶水，驚叫：「不要！不要！你們給我出去，出去！」

那杯茶水被打翻，全都潑在了阿南的身上，她卻彷彿毫無察覺，只輕吸了一口冷氣，對卓晏說：「阿晏，你出來一下。」

「我……我娘這樣，我……」他本來想拒絕，但見母親已經狂躁地扯過被子蒙住了頭，也只能驚懼地跟著阿南出了門。

阿南將門帶上，低聲說：「讓你娘先一個人待著吧，你別進去，最好也別讓別人接近，我去找找看她的貓。」

卓晏忙問：「就這樣待著？我娘這情形……不對勁啊！」

「千萬別進去，更不能被她弄傷。」阿南丟下一句話，轉身就走。

那隻抓傷了卓夫人的「金被銀床」，被發現卡在花窗的孔洞之中，頭和脖子也不知被什麼野獸咬去了，只剩下後半截身子，死得十分恐怖。

阿南死死盯著那黃白相間的軀體，呆了許久。

朱聿恆見她神情如此可怕，低聲問她：「恐水症（註1）？」

「恐怕是。」阿南捂著眼睛，深深吸氣，嗓音喑啞：「葛洪《肘後方》中說，被狂犬咬傷者，可取犬腦趁熱敷於傷口，或可救命，但現在……這貓已經……」

見她肩膀微顫，方寸大亂，朱聿恆下意識抬起手，輕輕撫了撫她的後背，以示安慰。

他聽到她微顫的聲音，有些虛弱：「我……我不知該怎麼對阿晏說。」

朱聿恆也是沉默，兩人站在廊下，聽著山風送來陣陣松濤，如同瀕死之人哀婉的呼喊聲。

恐水症等於絕症，怕是華佗來了也難回春。

許久，阿南才道：「萍娘死了，卞存安死了，如今……卓夫人也是將死之人，這案子，怕是查不下去了。」

朱聿恆沉吟片刻，才低聲道：「婁萬也不見了。我已經吩咐下去，一發現他的蹤跡立即上報，但至今還沒有消息。」

註1　恐水症：即狂犬病，患者除身體不適外還畏懼各類聲光外界刺激，非常怕水。

「他倒是好解釋，或許是蹲在哪個荒郊野嶺賭錢去了。」阿南現在心緒大亂，胡亂道：「說不定是在哪條河溝裡，所以他才拿了一卷溼漉漉的銀票回家！」

朱聿恆比她冷靜許多，問：「連賭坊都進不了、蹲在河溝裡賭錢的人，怎麼會帶著這種存取大額銀錢的票子？更何況，婁萬這樣的賭鬼，贏錢之後真的會將銀票拿回家交給萍娘嗎？」

提到萍娘，阿南更加傷感，她抬手將臉埋在掌中，強迫自己冷靜下來。

卓夫人這個模樣，肯定已經無法述說任何事情，只能由他們自己分析疑點。

「現在我們面前擺著的迷局，是那陣妖風，還有卓夫人和卞存安的關係、卞存安的死和楚家的關係、楚家和三大殿起火的關係……」阿南喃喃說道：「這裡面，一定有什麼關聯，但是……哪條線能將他們連起來呢？」

「確實，卓壽一家在順天時，卞存安在應天當差；等卞存安隨內宮監前往順天參與營建皇城時，卓壽也被委派到應天，此後難得回京一趟。所以他們從人生軌跡上來說，根本沒有任何交集。」朱聿恆說到這裡，頓了頓，才看著她緩緩道：「但，嚴格說起來，有一次。」

阿南緊盯著他，等待他的下文。

「我讓人從徐州急調了二十一年前的卷宗過來，剛剛拿到，妳一看便知。」

兩人回到桂香閣，朱聿恆回房取了一本檔案出來，翻到一頁，遞給她看：

「二十一年前，徐州驛站起火那一夜。當時卞存安剛被淨了身，一批小太監南下送往應天。所以，那年六月初二大火之夜，卓壽、葛稚雅、卞存安，三人都在徐州驛站之中。」

「大火那一夜，卞存安也在？」阿南先是精神一振，但再想想又不覺失望。「就那一夜？」

朱聿恆確定：「就那一夜。」

「這世上，哪有一夜之間的交情足以維繫二十多年的？」阿南有點失望，但還是接過來靠在了榻上，蜷縮著翻看了起來。「不過，楚家六極雷之下，幾乎不可能有活口，他們三人，是怎麼活下來的？」

檔案記錄，二十一年前，六月初二午後，卓壽帶著葛稚雅投宿徐州驛站。其時他只是順天軍中一個小頭目，因此與葛稚雅及族中一個送嫁的老婆子，被安排在後院東面兩間相鄰的廂房。而卞存安則與其他一眾小宦官，於當晚入夜後，來到徐州驛站。

卞存安當時十五歲，與其他一些少年一起淨了身，養好傷後，南下送到應天充任宮中奴役。

這群小太監一共三十一人，大多都是傷勢剛好的身體狀況，由兩個穩重的老太監帶領，另加奉命押送的四個士兵，一行三十七人，當晚也被安排在了後院。

就在三更時分，驛館忽然走水。

關於這場大火，徐州驛站的檔案與卓壽所說的一樣，四面八方的雷聲加上地動與天火，根本沒有逃生之路。

在外面救火的人，只看到兩個人逃出來，就是卓壽與未婚妻葛稚雅。

直燒到天亮，那場大火才被撲滅。在清點屍首時，眾人在灰燼中一共發現了三十七具屍首，只有一個小太監抱著水桶在後院的井中半沉半浮，已經神志不清。

這死裡逃生的太監，就是卞存安。

因為他是被押送南下的太監，屬於宮人，因此養好傷後，當地官員便派了專人護送他前往應天，依舊入宮聽差。

只是卞存安在火海中受了劇烈驚慌，又被濃煙熏嗆，不僅損了嗓音，連說話都有點僵硬，直到現在，他的舌頭彷彿依然是木然僵直的。好在他性情孤僻，並不常與人多說話，時日一久，大家也都習以為常，無人在意了。

阿南將檔案合上，若有所思道：「我有個……很古怪的想法……」

朱聿恆一看便知道她在想什麼，搖頭道：「不可能。」

「你知道我在想什麼嗎？怎麼就不可能了？」

「妳在想，卓壽救出來的這個葛稚雅，聲稱自己被毀了容，二十多年來寸步不出門，又常年蒙著面紗，所以是不是有可能，在火場中被換了人，而真正的葛稚雅，已經被燒死了。」

阿南點了點頭，再想想，又嘆氣道：「不可能的啊……她的大哥回來了，和卓夫人見面後，證實這確是他的妹妹。一個人再怎麼偽裝，怎麼可能瞞得過自己親哥哥呢？」

「而且，雖然這個親哥哥與她二十年不見了，但兩人能談起外婆家，甚至談起外婆給她做的蝦醬，手上的傷也和大哥的記憶一樣，就很難偽造了。畢竟是共同的記憶，如果有半分不對，另一個當事人立即會察覺的。」朱聿恆說到此處，又問：「而且，妳剛剛給卓夫人端茶，看到她手上的舊傷了嗎？」

「倉促瞥了一眼，和阿晏大舅說的一樣，手腕上陳年的一道舊傷，上面有貓抓的新傷痕跡。」

「所以目前看來，卓夫人就是葛稚雅，毫無疑問。」

「所以……」阿南抿脣，思索許久，才緩緩道：「楚家是我們，最後的線索了。」

朱聿恆沉吟道：「但妳說，他家占據天時地利人和，我們一時不好闖。」

「都到這分上了，就算是龍潭虎穴，也得去闖一闖。不然，誰知道下一個死的人是誰？」阿南拂拂鬢髮，咬牙道：「這幾場大火如此詭異，又處處有楚家這種控火世家的痕跡，這個楚元知，我非得去看看他到底有什麼神仙手段！」

卓夫人的病太過悽慘絕望，朱聿恆不願看見卓家父子那絕望的神情，便擇了個老成的侍衛，讓他去委婉告知卓壽，或許夫人所患是恐水症。

「《肘後備急方》中說的是犬類，如今卓夫人是被貓抓傷的，讓卓指揮使盡快延請名醫，或許能倖免吧。」

等吩咐完畢，眼看已是暮色四合。阿南也來不及吃飯了，回去換了件俐落點的窄袖薄衫。

卓晏辦事十分妥貼，阿南之前所用的東西，都已經原封不動被送到這裡。她取過妝檯中一個圓圓的東西塞入袖中，下樓對朱聿恆道：「借匹馬給我，我要去清河坊。」

明知道她是去找楚元知，但見她這身青蓮紫的夏衫十分輕薄，朱聿恆有些遲疑：「妳……就這樣去？」

「不然呢？反正就算我穿上鎖子甲，也抵擋不住雷火。」

確實是這個道理，朱聿恆便吩咐韋杭之備兩匹馬，說：「走吧。」

「你也去嗎？」她斜睨他一眼。「可能會有危險哦。」

君子不立於危牆之下，這道理朱聿恆當然懂。但如今他背著阿南囚禁了她家公子，海客們正在四處尋找阿南的蹤跡，此時讓她脫離自己的視線，肯定不穩妥。

更何況，韋杭之就在左近時刻不離，他不信這世上有什麼人能在韋杭之的保護範圍內，傷害到他。

因此他只瞧了阿南一眼，躍上馬道：「走吧。」

自湧金門往東而行，不久便到清河坊。

這裡是杭州最熱鬧的地方，暮色尚淡，天色未暗，街上各家商鋪已點亮了燈籠。

人群熙熙攘攘，各色小吃擺開在街邊，其中有幾家老店，更是無數男女老少擁在門口，擠得水洩不通。

阿南卻不向楚家而去，指著其中一家店鋪，說道：「喏，我最喜歡吃那家的蔥包檜兒（註2），你先給我買點兒。」

那門面尋常的店鋪，蔥包檜兒的香氣飄散得滿街都是，難怪門口等著一大群人。

朱聿恆不願去人群聚集處，正向侍衛示意之時，回頭一看阿南，卻發現她不知何時已悄無聲息地離開，拐進了後方一條巷子中。

朱聿恆當即轉身追了上去。

巷子口是一家裝潢頗為講究的酒樓，轉進旁邊巷子卻是空無一人。阿南感覺

註2　蔥包檜兒：浙江一帶的小吃，用春餅包油條、蔥、甜麵醬等烤製而成。

何等敏銳，聽到腳步聲，回頭看見他跟上來了，便挑了挑眉，問：「你過來幹什麼？」

朱聿恆沒有開口，後方侍衛已經跑過來，將手中用荷葉包好的蔥包檜兒遞到他們面前。

阿南一看就笑了，不由分說將荷葉包塞進朱聿恆懷中：「先收好，剛吃完東西我活動不開。」

他皺眉看著她：「為何要支開我？」

「都說了有點危險，我沒時間分心照顧你。」阿南隨意道：「之前我替公子處理事情也是這樣的，說一聲就行，反正我辦妥了就會回來的。」

見她一臉輕鬆無謂的樣子，朱聿恆忍不住開口問：「他就一直任由妳替他冒風險，不曾與妳同行？」

阿南略一挑眉，反問：「既然知道有危險了，為何還要兩人同行？」

「至少我——」朱聿恆盯著她，緩緩說道：「不會讓一個女子孤身替我冒險，自己在後方坐收其利。」

「好呀。」阿南聽出他話中有刺，似在抨擊她的公子，卻不怒反笑，斜了他一眼，一抬下巴道：「既然如此，那你就替我幹點髒活吧。」

說著，她帶著他拐進巷子，到了酒樓後方。

這酒樓生意如此之好，後院中料理食材的足有十數人。洗菜葉的，剝菱米的，殺雞宰鴨的，各個忙得不可開交。

門口蹲著一個十二、三歲的少年，正就著一桶沸水燙雞毛，一股腥臊之氣瀰漫。

朱聿恆遠遠聞到，下意識地往後退了兩步，屏住呼吸。

見他這模樣，阿南低笑一聲，指著那個正在拔雞毛的少年，附在他耳邊低聲道：「看到沒？去那個男孩身邊，無論用什麼辦法，讓他帶我們去他家。」

朱聿恆沒料到她要做的事情是這個，莫名其妙之下反問：「妳待會兒偷偷跟蹤他回家不行麼？」

「可以倒也可以，但他家的六極雷太可怕，讓他帶咱們進門，總要省事些。」

六極雷。朱聿恆頓時錯愕，看著那個少年問：「他就是……楚元知的兒子？」

「對呀，楚北淮。」阿南笑嘻嘻地一拍他的後背。「去吧，無論你用什麼手段欺負他，只要能讓他乖乖帶咱們進家門就行！」

朱聿恆抿唇看著那孩子，許久，才道：「我……不會欺負小孩。」

「嗤，剛剛你不是口口聲聲說要替我分擔嗎？現在連這都不行？」阿南嘲笑著白他一眼，將他腰間的玉珮扯下繫在自己身上。「算了，還是讓你的玉珮替我分擔吧。」

「嘩啦」一聲響，巷子內白霧騰起，所有正在忙碌的人都下意識地看向門邊。

燙雞毛的熱水潑了滿地，臭氣瀰漫之中，正在拔毛的少年坐倒在汙水之內，驚惶地抬頭看向面前絆倒了自己木桶的阿南。

假裝無意踢倒這麼一大桶水，阿南也是失去了平衡，她撐在巷道的牆壁之上，手指不顯山不露水地一勾，腰間的玉珮就重重撞在牆上，頓時碎了一地。

少年嚇得一跳，臉上賠著惶恐的笑，連聲對阿南道：「對不起對不起，姑娘您沒燙到吧？我……我給您擦擦……」

他抬手抓住阿南的衣服下襬，用力幫她絞水。

可惜阿南心如鐵石，她指著地上的碎玉，口中緩緩吐出兩個字：「賠錢。」

聽到這兩字，周圍的人面面相覷，趕緊就放下手中的事，圍攏上來。

那個羊脂玉珮已經碎落在汙水之中，無法收拾，卻依然可以看出瑩潤流轉的光華，顯見價值不菲。

有人脫口而出：「小北，你糟了！」

少年頓時渾身一顫，身子更矮了三分：「對不住，對不住啊姑娘，您、您大人有大量，放過我吧！要不……要不您把衣服鞋子脫下來，我帶回去漿洗烘乾，明日必定乾乾淨淨地送還您！」

阿南是來尋麻煩的，聞言淡淡一哂，問：「你的意思，是讓我一個姑娘家，光著身子回去？」

少年頓時漲紅了臉，囁嚅了半天說不出話。

周圍一個年長些的幫工出來打圓場，說道：「姑娘，妳看這孩子哪像賠得起這麼貴東西的？他家中實在困難，他爹是個廢人，娘又沒法出門，全家要靠這麼小的孩子在這兒幫雜，著實可憐，妳就高抬貴手放過他吧！」

旁邊幾人也紛紛附和，要她大發慈悲。

可惜阿南心硬如鐵，輕笑一聲：「你們誰願意替他賠嗎？沒有的話，就給我閉嘴。」

一看她這女煞星的模樣，眾人紛紛散開，只剩下少年呆呆地站在原地，面色慘白。

半炷香的時間後，阿南和朱聿恆站在了楚家那個破舊的院落之前。

阿南煞有介事地打量著那磚牆斑駁的院子，問：「是你家嗎？你不會是為了搪塞我們，隨便指了一個房子吧？」

楚北淮心驚膽顫，抹著眼淚：「天色已晚，我爹娘都身體不好，姑娘您認個門可以嗎？我以後會努力賺錢賠妳的，不會逃的……」

「少廢話，你不帶我進去，怎麼證明是你家？我以後過來要債，找不到你人怎麼辦？」阿南囂張道：「放心吧，我就說是你朋友，進去看一眼就走，不會說你欠錢的事情。」

這個老實孩子，被阿南一番連哄帶嚇，含淚抬手拍門，叫：「爹，爹你睡下了嗎？」

院子裡面傳來一陣女人壓抑的咳嗽聲，隨即院中響起腳步聲，片刻後，抖抖索索拉門閂的聲音響起，一個男人的聲音從門內傳來：「回來這麼早，是送吃的嗎？你娘今天只吃了個你昨天從酒樓帶回的饅頭，咳都咳不動了……」

楚父果然如酒樓裡那些幫工們說的一樣，是個廢人，說了許久的話，那手按在門閂上，不停傳來木頭相碰的聲音，半晌才拉開門閂，打開了門。

黑暗中，他一眼看見門口還有其他人在，頓時露出了尷尬的笑，問兒子：「怎麼有朋友來訪，也不事先說一下？來，請進屋坐，我給客人燒水喝茶去。」

阿南親熱地笑道：「叔，不必麻煩了，都是自己人。」

畢竟，這家人都淪落到要靠吃兒子從酒樓帶回的客人剩飯過活了，家裡哪會有什麼可以喝的茶。

阿南抬腳就往裡邁，那毫不客氣的架勢讓她身後的楚北淮都措手不及，只能吶吶跟在她的身後。

朱聿恆猶豫了一下，不知道這號稱雷火世家的楚家，怎麼會落魄成這樣。但見韋杭之與眾人已經圍住了巷子口，他抬眼看看阿南輕快的背影，鬼使神差便走了進去。

楚家窮到這分上，蠟燭、燈油一無所有。楚北淮的父親用不停顫抖的雙手打著火石，想點起火篾子。

可惜他的手不給力，抖來抖去的，半天也點不著火，只能和他們閒聊來掩飾局促：「在下楚元知，二位和我兒北淮是怎麼認識的，這麼晚了所來何事？」

「這個麼……說來話長。」阿南說著，見他始終點不亮火篾，便從懷中掏出了一個圓圓的火摺子，啪的一下打開，照亮了堂屋的同時，也輕易點亮了那根火篾子。

那火摺發出的光焰，亮得像她手中握著小小一束日光般。

楚元知是行內之人，一看之下頓時驚喜不已，問：「姑娘這火摺從何處得來？這火光如此熾烈，我竟從未見過。」

阿南大大方方地將火摺子遞給了他，說：「是我閒著沒事自己做的。其實是個空心銅球，在前方開一個口漏光，並將銅球內部打磨精亮以聚光，使所有火光都聚攏照射在前方，因此這一束光便能比尋常火摺子亮上許多，晚上行路還可以當小提燈。」

那精銅反射的明亮光線，在屋內晃動，連破舊屋梁上的蜘蛛網都被照得清清楚楚。在亮光的晃動之中，朱聿恆一眼便看見了，楚元知衣領下透出的，脖頸上的花繡。

一頭赤線青底的夔龍。

赤紅的線條簡潔有力，寥寥數筆就勾勒出夔龍攜雲騰空的輪廓和放雷射電的氣勢，顯得格外氣勢凌然。

只是這頭威武雄渾的夔龍，如今正被隱藏在破舊起毛的衣領之中。它的主人，置身於這昏暗破敗的屋內，年紀不大，卻已經委靡憔悴，困頓不堪。

朱聿恆的目光，又緩緩移到楚元知的臉上。

模樣做派有點老氣的這個楚先生，其實面容蒼白清癯，劍眉隆準，三十六、七歲的模樣，在晃動的火光之下，那過分的消瘦反倒令他有一種異樣的出塵氣質。

這個落魄的中年人，年輕時，想必是個相當出眾的美男子。

楚元知看著火摺子，目中有異樣光彩：「姑娘，妳這東西隨身攜帶，不怕炭火傾覆嗎？」

阿南笑了笑，指給他看：「這銅殼相接處，有一個滑動機軌，用三條相交的圓弧銅軌，精確控制好平衡，可以做萬向旋轉。無論外面如何轉動，裡面的炭火始終被兜在圓球之中，不會掉落。」

「這隨開隨著的火，想來是火石？」他說著，用不停抖動的手用力關上又擰開外殼，只見球中火星迸出，頓時點亮了裡面的炭火。

這讓朱聿恆想到了，第一次見面的，阿南提在手裡的那盞燈。

在那盞燈如同蓮花瓣般旋轉開放的同時，燈火也隨之亮起，看來應該也與這個火摺的道理相同。

可惜那盞燈，已經燒毀了。

朱聿恆不知阿南耍手段進入楚家後，為什麼不問六極雷的事情，反倒與這個楚元知聊起了風馬牛不相及的事情。

他聽著他們的話，目光不自覺便落在了楚元知的那一雙手上——不知怎麼的，他也變得像阿南一樣，看人的時候，要著重看一看對方的手。

對方確實是個廢人了，當一個人的手，時刻不停在顫抖的時候，是不可能稱為健全的。

但，他的手雖一直在顫抖，卻可以看出在枯瘦殘損的表相下，是屈張有力，稜節分明的骨相。

「如此巧奪天工，看來，姑娘是我輩佼佼者。」楚元知將阿南的火摺子遞還給她，定了定神，拿起桌上的火篾，示意他們隨自己來。

穿過一個寬敞的天井，楚元知推開後進堂屋的門。

屋內雖乾淨，卻也難掩破敗的氣息。他將火篾插入了桌縫，示意他們入坐：「二位深夜到訪，究竟有何貴幹？」

阿南笑道：「叔，都是自己人，咱們——」

楚元知抬起顫巍巍的手，制止了她後面要說的話：「不敢當，我與姑娘初次見面，有話請直說。」

探討了這麼久的火摺工藝，最終拉攏無效，阿南也只能改口道：「楚先生，你兒子摔碎了我一個玉珮，說是一時賠不起，所以我來熟悉熟悉你家的門臉。」

楚元知聞言愕然，看向垂下腦袋站在門口大氣也不敢出的兒子。

楚北淮小臉煞白，從懷中掏出自己撿拾起的幾塊碎玉，怯怯地給他過目。

楚元知掃了一眼，便知道這塊玉價值不菲，他抬起顫抖的手指著楚北淮，想訓斥他一頓，可惜氣息噎塞，許久也說不出話。

最終，他只是嘆了口氣，放下手對阿南道：「姑娘請放心，我全家人斷不會棄祖宅逃離。」

「那就好了，請楚先生給我們出張欠條吧，這塊玉，賠一百兩不算多吧？」

「論理，確實不多。」楚元知語速緩慢，此時燈火又十分暗淡，那聲音在他們聽來竟有些恍惚。「只是我不知當時情形如何，這欠條一時難打。北淮，你先將當時發生之事，一五一十說與我聽聽。」

楚北淮囁嚅著，將當時的情形說了一遍。

楚元知聽他說完後，抬手緩緩揮了揮，說道：「你先回酒樓去吧，這事，爹會與二位貴客商議的。」

楚北淮應了，邁著凌亂的步子，抹著眼淚匆匆走了。

等他腳步遠去，楚元知才轉頭看向阿南與朱聿恆，語調沉緩：「姑娘，那巷子寬有五尺，犬子殺雞宰鴨都在溝渠邊，他蹲在路邊幹活，姑娘走路經行，五尺寬巷，一靜一動，妳覺得這玉碎的事兒，該由誰來擔責？」

「自然是令郎擔責。」阿南蠻橫道：「畢竟我損失了東西。」

楚元知顫抖的手緊握成拳擱在膝上，說道：「二位，我家中情況你們想必也看到了，這家徒四壁，破屋兩間，姑娘覺得我們有什麼值錢的東西？」

阿南就等他這句話，當即說道：「楚先生您還有一身本事啊。」

聽到她這話，楚元知那一直緊繃的臉上，終於露出了一絲譏笑的表情：「真是一樁好買賣。看來姑娘對我知根知柢，這玉珮也是專門準備的，我只能賣身賠償了？」

朱聿恆一聽到「賣身」二字，心中頓時五味雜陳。

阿南笑道：「楚先生，你說的這話，聽起來裡面可有刺啊。」

「話裡有刺，總比姑娘笑中藏刀的好。」楚元知說罷，將臉上神情一斂，那枯瘦的身軀呼一下站起來，抬手便掀了面前的桌子。

「能不能從我楚家討到好處，還要看你們的本事了！」

朱聿恆料不到這個看來人畜無害的廢人竟會忽然發難，那傴僂的身軀居然爆發出驚人力氣，將這麼大一張木桌子劈面砸來。

下意識的，他便搶在了阿南面前，抬手在飛來的桌面上一按一掄，欲以翻轉的手法將其飛來的力量卸去。

然而手一碰到桌面，他便覺得不對勁。

原來這張看似結實的木桌，實則由薄杉木所製，入手輕飄，難怪楚元知這單薄身板也能將其掀翻制人。

而朱聿恆對桌子飛來的力量預估過高，抬手的力量已經使老，無法更改，原本該被卸去力量落在地上的木桌，因此被他再度掀飛出去，直砸向牆壁。

而楚元知已經趁著扔出木桌讓他們分心的一剎那，將身一矮，消失不見了。

阿南趕上去一看，原來木桌下方正是地窨，他扔出木桌的同時，一腳踢開了地窨的門，縮了進去。

朱聿恆低頭看向那黑洞洞的地窨入口，問阿南：「要下去嗎？」

「這麼明顯的入口，下去肯定沒好果子吃。」阿南皺眉道。

話音未落，只聽得嗤嗤聲響，周圍牆壁一瞬間微塵橫飛，一蓬蓬煙火同時在牆壁上綻放開來。

「抓住地板，躲開！」阿南反應何等迅速，一手抓住地窨入口處的地板，縱身翻了下去。

朱聿恆學她的樣子，也凌空掛在了地窨上頭。

阿南一手抓著地窨口，一手打亮了火摺，照向了地窨。

就著火摺的光，可以看到地窨並不大，離他們不過六、七尺，堆著些破木頭、廢石料，看起來只是一個普通的儲物地窨而已。

只掃了一眼，便聽到屋內嗤嗤聲連響，阿南當即鬆手落地，同時叫：「阿言，下來！」

朱聿恆不假思索，跟著她跳了下去。

地窖內空無一人，唯有黑暗。

阿南用火摺向四周看了看，沒發現楚元知的蹤跡，便撿起地上木頭，敲擊著牆壁，尋找楚元知脫身之處。

朱聿恆聽到上面如疾風般的嗖嗖聲響，又聽到急雨落地般的劈啪之聲不斷，忍不住就問阿南：「是什麼？」

阿南依然敲著牆壁，頭也不抬道：「你剛剛砸過去的桌子，讓藏在牆壁上的火線機關因為受震而啟動了。」

朱聿恆怔了一下，問：「為什麼延遲這麼久才啟動？」

「沒有聞到松香的味道嗎？」阿南篤篤地敲著牆壁，傾聽磚塊後面傳來的沉悶聲音，隨口道：「楚家是用火的大家，暗器是用松脂嵌在牆壁夾縫中的。火線機關啟動，松脂需要片刻才能溶解，使得原本被松香固定在機括內的暗器鬆動，整個屋內被殺器籠罩，唯一逃命空檔——就是他們迫使我們進入的這個地窖。」

朱聿恆略一思索，便明白了這樣設置機關的用意。

一是因為這機關設在自家屋內。啟動之時，往往會有自家人身在其中；若暗器發動太快，楚家人很可能無法從中逃離。因此稍留空隙，以免殃及自身。

二是對方尚有後招。屋內的暗器機關一旦開啟，唯一的活路便只有這個地窖。在將他們逼入這裡之後，恐怕會有更厲害的殺招在等著他們。

然而現在看來，地窖之內一片平靜，似乎並沒有任何異樣。

通、通——阿南敲擊的地方，忽然傳來與其他地方不同的聲響，顯然那後面是空的。

阿南沿著那聲響，向四周敲去，確定了異常空洞的大致範圍之後，轉頭對朱聿恆一笑：「好薄啊，大概就半寸厚的木板，簡直是在鼓勵咱們打破它。」

朱聿恆上來叩了叩，問：「要破開嗎？」

「破當然是要破，但是……」阿南想了想，將手中的火摺蓋上，周圍頓時陷入一片黑暗。

「楚家號稱能驅雷掣電，於用火一道是天下第一家，最好還是不要讓明火出現在此時，萬一被利用了呢？」

朱聿恆深以為然，等她收好了火摺子，才抬腳去踹那蓋在空洞上的木板。

但他身材頎長，在這個地窖中只能彎腰弓背，此時躬身去踢，竟然使不上力。

阿南順手便將他的腰攬住，示意他將身體轉了個方向，由前屈改為後仰。

但朱聿恆的上半身，也就此靠在了她的胸前，後背與她前胸相貼，在滅掉了火摺子的黑暗之中，讓他身體一僵。

他不由得想起了初見面之時，在神機營的困樓之中，阿南與他在黑暗之中的曖昧。

難道只有目不能視的時刻，才會讓人忘卻許多紛紜煩擾，最終只一意向著自己最需要的目的進發嗎？

他依靠在她的身上，柔韌的腰身驟然發力，只聽得「啪」一聲脆響，一腳便踹開了阿南敲擊過的那個空洞所在。

就在應聲而破的那一刻，朱聿恆的腦中忽然閃過一個念頭。

是只對他嗎？還是說……

無論對方是誰，只要有需要，她便可毫不猶豫與對方肌膚相貼，親密協作？

這一瞬間的猶疑，讓他的動作也停滯了一刻。

而阿南將他一拉，兩個人同時倒在了地上，趴在了滿是塵土的潮溼地窨之中。

他聽到阿南責怪的聲音，從耳邊低低傳來：「破開機關的下一刻，便是要尋找藏身之處，萬萬不能正對著機關，尤其是這種黑暗之中什麼也看不見的機關，你記住了嗎？」

朱聿恆低低地「唔」了一聲，表示自己記住了。

將注意力集中在面前的黑暗之中，兩人立即聞到了一股淡淡的怪異味道。朱聿恆覺得那股臭氣有些微妙的噁心感，但卻又形容不出是什麼味道。

「聞出來了嗎?與臭雞蛋有些相似的味兒。」阿南低低道:「是瘴癘之氣啊。我就知道他家的機關必定不能見火,幸好及早把火摺子熄滅了。」

「瘴氣?」朱聿恆有些不解,低聲問她:「杭州又不是深山密林,哪來的瘴氣?」

「你先捂住口鼻。」阿南沒有回答他,只聽到衣物窸窣的聲音,她摸了摸身上,然後懊惱道:「忘了帶點解毒的藥丸……沒辦法了。」

說著,她嚓的一聲撕下一塊衣服,遞給他:「蒙上吧,聊勝於無。」

地窖內一片黑暗,她的手摸索著,按在了朱聿恆的臉上。

臉頰被她的指尖撫摸到,朱聿恆的身體略微一僵。她卻很爽快,乾脆伸出另一隻手,幫他將布蒙在了臉上。

她又撕下一塊布給自己蒙上,說話的聲音也開始帶了點悶悶的聲響:「只要在地下挖大池子,儲存糞便等汙穢之物,腐爛後便會冒出氣泡,與沼澤地上時常冒出的水泡一樣,有人稱之為瘴癘之氣,吸入則會生病。但這種氣,火把觸之則助長火勢。而一般人在黑暗中若發現了一個可以脫身的空洞,必定會晃亮火摺子朝裡面看一看。到時候火苗隨氣轟然炸開,便會立即將來人包裹焚燒,活活燒死在這黑暗的地窖之中。」

朱聿恆頓覺悚然,脫口而出:「此處離清河坊不遠,周圍民居眾多,難道他竟不怕殃及池魚?」

去。

阿南「嗤」一聲輕笑，沒有回答他，只抓起地上的幾塊小石頭，往裡面投

輕微的聲響傳來，阿南側耳傾聽，然後氣恨道：「楚元知那個混蛋，跑了之後就調整了出口，我們現在順著進去，只能掉進糞坑裡。」

「有辦法再調回來嗎？」朱聿恆問。

「如果是你，要把對方困在某個地方，會給對方留下活路？」阿南說著，又擲出一顆石子，聽著那沉悶的聲音，咬牙道：「那邊起碼壓了一尺半厚的磚牆。地道之內無法借力，我們怎麼打開？」

朱聿恆無言，只能與她一起靜聽著周圍的動靜。

黑暗中毫無聲息，只有那股臭雞蛋的味道，逐漸濃重。

原本打在地板上如疾風驟雨的機關聲已經停止。朱聿恆還在靜聽著，忽然感覺到阿南扯了他的手腕一下，耳邊傳來她衣服摩擦的聲響，從地窖口透進來的微光中看到，她已經爬起來，向著出口而去。

朱聿恆隨她走到地窖口，阿南低聲道：「上面必定還有機關，以防困在下面的人逃脫。」

朱聿恆深以為然，抬頭看向上方，正在思索之時，只見阿南抬起手腕，扣動了右手的臂環。

這一次，從臂環內射出的是那張精鋼絲網。它從臂環內激射而出，往上面升

了不到兩尺，果然遇上了阻礙。

只聽得輕微的沙沙聲與金屬摩擦的輕響一起傳來，在錚錚錚的輕微響聲中，絲網與上面的阻礙一觸即落。

阿南收回了絲網，將它慢慢收攏，塞回閉環當中：「奇怪，上面好像是一個銅鐵的大罩子，居然沒有什麼刀箭暗器。」

「罩子大概有多大？我們將它掀開逃出去嗎？」

「不大，中間大概有兩尺空間，等我看看有多高。」阿南說著，一拉朱聿恆的衣袖，示意他送自己上去。

他搭住她的腰，一時遲疑：「那罩子定有古怪，否則對方不至於連暗器都不必再布置。」

「正因為有古怪，所以才由我上啊，你肯定摸不出門道來。」阿南輕快地說著，腳尖踩在他的臂彎之上，借由他托舉的力量，毫不遲疑地縱身向上躍起。

朱聿恆仰頭看向她的身影。

外面的天色已經徹底轉為黑暗，沒有點燈的屋內，一片黑沉。只有窗外似有若無透進來的微弱天光，依稀描繪出她的身影輪廓。

夏日衣衫輕薄，她縱身的姿態又極為輕盈，薄薄的紗衣在空中飛揚，她便如一隻浮空的蜻蜓，轉瞬便躍出了地窨口。

但隨即，便聽到嘶嘶幾聲輕響，空中的阿南身影微微一滯，隨即便如折翼的鳥兒般，翻折下來，迅即落回他的懷中。

溫熱柔軟的身軀落個滿懷，朱聿恆下意識地托舉住她，鼻中卻不是她身上梔子花的馨香，而是淡淡的焦臭味。

阿南旋身從他懷中翻落於地，摸了摸自己的頭髮，懊惱道：「養得這麼辛苦的頭髮，日日打理，這下可好，又要剪掉好多綹了！」

原來是她的頭髮遭殃了，其餘的看來倒是沒有多大問題。朱聿恆也自放了心，開口問：「那罩子有什麼古怪？」

「是中空的鐵管子盤成的，裡面灌了火油，正在燃燒。」阿南恨恨道：「我算知道他們為什麼不是直接掉下一塊鐵板將我們封死在地窖中了。因為鐵板我們還有辦法掀開，可這灼熱滾燙的鐵網罩，就等於將我們壓在了雷峰塔下，根本無從借力將其打破。」

彷彿在證實她的說法，頭頂的黑暗當中，漸漸顯出網罩的輪廓來——是鐵管裡面燃燒的火油太過灼熱，漸漸地讓鐵管也被燒紅了，黑暗中發出了詭異的紅光。

朱聿恆聞著阿南頭髮上尚存的淡淡焦味，只覺毛骨悚然，慶幸她反應如此迅速。

這樣的黑暗當中，如果是普通人往上躍起，肯定會撞到鐵罩子上，燙得皮焦肉爛。畢竟，熱燙是觸感，並不是視覺與聽覺之類可以迅速反應的東西。

難。

至少，他沒有信心，能像她一樣，以這如同野獸般的靈敏反應，逃過這一劫

屋頂上傳來輕微的腳踩瓦片的聲音。兩人抬頭向上望去，這網罩如同佛前巨大的盤香，從屋頂螺旋盤繞下來，不偏不倚罩在地窖口上。

腳步聲漸漸消失了。顯然是楚元知灌完了火油之後，離開了。

朱聿恆問：「等到管子中的火油燒完了，冷卻下來，我們是否就可以掀翻網罩逃脫？」

「別作這種春秋大夢了。」阿南在黑暗中無情地說道：「你沒見過鍛鐵時的情形嗎？鐵被燒得過熱發紅後，拿紙或布條等易燃物一觸即燃。如今地窖裡瘴癘之氣瀰漫，鐵管又熱得灼燙，爆炸燃燒只是遲早的事情，我們哪有工夫等這鐵罩子慢慢冷卻？」

她說完，便再不開口。

周圍無比安靜，黑暗中只看見頭頂一圈圈的黑色條紋漸亮，有幾點甚至已經變成了暗紅色。

下方湧出的瘴癘氣息，也逐漸濃重，彷彿死亡在無聲無息地包圍住他們。

那氣息在上升，而朱聿恆的心逐漸在沉下去。

盛夏，在這封閉的屋內，頭頂是灼熱的曲鐵罩，熱氣蒸得他後背溫熱的汗沁出，將兩層越羅衫都溼透了。

他一瞬間想了千萬種方法，如何放出消息，讓守在巷子中、甚至可能就在門口的韋杭之知曉他如今的困境，從外面擊破這個緩慢進行、卻必將置他們於死地的機關。

即使他的生命註定已經所剩無幾，可他至少不能莫名其妙死在這裡，甚至落得一個可能會屍骨無存的下場。

在這沉默絕望之境，阿南卻抬起手，握住了他的手掌。

她的手既不柔軟也不細膩，帶著姑娘家不常見的粗糙與力度，緊握住了他的手。

她與他十指交纏，緊扣在一起後，又緊握了一握。

「怎麼啦，掌心都是汗，你很怕嗎？」然後他聽到她平靜的聲音，在耳畔低低響起，甚至帶著一絲戲謔的意味：「早知現在，是不是後悔剛才定要跟著我來啊？」

朱聿恆怔了一瞬，有些惱羞成怒地想要甩開她的手掌。

「好啦好啦，這就生氣了？不跟你開玩笑啦。」阿南握緊他的手，聲音輕快得可以想見她脣角的弧度。

朱聿恆偏開頭，沒有搭話。

「不過我這是在慶幸呀，這回我一個人可闖不出去，幸好有你和我在一起。」阿南笑道，甚至將身子也傾過來，和他貼得更近了一點。

那幾乎呼吸相聞的距離，讓朱聿恆的身體略顯僵直。他不自然地輕咳一聲，問：「怎麼？」

「你把這個機關從頭到尾想一下，有沒有發現什麼重要的東西？」阿南有了把握後，語氣就低柔又愉快，彷彿此時置身的不是死亡逼近的黑暗，而是在春風中談著家常。「楚元知將我們引進來，踢桌子誘使你引發四壁機關；四壁的暗器齊射，我們唯一的生路只有進入地窖；地窖內瀰漫瘴癘之氣，我們一旦點火便會葬身火海；然後他爬上屋子，放下這個罩子，因為中間的火油正在燃燒而一碰就皮焦肉爛，我們根本沒有辦法抓住鐵罩子或者從間隙裡擠出去。」

朱聿恆點了一下頭，但又想到阿南或許無法看到他的動作，於是便悶悶地「嗯」了一聲。

「然而，我們在進入這個屋子的時候，你注意到有這麼大的一個鐵罩子了嗎？堂屋空蕩以至於四壁都可以藏下火線機關，這麼巨大一個頂到屋梁的鐵罩子，對方是如何瞬間轉移到地窖口的？」

如暗夜中一點火星突然迸射，朱聿恆心中一凜，脫口而出：「只可能是，收在屋頂！」

「對，所以這是一個可以快速收放的鐵罩。就像廟裡的盤香一樣，平放在地上時只是一圈圈線香螺旋，掛在佛前時則會自然下垂，與我們上頭的鐵罩一般無二。既然要收放，必有關節機竅，就像一個漁網一樣，只要我們能尋找到收網的關鍵點，便可提綱挈領，動一點、或者幾點而改全域了。」
朱聿恆抬頭看向頭頂，裡面火油燃燒甚烈，在鐵管中久久不息，有幾處紅點已經蔓延成手指長的暗紅斑。
「得快點了。」阿南說著，舉起右手。但想了一想，她又蹲下去，從旁邊一把破凳子上掰了一塊木頭下來，拉出臂環中新月狀的那片利刃，將木頭卡在上面，然後才向朱聿恆示意。
「你的任務就是仔細聽聲響，這木頭在鐵罩上劃過的時候，聲音沉滯的地方便是機括相接之處，只要我們找定這些最重要的地方，將其連起，便能用流光捆紮提起關鍵點，將整個鐵罩收起，重新收攏。」
朱聿恆有點遲疑，問：「萬一……我聽不出來呢？」
「『棋九步』的能力足以運籌千里，各種聲響中機括構連相接的地方必有區別，我相信你一定可以。」阿南說著，抬手按在了自己的臂環之上，又輕快地說道：「認真傾聽啊，阿言，不然的話——看這時間點，咱們剛好能趕上陪閻王爺吃宵夜！」
話音未落，阿南手中流光斜飛而出，在頭頂鐵罩中如一點星子在黑暗中上下翻飛。
朱聿恆這才恍然悟到，她在流光上卡一根木塊的原因。
若是金屬與金屬相擊，說不準便會有火星迸射，到時候定會引燃屋內的瘴癘之氣，令他們屍骨無存。

阿南手腕翻飛，操控流光上的木塊擊打上面的鐵罩，只聽得咚咚之聲不絕於耳，流光在上方片刻之間飛舞幾圈，隨即由機簧疾收而回，然後阿南再度將其射出，擊打另外地方。

朱聿恆盯著上方，努力靜下心來，側耳傾聽。

萬千繁雜聲響如急雨如落雹，流光帶著木頭在鐵管上擊打，聲音未止又撞上另外的地方，混合著敲打聲、撞擊聲、回音聲，所有聲音密密匝匝如水波齊湧，浪潮般在這屋內洶湧起落。

空洞而隱有回聲的地方一般比較亮，那裡是火油最多、燃燒也最劇烈的地方；

聲音尖銳的是比較狹窄的地方，那裡的鐵管應該被什麼壓扁了，原因大概是因為旁邊那塊與它相接時，匠人以敲擊的力量強行將它打入了另一節鐵管；

最沉重的聲音往往來自於看不見的黑暗之中。那裡有關竅相連，火油必然較少——只是不知道這樣的地方究竟有幾個，才能讓他們有足夠的力量收起整個鐵罩。

阿南操控流光，將整個鐵罩從上至下、四面八方全部快速擊打了一遍，然後手腕疾收，讓流光飛回自己的臂環之中，朝著朱聿恆一抬下巴：「聽好了嗎？」

朱聿恆開口：「東邊最上首，大紅斑右邊二寸處。」

阿南毫不猶豫，腕上流光射出，擊打在那一處，果然聽到了「咚」一聲沉響。

「南邊上首偏西，三點小紅斑交會中心點，下斜一寸。」

「咚」的一聲，阿南再度擊中確認。

「屋簷下方一尺半，北偏東，紅線左上方二寸。」

「咚」……

朱聿恆出聲不疾不徐，阿南的流光不偏不倚，如身使臂，如臂指使，過不多時，便將所有發音有異的關節處統統擊打了一遍。

阿南收了流光，頓了一頓，然後與他再確認了一遍：「就是這幾個了？」

朱聿恆一點頭，確定道：「就是這幾個了。」

「阿言，今晚主人這條命可就靠你了。」在這樣的生死關頭，阿南的嗓音卻始終語調上揚，帶著一種輕快的調調。「若是出了一點岔子，我們今天可都要死在這裡。」

朱聿恆低低的，卻無比肯定地說道：「我不會錯。」

阿南再不說話，手一抖將那蓬精鋼網彈射出來，迅速拆解掉上面的連接處，又用拆解下來的部分將其連接加長。

不一會兒，精鋼網便變成了數條鋼鍊，自她的臂環中流瀉而出，垂於地上。

朱聿恆只看見她的手腕急抖，有輕微的破空聲嗤嗤起，然後便是沙沙、嘩啦嘩啦的聲音。

是阿南用流光挑起一條柔軟鋼鍊的頂端，將其纏扣在了他指點過的第一處地方上。

幽藍的鋼鍊穿透黑暗，在隱約可見的天光之中，如稀薄的雲氣，連上了他們頭頂灼熱無比的鋼罩。

「接下來是哪裡，你再說一遍，我有點記不住了。」

阿南出聲催促，在朱聿恆的指點下，將所有鋼鍊一一搭扣在他聽到的關竅處。

一共二十一處，二十一條鋼鍊如涓流斜掛於頭頂，收束在阿南的臂環之上，彷彿銀河倒垂於她的掌心，在黑暗之中看來，十分奇詭又華麗。

阿南擎著手腕，回頭看向朱聿恆，說道：「我喊一二三，我們便立即從地窖躍出。若這鐵罩子真的能收起來，到時我們便有一彈指的工夫，可以逃出這地窖。」

朱聿恆「嗯」了一聲，想想又問：「若……收不起來呢？」

「那我們兩人就都要撞在這個鐵罩上，皮焦肉爛，死狀悽慘。」阿南用最平淡的語氣，說出了最可怕的結果。

朱聿恆沉默了一瞬，終究還是縱身躍起，將自己的手搭在了地窖的出口處，擺好了縱身躍出的姿勢。

「一……」

她報數的聲音很穩，此時也再沒有素日那種輕佻的意味。

「二……」

在這面臨生或死的關頭，朱聿恆以為自己會想很多。可真到了這一瞬間，他卻只是傾聽著阿南數數的聲音，腦中一片空靈。

「三！」

如同電光石火，稍縱即逝的念頭還未散去，身體就已經做出了反應。

阿南的手一扯一放，臂環中放出的幽藍鋼鍊忽然變短，借由那驟然上升的力量，阿南的整個身體向上飛去，倒懸的銀河猛然間便只剩了短短一截。

朱聿恆的雙臂猛然一收，以胳膊的爆發力而硬生生帶得整個身軀向上躍起，一個翻滾向前撲去。

就在他眼看要撞上灼燙的鐵罩之時，那看似堅不可摧的鐵罩子如同彈簧般，猛然向上收縮，重重地擊在天花板上，發出沉悶的轟然聲響。

阿南的預測無誤，這個鐵罩果然是可以收起折疊的。

只是，鐵罩無比沉重，而阿南的鋼鍊雖然軟韌，卻終究吃不住這麼巨大的力量，只堪堪將其扯上半空，便聽得啪啪之聲不絕於耳，所有的鋼鍊幾乎同時崩斷。

而懸在鐵罩之下的阿南，正藉著斜飛的姿勢，要從鐵罩之下穿出。

就在她的身軀有一半已經脫出鐵罩之時，耳聽得風聲呼嘯，那彈上半空的鐵罩子打在天花板上之後，再度向她重重壓下。

那沉重無比的鐵罩加上反彈的力量，來勢極為剛猛，可以想見，若被這彈回的鐵罩打中，整個人必然會被劈成兩截。

這生死攸關的短短一瞬間，那一邊的朱聿恆，已經堪堪從剎那間出現的縫隙間逃生。

一經脫身，他立即頭也不回，撲在地上抓起面前的一把椅子，一腳將它蹬向了地窖邊緣，企圖卡住那個鐵網罩。

而鋼鍊盡毀的阿南，所借之力已竭，頭頂的灼熱鐵罩如雷峰巨塔壓下。

喀嚓巨響聲在室內轟然響起。

反彈回來的鐵罩，以千鈞之力壓下，頓時將椅子壓個粉碎。甚至連整座屋子的地板，都被這鐵罩狂暴的反彈力震得全部粉碎。

木屑紛飛之中，橫梁喀喀作響，破碎的磚瓦和粉塵頓時瀰漫在整座屋內。

晃動的地面，撲面而來的塵屑，讓朱聿恆下意識地偏了偏頭，閉上了眼睛。

阿南……

無所不能的阿南、不可一世的阿南、片刻前還在開著不正經玩笑的阿南……在這樣的千鈞之力下，她怎麼有存活的可能。

心口陡然湧起一陣冰涼，他大腦瞬間空白。

只是一瞬間。

一貫冷靜沉穩，就算跟隨御駕北伐時孤軍深陷敵群，也能憑著手中一桿長槍殺出重圍的朱聿恆，在這一瞬間，忽然陷入了死寂茫然。

如同眼前的日光陡然熄滅，他竟無法做出任何反應，就連思緒也在瞬間崩潰，再也無法思考。

轟然巨響中，鐵罩扣在地上，又借力重新向上反彈，狠狠撞上屋梁，整座房屋頓時隱隱震盪。

大量的瓦礫與塵土從頭頂沙沙掉落，令人窒息。

但朱聿恆彷彿沒有任何感覺。他衝過被鐵罩砸出的大坑，尋找那條青蓮紫色的身影。

在幾乎要被沙塵徹底遮掩的屋內，他倉皇四顧，直到聽到輕細低微的一聲「阿言」，才猛然回過神來。

他看見了她，伏在碎屑塵埃之中，整個人已經成了灰黃色。

她趴在地上喘息不已，向他伸出手。

朱聿恆幾步跨過去，緊緊拉住她的手，將她扶了起來。

「嘶，好痛。」阿南捂著自己的腳吸冷氣。

朱聿恆低頭一看，她的裙角被扯掉了半幅，小腿似是在倉促間與鐵罩相擦而過，被燙出了一串燎泡。

阿南提起破掉的裙角，給自己灼痛的小腿扇了扇風：「多虧了你，那把椅子雖然擋不住鐵罩，卻畢竟讓它下壓的巨勢被卡了一下。」

她的反應何等迅速，一見朱聿恆蹬來的椅子，便趁著這須臾之變，下意識以手臂在地上一撐，身體竭力翻滾，旋出了鐵罩的籠罩範圍，才終於在這毫釐之間，逃得了一條性命。

見她只是小傷，並無大事，朱聿恆終於鬆了一口氣。

心口有些難以抑制的歡喜，可最終顫抖著說出口的，卻只有最平淡的三個字：「還好嗎？」

「還好有個好家僕，閻王爺都收不走我。」

屋內的鐵罩尚在彈震，聲響與震盪一起傳來，讓他們耳朵嗡嗡作響。

阿南形容狼狽，挽著他的手站起，在拍著面罩上的土時，卻又逸出一聲輕笑。

朱聿恆不明所以：「笑什麼？」

「我賭贏了，很開心。」

朱聿恆如墮五里霧中，側頭盯著她。

「哎，老這麼嚴肅，真不好玩。」阿南灰頭土臉，藉著窗欞透進來的光瞧著同樣滿身灰土的他，笑嘻嘻道：「其實我剛剛將鐵罩子拉起來的時候，心想，這可真是一場豪賭。畢竟，你為了重獲自由身，一脫離險境就丟下我這個主人逃命離開的可能性，可是很大的啊。」

她眼中閃爍著微光，彷彿忘記了自己依舊身在險境。朱聿恆垂下眼，避開她的目光，低聲道：「把救命恩人丟下，自己逃命這種事情，我做不來。」

——尤其是，擋在他身後的，還是一個女子。

阿南笑嘻嘻道：「我想也是，畢竟，宋提督最喜歡英雄救美了。要不是不願讓我孤身冒險，你也不會和我一起來這裡，對吧？」

朱聿恆忍無可忍，哼了一聲別開頭，示意她閉嘴。

相扶著走到門邊，只聽得一個女子細弱的聲音，隱約從前院傳來：「元知，後院那是什麼聲響？那兩位客人怎麼了？」

楚元知氣息不穩道：「沒什麼，大概是梁上什麼東西掉下來了，妳回房內好好休息。」

「可……可是……」她遲疑片刻，說道：「要不，我去酒樓把北淮叫回來……」

「不用，妳就好好待著，什麼聲響都不要出！」楚元知提高聲音道：「沒事的。」

阿南側耳傾聽外面的對話，低聲道：「看來這瘴癘引發的火災應該不會很大，楚元知似乎很肯定，前院的他和妻子不會受到波及呢。」

朱聿恆聽出她話中的狡黠之意，心中油然升起不祥的預感：「所以，妳要幹什麼？」

「當然是——出出這口惡氣！」

說著，她一把扯掉蒙面布，飛腳踹開面前的屋門，然後將手中火摺一把打開，在火光亮起的一刻，朝地窖處扔了過去。

還沒等火摺子落下，她便一手拉起朱聿恆，往前疾奔，幾步就穿過了院子。

正站在前院後門屋簷的楚元知，猛然間見後院屋門洞開，隨即火光驟亮，整個院子頓時亮得如同白晝。

在這熾烈的火光之中，阿南與朱聿恆如同鷹隼比翼而來，直撲向他。

浴火沐光的兩人，太過明亮，彷彿灼燒了楚元知的瞳仁，令他呆立當場，一下子竟如同被他們耀眼的光輝攫住了魂魄，枯瘦的身軀無法動彈半寸。

阿南對敵人向來毫不留情，即使對方身體虛弱，依然被她既絕且準地掐住咽喉，狠狠地按在了後背的柱子上。

楚元知在柱子上撞得不輕，喉口也被掐得呵呵作響，說不出半個字來。

阿南見他眼神渙散，毫無氣力的模樣，手一鬆任由他跌坐在地上，然後拍拍手，笑容嘲譏：「楚先生，這麼晚了您還站這兒等著，是不是要親眼瞧瞧我們被燒死在裡面的模樣啊？」

楚元知委頓於地，撫著喉頭，用嘶啞的喉音擠出幾個字：「真是失敬……我離開拙巧閣十餘年，竟不知閣中又出了二位這樣的後輩英才。」

「我和拙巧閣才沒關係！」阿南冷哼一聲，厭棄道：「別把我和那個姓傅的扯到一起！」

她這一句話，讓楚元知頓時愕然瞪大眼，失聲叫了出來：「你們不是……不是拙巧閣的？」

話音未落，旁邊傳來此起彼伏的巨大聲響。

是韋杭之見裡面忽然起火，帶著守候在外面的人，撞開院門衝了進來。

然而楚家祖宅的院牆與大門早已預設重重機關，連阿南也有所忌憚而不願擅闖，他們一群人一經闖進，頓時引發機關，如同怒雷震響，場面不可遏制。

火光噴射中，所有的侍衛不是身上著火，便是被燙得滿地打滾。一時焚燒聲與痛苦哀號聲混雜在一起，更顯混亂悽慘。

阿南見那火苗極其灼烈，一股股噴湧著，忙拉著朱聿恆退後幾步。誰知朱聿恆一抬手，一點火星濺到了他的手背上，讓他的手微微一顫。

韋杭之英勇無比，後背燃著火苗，依然仗著一股凌厲氣勢，直奔到朱聿恆面前，查看他是否出事。

阿南提起一腳，不由分說將韋杭之踹翻在地，手中流光一勾，強迫他在地上打了好幾個滾。

韋杭之猝不及防之際，從後門直滾到走廊。直到他的手撐住牆角，才借勢旋身而起，重新站住。

在皇太孫和手下面前出了這麼大一個醜，韋杭之憤憤地爬起來，瞪向阿南。

誰知阿南只朝他一笑，指了指自己背上，示意他。

韋杭之回頭一瞧，才發現自己背上的火苗在翻滾之際已經統統熄滅了。雖然有點抹不開面子，但他還是勉強朝阿南一拱手，然後悶聲不響衝向了楚元知。

委頓於地的楚元知任由他擒住自己，只指著前院角落，嘶聲喊：「快……快去關掉機關，快……」

阿南幾步趕去，將他所指的青石凳一腳蹬翻，下面果然露出牽引機括。

阿南這邊緊急制動，楚元知又將院中小井指給眾人。

傷者中依然有呻吟聲傳來，但畢竟已沒有性命之憂。

朱聿恆見眾人個個衣裳破敗，灰頭土臉，更有幾個傷勢嚴重，便吩咐韋杭之盡快帶他們去找大夫醫治。

阿南搞定了機關，抖抖自己焦黑的裙角，走到楚元知身邊蹲下，道：「楚先生畢竟是用火的大家，機關設置得真是百人辟易。」

楚元知的身體與手顫抖得一樣厲害：「你們……是官府的人，不是拙巧閣的？那你們為何要、要上門來尋我麻煩？」

阿南怒笑：「敢情你對我們痛下殺手，是以為我們是拙巧閣派來找你的？」

楚元知看看後院堂屋的熊熊烈火，又看看面前的阿南，最終只用顫抖的手捂著胸口喘息痛咳，久久說不出話。

正在此時，他們傳來耳邊一陣淩亂的腳步聲，是楚元知那個病弱的妻子，踉踉蹌蹌地拎著木桶，企圖提水過去救火。

但火勢猛烈，此時後院的堂屋已經燒得朽透，杯水車薪，已經毫無效力了。她在驚懼之中，抬頭又看見被官兵們壓制跪伏的楚元知，手一鬆，木桶便掉在了地上，咕嚕嚕一直滾到阿南腳下。

阿南腳一勾一帶，將桶往上一踢，抬手一把抓住提手。

將木桶交還給楚夫人，阿南笑道：「楚夫人，妳夫君犯下大罪，公然傷害朝廷官員，即刻便要押赴官府了。」

楚元知妻子本就孱弱，一聽到她這話，頓時整個人癱倒在地。

阿南忙抱住她的身軀，抬手狠掐人中，讓她不至於暈厥過去：「楚夫人，妳別急呀，押赴官府又不是立即行刑。」

楚夫人意識已經有些不清，茫然地抬手抓著她衣袖，像是抓住殘存的一線生機：「元知他，他不會……不會有事吧？」

「反正不會馬上死，先拷打折磨三、五個月吧……」

阿南說到這裡，見楚夫人眼睛一翻，眼看又要厥過去了，忙搖晃著她：「哎哎，我開玩笑的，楚夫人妳別急啊。」

都什麼時候了，還在這兒開玩笑。朱聿恆對阿南這種誇張的行為投以鄙夷目光，在旁邊開口：「楚夫人，楚先生涉入幾樁要案，我們要帶他去官府問話。若是能洗脫嫌疑，或者將功折罪，妳的丈夫應該有回家的機會。」

也不知楚夫人聽進去了沒有，她緊絞著阿南的衣袖，渙散的目光從她身上轉向楚元知。

在這一側頭之際，朱聿恆瞥見她的面容，右臉看來十分秀麗，左臉卻是一片燒傷疤痕，在明滅火光的照耀下，不算恐怖，卻顯淒涼。

朱聿恆心中閃過一個念頭，這兩個人，一個毀了容，一個殘了手，究竟是什麼樣的命運，讓他們相聚在一起的？

只聽楚元知啞聲道：「璧兒，妳別急，好好和北淮在家過日子，我……盡早回來。」

聽到他說話，楚夫人才終於點了點頭，嗚的一聲哭了出來。

阿南鬆開了楚夫人，用手扇著撲面而來的熱風與灰燼。而楚夫人撲在門上，目送丈夫被押走，捂嘴流淚。

「楚夫人，替妳丈夫收拾一些常用的東西吧，明天我叫人通融通融，幫妳送進去。」

楚夫人恍惚地點了一下頭，張了張乾裂的嘴巴。但還沒等她說出什麼話，只聽得轟隆聲響如炸雷，周圍驟然一亮。

在滿街的驚呼聲中，後院的堂屋終於被火燒得朽爛，坍塌了下來。

幸好堂屋並不與街坊相接，雖然大火燒得整座房屋轟然倒塌，令周圍坊巷全是黑煙炭灰瀰漫，街坊鄰居叫苦不迭，但火勢並未蔓延，甚至連前院都只在灼熱風中搖晃了幾下，未曾受到波及。

自己家的屋子燒塌，楚夫人卻只怔怔看了一會兒，便逕自往屋內走去。

阿南有點擔心，在她身後問：「楚夫人？」

她沒有回身，只喃喃道：「我要給元知準備東西。他……他的鞋子破了，我給他做的新鞋還沒納完呢……」

後院的火，在一桶桶水潑上去後，漸漸熄滅。

前院屋內，火篾子明滅不定的光線將屋中人的身影映照在窗上。楚夫人彷彿聽不見任何聲響，只俯頭納著鞋，將青布一層層縫合成厚厚的鞋面。

這過厚的鞋面，加上千層碎布縫綴成的厚重鞋底，一層層布太過厚實。她手中的針無力穿過，只能聳著肩膀，用頂針竭力將針頂過去。將線拽出後，她虛弱地抬手扶住暈眩的額頭，壓抑低咳著停了片刻，才又開始下一針。

阿南看著窗戶上楚夫人的剪影，挑了挑眉。

朱聿恆問她：「怎麼了？」

「我在想……她和卓夫人有點像。同樣嬌弱的身體，同樣毀掉的容顏，不會也同樣有一場徐州驛站的大火吧？」說到這兒，阿南自己也覺得荒唐，道：「算了，我們走吧。」

夏日猛火，煙灰瀰漫。即使在楚家水井邊洗了手臉，但烘烤到現在，兩人都是一身乾熱。

走出小巷，阿南想起一事，讓朱聿恆在鄰居裡找幾個熱心腸的婆子，好好照看楚夫人，以免發生意外。

畢竟，楚元知與拙巧閣有舊恨，或許是個可以爭取的人，但與他相濡以沫的楚夫人若出事，那肯定沒有拉攏可能了。

朱聿恆正對韋杭之授意，耳邊忽有一陣咕咕的輕微聲響傳來。他轉頭一看，阿南抱著肚子一臉懊喪。

這一場激戰，他們二人到現在還沒吃晚餐，難怪她餓成這樣了。

朱聿恆抬手讓神情微怪的韋杭之趕緊去辦事，而阿南噘著嘴，在眾人散開後，向他伸出手示意。

朱聿恆會意地探手入懷，自己也愣了一下——來之前被她隨意塞進去的蔥包檜兒，在這場生死攸關的混亂之後，居然奇蹟般地還在懷中。

他拿出荷葉包，遞給阿南。阿南打開一看，裡面的蔥包檜兒已經散碎，油條和蔥零亂地各自散在一邊，狼藉不堪。

但她卻毫不介意，撮起勉強還能入口的一片放入口中，頓時笑得眉眼彎彎：

「好吃！不愧是全杭州最出名的蔥包檜兒呀。」

說著，她抬頭看向朱聿恆，挑了片最完整的遞到他嘴邊：「你也嘗嘗？」

朱聿恆對這些街邊小吃原無興趣，但見她吃得這麼香，便抬起手接了過來。

這蔥包檜兒出爐已久，外面春餅散落，裡面油條也不再酥脆，只是兩人如今腹中飢餓，入口只覺美味無比。

阿南笑道：「好吃吧？甚至還溫溫的呢。」

話一出口她才想到，這些許的微熱，應該是朱聿恆的體溫。

這隱約的曖昧，讓阿南這樣厚臉皮的人，也不覺臉上有點熱熱的。

不自然地轉開頭，她默默地吃著蔥包檜兒，含糊道：「走吧。」

第十一章　人生朝露

一番折騰，二人都是狼狽不堪，看看已過夜半，乾脆先回樂賞園，換件衣服休息一夜，明天再好好審問楚元知。

月上中天，阿南滿身塵煙地回來，覺得自己都有點不好意思了，又要麻煩桂姐兒半夜幫忙備洗澡水。

要不……她的目光又看向朱聿恆，盤算著是不是讓他再幹幹家奴的分內工作。

經過正院旁邊時，廊下傳來低低的哭聲。

阿南與朱聿恆對望一眼，兩人放輕腳步走到轉角處，果然看到卓晏將臉埋在掌中，坐在無人處壓抑哭泣。

想必他已經知道了，關於母親的噩耗。

二人都是默然無言，站在拐角外，聽著他絕望的悲泣聲，那裡面盡是無法留住至親的哀痛。

阿南沉默片刻，走到卓晏旁邊輕輕坐下，抬手輕輕拍了拍他的背。而平生沒任何安慰技能的朱聿恆，只能遲疑著站在牆後。

卓晏茫然地抬頭，朦朧中看見她關切的目光，臉上的眼淚又一時收不住，只能扭頭向旁邊，抿緊脣不肯出聲。

阿南想拿袖子給他擦擦眼淚，可是她衣服上全是塵灰，竟無從下手，只能說：「阿晏，人世變故，總難倖免……你娘這些年來得你爹盡心呵護，又有你這樣的好兒子，至少此生安寧幸福……」

「不……妳不知道……」卓晏聲音嘶啞，哽咽道：「我娘……是我害的，是我……」

阿南頓時錯愕，不知他何出此言。

而卓晏在這黑暗的角落，彷彿亟需傾訴罪行的贖罪者，下意識地便對著她傾訴自己的過錯：「我娘最喜歡的那隻金被銀床，牠……牠以前性子特別溫順，是我前幾年過年放炮仗時，隨手扔了一個嚇嚇牠，誰知竟把牠鼻子炸破了一塊，從此這貓就特別怕鞭炮聲，還怕火藥味……我爹有次在營中查看火、槍、火藥回來，衣服上沾了點硝石硫磺味，牠就瘋一樣嘶叫，差點沒把他給撓了……這次大概是我大舅身上有火藥味，所以貓才會發狂，抓了我娘，以至於……以至於——」

「不關你的事。」阿南打斷他的話，阻止他遷怒於己。「如果那隻貓沒有得恐水症，就算被嚇到了撓人，也不會出事的。與你多年前做過的事情，沒有任何關係！」

卓晏嗚咽著，喃喃問：「真的嗎……」

「真的！」阿南斬釘截鐵。「難道你連我都不信？」

卓晏目光虛浮地看著她，而她的神情如此堅決肯定，讓他終於點了點頭。

他靠在背後的牆上，呆呆看著天上月。

阿南此時已經睏倦無比，她拉了拉卓晏的衣袖，低聲說：「放心吧，別在這兒胡思亂想了，你娘吉人自有天相，貓抓得恐水症的機率……應該也不大，或許明日就好起來了。」

「嗯……」他茫然應著，也不知聽進去了沒有，但總算不再是那種崩潰的感覺。

把卓晏哄回屋內後，阿南走出院門，看見靜靜站著等待她的朱聿恆，長長嘆了一口氣，說：「不管怎麼樣，先回去休息吧。」

他們踏著稀薄的月色回桂香閣，夾道香柏森森，耳邊盡是山間松濤。

久遠之前讀過的一首詩，忽然在朱聿恆腦海中浮現。

白楊何蕭蕭，松柏夾廣路。下有陳死人，杳杳即長暮。潛寐黃泉下，千載永不寤。浩浩陰陽移，年命如朝露。

人生如朝露。若他追尋不到奇蹟，那麼明年此時，他已經深埋地底，泥銷骨肉，化為虛無。

阿南見他神情如此低黯，以為是替卓晏傷心難過，便抬手輕拍他的背，說：「別想了。人生天地間，不過是倏忽寄居客，到頭來每個人都終將面對那一刻，只是或早或晚的事情。」

「既然如此，我們在這人世間走一遭，又有何意義呢？」

「意義什麼的，我是真的不知道。」阿南想想，又說道：「大概是做點自己覺得應該做的事情，肆意任性地活著，無怨無悔地離開吧。」

「如果……我是說如果。」朱聿恆的面容在月色下顯得恍惚，問她：「今天妳沒有僥倖逃開那個鐵網罩，殞身在楚家，妳會覺得遺憾後悔嗎？」

「會遺憾，但不會後悔。」阿南毫不猶豫，乾脆俐落道：「事情真相沒揭曉，萍娘的仇也沒有報，我若就那樣永訣人寰，當然會遺憾。可是到了這個時刻，楚家那個鬼門關不得不去，這也是我自己的選擇，就算我因此而死，又有什麼可後悔的？」

朱聿恆傾聽著她的話，沉吟問：「其實，我們可以用更溫和一點的方式，比如說，表露官府的身分，去招攬楚元知？」

「我確實也是這樣想的啊，甚至還拿出了我覺得他可能會感興趣的火摺子和他探討，誰知弄巧成拙，他反倒以為咱們是拙巧閣派來的，痛下殺手了。」阿南一臉懊惱，但轉而聲音又輕快起來：「不過這趟再凶險，能抓獲楚元知，也算值得了。他與此案瓜葛甚多，一旦官府找他，還不立即帶著妻兒逃跑？他那手段，到時候我們能截得住他？」

清冷的月色相照，他們並肩慢慢走過遊廊，回到桂香閣。

懷著自己也不明白的心情，他問了她最後一個問題：「阿南，要是妳的人生只剩下一年時間，妳會去做什麼呢？」

「一年啊……」阿南想了想，問：「從現在開始嗎？」

朱聿恆點了一下頭。

她雙眉一揚，說道：「那當然是用這一年時間，去尋找能讓我再活幾十年的方法啊！」

確切無疑的回答，毫不猶豫，斬釘截鐵。

朱聿恆沉默凝望著她，那一貫神情端嚴的面容，此時如春雪初融，露出溫柔又和煦的霽色。

阿南挑挑眉，問：「怎麼，難道你不會？」

「我當然會。」他亦毫不遲疑。「不惜任何代價，不論任何手段。」

「我就知道，我們是同類。」阿南朝他一揚脣角，揮揮手，快步跑上樓去了。走到樓梯口，她又靠在欄杆上，回身看他：「啊，差點忘了……」

一直仰頭目送她的朱聿恆，看見梁上紗燈將橘黃光芒投在她身上，令她回身的姿態如一朵凌空綻放的曇花。

朱聿恆望著她的身影，一瞬恍惚。但他隨即驚覺，下意識地別開了臉，將自己的目光從她的身上移開：「什麼？」

「你剛剛不是被火星燙到手了麼？這個給你。」她從懷中掏出一個小盒子，從樓上拋給他。「從楚元知那兒掏來的。雷火世家的燙傷藥，絕對是最好的。你記得洗淨傷處後，塗抹包紮再睡覺，千萬不要讓你的手留下傷痕啊，不然我會很心疼的。」

朱聿恆握著那一盒燙傷藥，神情有些彆扭：「那妳腳上的傷呢？」

「我當然也有啦。」阿南掏出另一盒朝他晃了晃，轉身進屋去了。

朱聿恆拿著那盒藥膏，沉默了片刻。

身後傳來韋杭之的腳步聲，他拿著藥瓶走到門口，低聲問：「殿下，這是您要的燙傷藥，現在給阿南姑娘送去嗎？」

朱聿恆將手中的藥膏塞進袖口，悶聲說：「不必了，你拿走吧。」

第二日天氣晴朗，是個幹大事的好日子。

「今天這場戲，一定要好好演，非把楚元知的七寸給捏住不可！」在進州府大牢前，阿南叮囑朱聿恆。

「楚元知的七寸，是拙巧閣？」

「不，我覺得是他的妻兒。」阿南跟著獄卒往大牢裡面走，一邊說：「不過他確實與拙巧閣關係匪淺。當年他在拙巧閣是五長老之一，司掌離火堂。楚家的火機關堪稱獨步天下，你昨晚也親身試過了，基本上，當世無人能出其右。」

「那麼，他為何又離開了拙巧閣，現在又和這幾起火災扯上關係呢？」

「這就要看我們今天能從他口中得到些什麼了。」

阿南腳步輕快，施施然進了獄卒打開的牢門，臉上依然掛著那不正經的笑容：「楚先生，我們來討債啦！」

正倚坐在牆角的楚元知，被她這一句喊得不知所措，吶吶直起身，盯著這個女煞星。

狹窄的囚室內僅鋪著一張破爛草席，牆角一個便桶，其餘什麼都沒有。朱聿恆瞄了瞄草席上隱約爬過的臭蟲跳蚤，在門口止住了腳步。

阿南朝他寒暄：「楚先生昨晚休息得還好嗎？」

楚元知苦澀道：「託姑娘的福，還行。」

「那接下來，楚先生有什麼打算呢？」阿南朝他微微一笑，道：「別說那個玉珮了，我們的命可值萬金，這位堂堂朝廷提督，昨夜差點死在你家中，你可知道自己什麼罪嗎？」

「你們既是官府中人，為何要設局來為難我一個小人物？楚家如今不過破屋幾間，廢人一個，有什麼值得你們垂青的？」

「楚先生過謙了，其實我們仰慕你已久。」獄卒殷勤搬來兩把椅子，阿南拉過一張坐下，坐姿散漫。「聽說楚先生十六歲便總領拙巧閣離火堂，是有史以來最年輕的堂主呀。」

楚元知靠在牆角，身形一動不動，啞聲道：「那都是過往虛名，如今我只是個廢人，姑娘再不必提起了。」

「廢？我看沒有啊。你這兩個月還做了幾樁大事呢。」

阿南這一句話，讓楚元知面露詫異，茫然看著他。

「四月初八，你家的絕學六極雷出現在順天，把紫禁城三大殿焚燒殆盡。」阿南滿意地看著他臉上浮現錯愕的神情，娓娓道：「還有呢，前幾日杭州驛站一場大火，燒死了京中來調查三大殿起火案的太監，而那位卞公公在臨死前，寫下了你們楚家的楚字。」

楚元知大驚，衝口而出：「不可能！」

「怎麼不可能了？按照常理來推斷，我看很有可能。」阿南笑容得意，幾乎要蹺個二郎腿。「你偷偷潛入京中，用六極雷焚燒了三大殿，然後發現卞公公一路追蹤到了杭州。於是你一不做二不休，縱火燒了驛站，讓發現了真相的卞公公死於火海，誰知天理昭昭，對方在臨死前留下了凶手名字，讓我們追尋到了你家——甚至在我們追凶到你家之時，你還利用家中機關，讓我等查案的人死傷無數，真是罪大惡極！」

「絕無此事！」楚元知伸出自己顫抖不已的雙手，辯解道：「我為了離開拙巧閣，付出了自廢雙手的代價。姑娘妳看我這樣的廢人，如何還能去順天、去驛站縱火殺人？」

「是嗎？誰說手廢了就殺不了人？我看你昨晚殺我們的時候，下手倒是毫不留情啊。」

楚元知臉色灰敗，道：「昨夜確是我……我罪該萬死。我以為你們是拙巧閣派來尋麻煩的人……」

「以為是，就下手如此狠辣，楚先生你真是幹大事的人，不枉你們楚家先祖創立如此顯赫的家學，代代相傳。」

「雷火凶險，戕害無數生靈，我家傳絕學六極雷，更是凶險至惡之法。此種惡法若能在我手上埋沒，也不失為世間一幸事。」說到此處，楚元知聲音低啞，語調卻帶著斬釘截鐵的狠勁：「所以，我寧可讓兒子去酒樓幫傭殺雞宰鴨，也不肯讓他知道我家這些東西，就是要讓這家傳絕學斷在我這一代，永遠從這世上消失！」

阿南聽他發這狠話，非但不動容，反而抖了抖手中的案卷，噗嗤笑出聲來：

「行啊，那就如楚先生你所願，我好好跟你算一算吧。楚先生，你在家中私設殺陣，危害微服私訪的朝廷重臣，按律……」

說到這兒，阿南回頭問站在牢門外的朱聿恆：「哎，阿言，按律該如何判決呀？」

朱聿恆淡淡道：「按本朝律令，刺殺朝廷官員，不論官階大小，一律視為謀逆犯上。首惡斬首，親族流放千里之外，妻子兒女一律充作官奴。」

他聲音不大，語調也平緩，但入了楚元知耳中，他臉上頓時灰青一片，原本委頓的身軀，陡然間筆直僵坐。

阿南嘖嘖嘆道：「好慘呢，楚先生你要斬首示眾，你家還有親戚嗎？要流放千里，還有你的妻子，恐怕要進教坊司了。還有你兒子也難以倖免呀，小小年紀就淪落下九流。我看小北長得挺可人的，將來可不要成別人的玩物，孌童嬖幸什麼的呀……」

楚元知死死盯著她，他的臉上蒙著一層死色，目光卻似在噴火。

阿南站起身，輕鬆地拍了拍自己的裙子，笑道：「楚先生，恭喜你心願得成了。你的家傳絕學這下肯定是要斷了，畢竟你全家都沒了呢。」

出了牢房，阿南鑽到旁邊獄卒們休息的屋子，眉飛色舞地問朱聿恆：「怎麼樣，我是不是超凶超惡的？楚元知是不是被我們徹底唬住了？」

朱聿恆無語瞄了她一眼，將目光轉向外面，壓低聲音道：「禁聲，我讓他們把楚夫人帶來了。」

腳步聲響，似乎比昨晚更枯瘦的楚夫人，跟著獄卒進來了，隨即，便是淒厲的一聲「元知！」

阿南這八卦性格，聽到楚夫人哀戚的叫聲，忙出了房門，湊到門上鐵柵欄偷看。

對她這種鬼鬼祟祟的行為，朱聿恆投以鄙視的眼神，然後用腳尖給她撥了張凳子，示意她坐下光明正大地聽。

只見楚元知哀苦地捧著妻子的臉，聲音喑澀：「璧兒，妳……妳還好嗎？」

楚夫人竭力「嗯」了一聲，又問：「你呢？」

楚元知卻沒回答，只用那雙顫抖的手抓住妻子的手，從喉口拚命擠出幾個字：「北淮……北淮呢？」

楚夫人身體一僵，別開了頭，哽咽道：「他，他今天酒樓忙，就沒來……」

楚元知的聲音陡然提高：「不可能！北淮是不是出事了！」

楚夫人掩面痛哭，還沒來得及說話，便被楚元知死死按住了肩膀。

她避無可避，只能氣息急促道：「早上……北淮要和我一起來的，可我們剛出門，他就被、被一群官兵帶上了車，我怎麼追也追不上，至今連他去哪兒了也不知道……」

楚元知悵然長嘆，那嘆息聲卻已經不再有悲苦淒涼，只剩下空蕩的絕望。

他顫抖地輕撫妻子的面容，抹去她那被火燒毀的面容上的淚痕，眼中含淚，口中只低低念叨著：「對不住，是我害了你們，我……我是個罪人……」

屋內這麼淒涼悲慘，屋外阿南這個始作俑者有些聽不下去了：「讓他們先哭著，我去外面轉一圈，給楚元知一點時間，看他會不會想通點。」

出了大牢，到了街口，盡是熙熙攘攘做買賣的人群。

阿南挑了兩斤桃子，拿了一個剝著，剛剛風發的意氣便有點低沉下來：「萍娘去世前，還想著要幫大哥賣桃子，不知道阿晏幫她在驛站賣掉了多少呢……」

「兩擔。」朱聿恆隨口道。

阿南詫異：「咦，這你都知道？」

「查妻萬的行蹤時看到的。他最後一次出現就是在驛站，幫萍娘挑了兩擔桃子，送去給神機營的人。」

「然後他就收了錢，去賭博了？」

「或許吧。」畢竟這麼一個小人物，誰會在意他什麼時候去、什麼時候走？

正要回去時，忽聽到街邊一家店鋪傳來吆喝聲：「本店重金求得葉茂實所製的當歸墨，各位仁人君子走過路過不要錯過，看一眼也是福氣啊！」

阿南眼前一亮便擠進店裡，她這個俗人居然對墨錠有興趣，看了看就向店家詢問價格。

朱聿恆在旁邊瞥了一眼，道：「這葉茂實的落款不對，和我用的不一樣。」

店主不服氣，垮起個嘲諷臉問：「葉茂實的墨錠你拿來用？你怎麼用？」

朱聿恆平淡道：「磨墨用。」

店主冷笑不已，劈手奪回墨錠，重新裝回錦盒內高高供起。

出了店門，阿南慶幸道：「幸好你認出來了，不然我要是送個假墨錠給公子，他嘴上不說，心裡肯定要嘲笑我了。」

原來，是要給竺星河買的。

朱聿恆面無表情道：「那妳的公子，該寫得一手好字了？」

「那當然啦！他的字天下最好。」阿南說著，撫撫鬢邊，又有些懊惱地對他說：「你讓神機營的人好好找找呀，把我的蜻蜓及早還回來，那裡面有我很重要的東西呢。」

「嗯。」反正他們把天下翻過來也找不到。

「既然簽了賣身契，對主人的命令，上點心好不好！」阿南看出了他的漫不在意，噘嘴訓了他一句，忽然看到牆角有個小小的標記。

她略微皺眉，走到下一個巷口之後，瞥到牆根的另一個標記。

不動聲色的，她將懷中那兜桃子往朱聿恆懷中一塞，道：「阿言你先回去盯著楚元知。我覺得那家店的墨雖然不行，但有支毛筆還可以，我去買了就回來。」

朱聿恆平淡地點了下頭，拎著桃子便回去了。無須他示意，後面便有幾個裝束普通的人跟上了阿南。

所以朱聿恆回到獄中不多時，便拿到了阿南的行蹤。

她去了西湖邊荒僻的一間小廟，正是上次韋杭之抓捕司鷲時，司鷲向牆上射出鐵彈丸留訊號的那個廟。

因為訊息已被他們取走，所以阿南轉而離開。期間她十分警覺，幾次甩脫了後面的盯梢，但最終，守在司鷲落腳處的人盯到了她。

朱聿恆解著手中的岐中易，沉吟不語，韋杭之也不敢提醒，一直站在他面前等待回音。

但最終，他只聽到朱聿恆說：「知道了，退下吧。」

吳山上的尋常院落，不起眼的門戶。

阿南在大門兩側按兩長一短輕敲，門應聲而開，僮僕一看見她，頓時激動得要喊出來。

阿南朝他做了個「噓」聲手勢，想了想今日庚寅日，便熟門熟路地選了離坎位，踏過面前青磚地，繞過照壁魚池。

還未進屋，便聽到聲音傳來，一群人吵得快要動手。

「如今之計，唯一的辦法就是再度糾集人馬，去救公子！」

「廢話，能救早救了，可那地方，誰能進得去？」

「稍安勿躁，等南姑娘來了再商量也不遲。」

「公子已失陷四、五天了，不能再拖了啊！」司鷲的聲音透著無比委屈。「可阿南現在被官府盯上了，我上次接近差點被官府抓了，消息也傳不到她手裡呀！」

阿南正要進去，又聽到司霖的聲音冷冷傳來：「南姑娘現在和官府那個小白臉形影不離，我們被防得死死的，是不是有什麼問題啊？」

「有什麼問題？她和公子的感情，你難道不知道？」司鷲的聲音頓時拔高：「當初你失陷香夷島的時候，是誰去救的？那時候你怎麼不說阿南有問題？」

「我的意思是，南姑娘是不是被騙了。」司霖吶吶道：「當然了，她要是回來了，咱們就有主心骨了，放生池那個孤島也就不足為懼了。」

「對，不就是西湖中一個孤島嗎？我馮勝豁出一條命，今晚不救回公子，我投湖追隨老主子去！」

見這魁梧漢子把胸脯拍得山響，急匆匆埋頭就向外走，阿南站在門口抬起手，攔住了他的去路：「馮叔，什麼事走得這麼急？」

馮勝抬頭一看見她，立即就叫了出來：「南姑娘，妳可算回來了！妳知道不，公子被神機營抓走了！」

「現在知道了。難怪你們給我留標記，讓我速歸。」阿南掃了廳中眾人一眼，逕自走到正中的椅子坐下，抬手示意大家坐下。「公子身手如此超卓，誰能抓他？又有誰能困住他？」

司鷲捂著自己青腫的臉頰，氣憤道：「是神機營那個諸葛嘉，他親自在靈隱布陣抓人！公子見是官府的人，不便下殺手，便送我逃出來與大家商議。我們準備先找到妳共商大計，誰知妳身邊一直有官府的人，我連接近的機會都沒有，還被打成了這樣！」

阿南皺眉問：「抓捕的原因是？」

「不知道。我陪著公子好好的在靈隱祈福，忽然就有官差傳喚，不說理由，又沒傳票，那兩個保鑣就把他們推開了。誰知很快神機營就來了，上百人的大陣仗，差點把我打死。公子為了救我，被捲進去了，然後就被抓住了，現在困在放生池呢！」

阿南略一思忖，問：「所以，是不明不白被抓進去的？」

最老成的程熘志撫著花白鬍子，遲疑問：「南姑娘，妳覺得可不可能是因為，朝廷知曉了當年……」

「不可能。若是因此，對方不會將公子留在杭州。」阿南下意識又撫了撫鬢邊，思忖著自己那只失去的蜻蜓，問：「當時他們是否有提到三大殿起火的事情？」

司鷲斷然搖頭：「沒有。」

一群人七嘴八舌，探討了半天公子被抓捕的緣由，終究一無所獲。阿南便問：「你們說，公子被關押在放生池？為何不是州府大牢？」

「要是州府大牢就好了，那邊咱們要劫獄也不是難事。」司霖悶悶開口：「如今官府與拙巧閣聯手，在放生池布下了天羅地網，石叔料想小小湖心駐紮不了多少人，想趁他們立足未穩偷偷潛入偵查。誰知對方真是好生陰毒，在水中遍布鎖網陣，老石遍體鱗傷逃回來，肩胛骨都被擊碎了。就算他僥倖活下來，這一身功夫也廢了！」

「嘖，這哪是放生池，分明是個殺生池，在等我們呢。」阿南倉促趕回來，此時蜷著身子歪在椅子上，看起來頗有點散漫倦怠，和大廳內緊張的氣氛格格不入。

但眾人早已熟悉了她的性情，都只注目看著她，緊張地等著她下面的話。

「那個湖心島我之前經過，確實地勢絕佳，站在小閣中便可將遠近湖面盡收眼底。再加上水面船隻來往巡邏，水底遍布鎖網，幾乎封死了所有潛入的路徑，要進入救人，難如登天。對方這是想圍點打援，把我們挨個兒騙過去，一網打盡呢！」

「那難道我們就不去救公子了嗎？任由公子失陷敵手？」

「救，當然要救。只是咱們得把底細摸清楚。石叔在哪兒？我找他研究一下那邊的布置。」

石叔名叫石全，那晚潛入放生池查探地形中了機關，雖竭力逃回來，如今也只勉強吊著一條命。

看見阿南來了，他氣息奄奄地露出慘淡笑容：「南姑娘，妳可算回來主持大局了。」

阿南示意他好好躺著，便在床沿坐下，查看他的傷勢。

「死不了，就怕以後也起不來了。」石全說著，馮勝性格最暴躁，直接將被子掀起給阿南看。只看見厚厚包裹的肩胛，也不知纏了多少層，還有血水斑斑點點滲出繃帶。

又是拙巧閣。阿南緊咬牙關，手上輕輕將被子蓋好。

「放生池那個陣法，真是好生陰毒……」石全艱難道：「水面全是官船在巡邏，十二時辰不斷，絕不可能混進去。而水下，離堤岸三丈之內，水中遍布連鎖陣。那機關……不知藏在何處，我一開始潛在水草中，被割了之後上浮到水面，在看似空無一物的乾淨湖水中，依舊被絞得遍體鱗傷……我豁出一條命，仗著一口硬氣終於靠近放生池，但在攀爬上岸時，水上又有勾鐮手在等待，一冒頭便被勾住，不可動彈……我枉自在南海縱橫三十年，竟對西湖這灘淺水毫無辦法！」

馮勝看著老夥計這悽慘模樣，忍不住大聲嚷了出來：「就算難如登天，咱們也得把公子給救出來！依我說，咱們有的是船，召集所有兄弟，開幾百條船去，直接把西湖給填平了！」

阿南搖了搖頭，聲音略沉：「馮叔，我知道你牽掛公子。不過要是真被圍攻的話，對方會直接斬斷迴廊上所有連接面，只留迴廊臺階一處。到時候我們就算再多人去圍攻，因為水中已被機關封鎖占領，只能從臺階處突破。而對方只需要三、五只火銃輪替，就算來一萬人，也不可能登上那一圍堤岸。」

「那怎麼辦？難道任由公子落在他們手中，而我們在這裡當縮頭烏龜？」

「救，當然要救。只是連石叔都在那邊折損了，咱們就要吸取教訓。不然，陷進坑中陪著公子，又有什麼意義？」

叮囑了石叔好好休養後，阿南走到吳山高處，俯瞰西北面的西湖。

吳山天風徐徐而來，下方便是大片開闊的湖面。一泓碧波之外，遙遙在望的，就是湖心放生池。

她接過司鷲遞來的千里鏡，向那邊看去。

距離太遠，千里鏡也拉近不了多少，只依稀看到水風中起伏的柳枝，半遮半掩著朱紅樓閣，寧謐幽靜。

誰能知道，這湖光山色之中暗藏殺機，也暗藏著她的公子。

她心尖上的人，如今被束縛在死陣之中，竟無法脫困。

湖光在她眼中跳躍閃爍，一時之間，讓她一貫堅定的心志，竟也隨著波光動盪，有種難言的恐慌在胸口波動。

定了定神，她看到幾艘正在往外划出的官船，船身遮得嚴嚴實實，向著雷峰塔而去。

她問司鷲：「我上次見過放生池的船，似乎比現在有序？」

「雖然無法接近，但我們一直盯著那邊，馮叔這一番潛探後，那邊布防確實好像有變。」司鷲遲疑道：「神機營的人不是穿青藍布甲的嗎？他們好像從昨晚開始陸續從放生池撤出了，也有幾艘船陸續離開又返回，如今那邊防守有些鬆懈，我們懷疑……」

「他們準備或者已經把公子轉移出去了，這邊留著的，只是一個空陷阱？」阿南問。

「我們還在探詢，或許還要等確切情況。」

「好，那我等你們。反正……他們要留著公子當誘餌的話，短時日內，不會對他下手。」阿南將千里鏡交到司鷲手中，起身就要走。

「回來！」司鷲有點氣急敗壞。「好不容易回來了，妳又要走？妳去哪兒？」

「去找宋言紀啊，畢竟他是神機營的人，這麼好一個消息來源，不用多浪費啊。」阿南一邊往外走，一邊道：「至少，公子的下落，我總得先去他那兒摸清楚。」

司霖在旁邊冷冷道：「我們這邊群龍無首，妳去和神機營的人虛與委蛇？」

「我不懂什麼虛與委蛇。」阿南說著，臉上露出冷笑。「我只懂如何教訓奴才。」

阿南回到杭州大牢，從窗柵間一瞥，看到楚元知依舊呆呆地坐在那張破席子上，緊緊捏著妻子昨晚新納的鞋子，怔怔發呆。

他那雙本就顫抖不已的手，此時青筋凸起，如同痙攣。

她也沒多看，走向了旁邊的淨室，卻發現韋杭之守在門口。看見阿南過來，他有些為難地抬手，低聲道：「阿南姑娘，諸葛提督過來了，找我們提督大人有點公務。」

「哦，公務啊，那我不方便進去了。」阿南貌似輕鬆地轉了個身，進了隔壁淨室。

她在室內轉了一圈，尋思著神機營兩個提督碰頭，大概會提到一些要緊事——說不定，和他們前幾天抓捕的人有關呢？

「主人聽聽家奴在說什麼，不是理所當然嗎？」她端起茶壺給自己倒了一杯茶，一邊吹著茶葉浮沫，一邊將耳朵貼在牆壁上。

可惜，州府大牢院牆極為厚實，牆中間夾層大概還絮著稻草，她只聽到悶悶的一點聲音，隔壁確是在說話，卻完全聽不清。

阿南潑掉了杯中茶，將杯口扣在牆上，附耳上去聽著。

隔壁間的聲響開始清晰起來，傳入耳中。

「簡直豈有此理。」朱聿恆的聲音低而緩慢，卻擋不住其中隱藏的惱怒。「錦衣衛居然敢從我們手中搶人？」

諸葛嘉憤恨道：「可他們拿了南京刑部的駕帖來，我若是不交接，便是公然違抗朝廷，到時候咱們全營都沒好果子吃。」

「如今營中兄弟都撤出那地方了？」

「是，不得不從，但這口氣真是嚥不下去。憑什麼咱們辛辛苦苦抓捕的匪首，就這麼一下全被錦衣衛截胡了？這事沒有後續，我沒法跟當時折損的兄弟們交代！」

搶人，神機營撤出……

「原來神機營真的撤出放生池，被錦衣衛黑吃黑了？」阿南正暗自思忖著，聽到那邊朱聿恆說道：「我待會兒寫封書信，去南京六部討個說法，務必不讓你們吃虧。」

「全仗提督大人了。」諸葛嘉兀自鬱悶。

「另外，錦衣衛也是因為三大殿起火案所以介入的？」

「是，南京六部如今人少權微，打探到咱們在辦這個大案，意圖在聖上面前露個大臉，當即與錦衣衛聯手施壓，要搶這個功勞。就連南直隸神機營那小狼窩，也想來分一杯羹，是可忍孰不可忍！」

朱聿恆低低「嗯」了一聲，又問：「那麼，抓到之後不是應該拷打壓搾嗎？怎麼關到那種地方去了？」

「對方太過扎手，當時屬下擒拿他的時候就費了不少工夫。他身邊又能人眾多，是以不敢放在州府大牢，要不是拙巧閣相中了放生池這塊絕地，幫忙設陣，這人早就被同夥救走了。」

「錦衣衛與拙巧閣之前有合作麼？他們會繼續在放生池？」

「南直隸錦衣衛估計與他們不太熟，目前尚不知那邊會如何調度。」諸葛嘉悻悻道：「總之，咱們付出過的辛苦，還有那些個受傷的兄弟，不能就這麼被抹掉了！」

朱聿恆沉吟片刻，說道：「好，我大致清楚了。此事，我會給兄弟們一個交代的。」

等到諸葛嘉告退離開，阿南先喝了杯茶把事情捋了捋，然後慢悠悠回到朱聿恆所在的淨室，在他對面坐下，托腮望著他。

朱聿恆正在寫一封文書，筆尖在硯臺上略微掭了掭，問：「去哪兒了，怎麼才回來？」

「那支筆不太好，我又去市集上轉了轉。」阿南見他已經將摺子合上，便也不多看，只轉過椅子，把下巴擱在椅背上，那幾乎是癱倒在椅子上的姿勢，與朱聿恆沉肩挺背的嚴整姿態，恰成鮮明對比。

朱聿恆抬眼瞥了她一下，問：「怎麼了，無精打采的。」

「唔……」在來的路上想好了無數嚴刑逼供的招數，結果發現事情的方向與她想像的不太一樣，阿南現在有一種落空感，一時不知氣該往哪兒撒。

按目前情況看來，公子被捕的原因，估計還是與三大殿起火之時，火中飛出的、她所送的蜻蜓有關。

看來從宋言紀這邊是打探不到什麼了，他與公子被捕的事情似乎關聯不大。而放生池已被錦衣衛接管，她與公子聯絡的路徑也被切斷，無從探討那只蜻蜓為何會出現在火中。

更何況這放生池的可怕之處，在於拙巧閣布置的水陣，至於看守公子的是神機營還是錦衣衛，其實並無差別……

正當她思量之際，忽聽到朱聿恆的口中，吐出三個字：「竺星河……」

她下意識轉頭看他，錯愕地「咦」了一聲。

「妳家公子，是竺星河？」

阿南端詳著他的神情，似要從裡面找尋出他的用意來：「怎麼？」

「我聽說，他現在落入了錦衣衛手中。」

分明是落入了你們神機營的手中，只不過被劫走而已——阿南心想，難道是神機營在錦衣衛那邊吃的虧，想要利用她討回來？

臉上一副錯愕模樣，阿南追問：「我家公子被錦衣衛抓了？什麼時候的事，怎麼被抓的，現在關在哪裡？」

「五日前，靈隱寺，刑部下的令。因為懷疑他與三大殿起火案有關。」

「這樣啊……」阿南趴在椅背上盯著他：「一直在追查三大殿的不是你嗎？怎麼錦衣衛也摻和進去了？你不是對我家公子頗有誤會嗎？怎麼現在願意告訴我了？」

他淡淡道：「世間萬事相因相循，同僚可以爾虞我詐，必要時化敵為友又有何不可？」

「那我直接殺去錦衣衛所不就好了？」阿南蠻橫道：「我就不信那邊是什麼龍潭虎穴，以我的本事，難道救不出我家公子？」

「首先，錦衣衛目前調度有變，我們尚不知他們會將竺星河關押在何處。其次，就算救出來了，妳劫獄、他越獄，你們要拋棄所有一切，做一對亡命鴛鴦，終身被追捕嗎？」

阿南沉默了。畢竟，公子回歸故土之後，她是眼看著永泰產業逐漸在大江南北發展起來的，多年經營甚為不易，如何能夠一朝拋棄？

「那他現在哪裡，我又該如何去救他呢？」

「既然竺星河被抓的原因是三大殿起火案，我認為妳可以與我合作，只要將此事徹查清楚，朝廷自會還他清白。」

「說來說去……」阿南把臉靠在手肘上，玩味地看著他。「你不就是想讓我幫你查三大殿起火案，救你自己？」

朱聿恆十指交叉擱在桌上，不動聲色地看著她：「救他，同時也自救，不好嗎？」

各懷鬼胎的兩人對視片刻，終於還是阿南先轉頭看向旁邊囚室，問：「楚夫人走啦？」

「她哭暈過去了，不送走，還在這獄中待著？」

「有沒有說什麼重要的事情？」

「沒有，楚元知幾次欲言又止，但終究沒說出來。現在就看他的妻兒能不能讓他屈服了。」

「宋提督真是深諳馭人之道，看人下菜碟，一戳一個準。」阿南跳下椅子，抱起桌上的案卷交給他：「走，咱們先把眼前的案子解決了，看能從楚元知口中掏出點什麼吧！」

朱聿恆拿著案卷出了門，阿南到牆角提起那兜桃子，瞥了前面他出門的背影一眼，抬手快速翻開他剛剛寫的摺子。

上面果然是上書南京督察院的彈劾，關於錦衣衛劫走神機營要犯的事情寫得一清二楚，直斥南直隸錦衣衛同室操戈，侵奪同僚功勞，要求嚴查此事。

阿南只看摺子，也感覺一股委屈之意撲面而來。

她「嘖嘖」了兩聲，將摺子合上，趕緊轉到了隔壁。

晃進隔壁淨室，朱聿恆已經坐在案桌前，審問楚元知：「近日杭州驛站之火，你在其中動了何等手腳？」
楚元知咬緊牙關，搖頭道：「我未曾聽聞此事。」
「被燒死的卞存安卞公公，與你什麼關係？」
「不認識。」他從牙縫間擠出這幾個字。
「二十一年前，徐州驛站那場大火呢？」
徐州驛站。這四個字讓楚元知僵了片刻。
「不記得了？」朱聿恆翻開徐州驛站的卷宗，將上面記載示意給他看。「六月初二日，晴好天氣，亥初時忽有悶雷炸響，東南西北皆有雷聲，天火與地動同時而來。隨即驛站後院轟然起火，將當晚住宿的四十人悶在其中焚燒，僅有三人存活。火勢蔓延到旁邊各院，又有二人在混亂中踐踏身亡……」
他一字一句念出當年情形，楚元知僵直地聽著，等聽到二人被踐踏身亡時，他脫力後仰，後腦重重砸在了牆上，咚的一聲鈍響。
「你敢說，這不是你家的六極雷？還是說，我該去拙巧閣找一找當年檔案，除了你這位離火堂主，又有誰可以如此犯案？」朱聿恆見他臉色變了，「啪」一聲將案卷丟回桌上，聲音也變得冷厲起來：「更何況，當年驛站之中，還有未亡之人在世，他們都還記得當日情況，究竟是否你家絕學！」
「徐州驛站，我確實罪該萬死……」楚元知用失去了焦距的眼睛望著他，終於艱難開了口：「只是我妻兒罪不至此，他們既不知道我之前是什麼人，也與此事毫無關聯，為何要禍及他們？」

「法度即是鐵律，你犯下了罪行，又拒不交代，我們如何知道你妻子是否同謀？」朱聿恆仔細端詳他的神情，冷冷問：「你以家傳手法犯案，早已罪惡昭彰，就算試圖隱瞞，又有何用？」

楚元知雙脣翕動，臉上滿是掙扎痛楚。可他要說的話，卻終究只卡在喉嚨，無法出來。

阿南看著他的模樣，腦中忽然一閃念，明白了他在掙扎什麼。

她一步跨到案桌邊，將朱聿恆那本卷宗拿起來，快速翻到其中一頁查看，然後長出了一口氣，對著朱聿恆使了個眼色。

朱聿恆轉眼一瞥，看到她手指的地方，睫毛微微一顫，抬眼與阿南相視。

阿南點了一下頭，他沉默了片刻，然後站起身，示意阿南。

阿南卻不問話，只從芭蕉兜中挑出一個大桃子，蹲在楚元知的面前，遞過去問：「楚先生，吃嗎？聽說你自昨晚起就不吃不喝的，要是把身子熬壞了，撐不到上刑場的那一天怎麼辦？唔……當然餓死也好，不然你妻子也太慘了，第一天看著你被殺頭，第二天自己和孩子被充教坊司，嘖嘖，活不了活不了……」

楚元知目光怨毒地盯著她，胸口劇烈起伏，竭力抑制自己的憤恨。

「咬緊牙關也沒用，你瞞不住的。」阿南笑了，將手中那顆桃子轉了轉。「都到這地步了，你還怕你的妻子——叫金璧兒對吧，知曉你害死她父母、害她毀容之事？」

她輕輕一句話，卻讓楚元知如遭雷殛。

阿南滿意地看著他，知道自己的猜測對了：「二十一年前的檔案上，可都記著呢，在火災中遭踐踏身亡的二人，是從杭州清河坊前往徐州探親的金家三口的夫妻，他們的女兒其年十八歲，被燒毀了面容……咦，楚先生你的妻子也姓金吧？臉頰也被火燒毀容了呢。」

楚元知臉色一片灰敗，緊緊閉上了眼睛，似是願就此死去，墮於地獄。

「慘啊，你妻子至今還不知道，那場火就是她二十年的枕邊人放的——不過很快了，你被斬首時，可是會公宣罪行的，到時候，你終究還是瞞不住。」阿南蹲在他面前嘆了口氣，搖頭道：「楚先生，再不好好配合我們的話，恐怕你寧死也要守住的祕密，馬上就要讓你妻子知曉了。唉，我看她身體很弱，也不知能不能承受這樣的打擊呢。」

楚元知氣息急促，枯敗的嘴唇僵直地張著，只是喉口哽住，一時竟無法發出任何聲音。

阿南拍拍裙子，作勢要起身離開：「那行，我去找你妻子，好好寬慰寬慰……」

就在她起身的時候，她的裙角被扯住了。

是楚元知抓住了她的衣服。

他死死地拉著她衣服，帶著一種決絕的狠厲，彷彿就算此時被人砍斷了手，他那緊抓的五指也不會鬆開絲毫。

她慢慢地彎下腰，盯著楚元知的面容，像是要望進他的心中。她將手中那個桃子又遞到他的面前，問：「楚先生，吃嗎？」

楚元知頓了半晌，終於抬起那隻顫抖不已的手，接過了她手中的桃子。沒有剝皮也沒有搓掉外面的毛，他塞到口中，一口一口木然吃了下去。

阿南專注地看著他，臉上卻無半點歡欣之意。

等楚元知吃完桃子，她才問：「楚先生，好好說一說吧？」

楚元知慢慢坐正了身軀，他的嗓音雖還喑啞，神情卻已經平靜了下來：「我會如實招供，任由驅馳。只求禍不及妻兒，同時，也別讓我的妻子……知曉當年真相。」

阿南正想說，你還討價還價？卻聽朱聿恆在旁邊淡淡道：「准了。」

她回頭看他那沉靜端嚴的模樣，一時覺得，這個人真是很適合說這兩個字。

在家中把眼睛哭成爛桃的金璧兒，萬萬沒想到，兩個時辰前還身陷囚牢的丈夫，兩個時辰後卻在朱聿恆和阿南親自陪同下，回到了家。

她抱著楚元知痛哭流涕，楚元知心下有愧，默然握了握她的手，也沒多說什麼，便帶著阿南他們到了後堂。

按照楚元知的指點，韋杭之撬開天井的磚塊，往下開挖。

阿南提起裙襬走到後面瓦礫堆中。中間塌陷的地方便是之前那個地窖，懸在梁上的鐵網罩早已墜落到地窖中，沒了上面主梁的牽引，塌縮成了扁扁的一團，上面還纏著被她拆散的精鋼絲網。

阿南跳下地窖，將纏在鐵罩上的精鋼絲網一一收回，抖乾淨灰燼。掀起一點鐵網罩，她看到了被她丟進來引燃瘴癘之氣的那個火摺子，就躺在鐵網罩的中間。

阿南取回火摺子，吹了吹上面的灰，躍出地窖。

金璧兒一直焦急地等在旁邊，見阿南上來，終於再也忍不住，撲通一聲跪倒在地，抓住阿南的衣袖哀求：「姑娘，我、我家孩子呢？求你們開恩，讓我孩子回家……」

「璧兒……」楚元知情知孩子肯定是被阿南這個女煞星搶去做人質了，抬手想要拉起妻子，她卻一把扯住他的手，哭著示意他和自己一起跪下求求對方。

「楚夫人妳別擔心啊，北淮就要回來了。」阿南忙抬手去扶金璧兒，她卻說什麼也不起身，只哀求道：「姑娘，北淮還小，我是他娘，妳讓我代他去，粉身碎骨、刀山火海我都不怕……」

話音未落，門口忽有馬鈴聲響起。

一個十二、三歲的孩子從馬車上一躍而下，高舉著手中一個包袱，興匆匆地大喊：「爹！娘！我回來了！」

金璧兒轉頭一看，驚喜交加，來不及擦乾眼淚就撲上前去，重重將兒子抱入懷中：「你、你去哪兒了？」

「我去縣學了！」楚北淮解開包袱給他們看。「你們要送我去上學，為什麼不跟我說一下？娘妳看，這是縣學的夫子給我送的筆墨紙硯！爹，夫子還誇我了，說我基本功紮實，我說是爹教我的，他還說爹肯定學問很大！」

「好……好，北淮，你要努力……」楚夫人低低應著，聲音哽咽，模糊不清。

「當然啦！」楚北淮認真道：「我才不要一輩子蹲在臭水溝邊殺雞！我要好好讀書，過兩年去府學，以後還要去應天國子監！」

阿南專愛破壞氣氛，笑道：「那你來說說，什麼時候能賠我那個玉珮？」

楚北淮一看見她來討債，頓時面紅耳赤不敢回答，恨不得把頭埋進他娘的懷裡去。

「放心吧，你爹會幫你還的。」阿南說著，笑著朝楚元知一抬下巴。「對嗎，楚先生？」

楚元知回過神來，啞聲道：「多謝，我自當……投桃報李。」

剛剛強迫他吃桃子的阿南朝他一笑，見韋杭之那邊還在挖土，便走到前院簷下陰涼處坐下喝茶，隨手打開自己的火摺，詫異地「咦」了一聲。

朱聿恆在旁看了一眼，見火摺的蓋子已經歪了，裡面的機括全被燒融成了一坨熟銅，那可以縱橫轉側而不至於使炭火傾倒的軌道，如今全都成了一團扭曲凍結的銅塊。

「不應該啊，這外表只是微微變形，說明它並沒有被鐵罩砸中。可若只是火燒的話，是什麼火，能讓精銅都被燒融，如此威猛？」

楚元知看了一眼，道：「妳是從鐵網罩下面，將它拿出來的。」

阿南愣了一愣，然後敲了一下自己的腦袋，說：「可不是麼！」

朱聿恆卻不懂其中奧祕，目露詢問之色。

「普通的火，當然沒有這樣的威力，但是——」阿南一指被清理出來的鐵網罩，道：「盤旋環繞的鐵管，裡面灌滿火油，將這個火摺子團團繞住，就相當於一個窯爐，悶燒的中心點會特別灼燙。工匠在窯爐裡可以煉鋼煉鐵，而正在滾燒的鐵罩，要融化一個銅製的火摺子，當然也是輕而易舉了。」

朱聿恆微微點頭，看著她那燒廢的火摺子，只覺得腦中某一處，似乎想到了很重要的東西，卻又抓不到頭緒，一時陷入迷茫沉思。

阿南將火摺子在手中轉了轉，有些惋惜地開玩笑道：「自從遇見你之後，我真是家財散盡，身無長物了。」

朱聿恆想起了之前她那座在順天的院落，裡面那些布置應該也花費了她治病時光的無數心血吧。

如果他們沒有遇見彼此、如果沒有那只從火海中飛出的蜻蜓，不知她是否依然在順天治傷，守著她那些巧奪天工的小玩意；不知他是否跋涉在尋找自己身負之謎的路途上，至今毫無頭緒。

火海中的蜻蜓……

這一瞬間的思緒，讓他腦中忽然劃過一道熾烈的光，如同電光般讓他猛然明白過來——

那一夜，如同夢魘般揮之不去的十二根盤龍柱，仰天噴著熊熊烈火，焚燒了三大殿。

三層庥三層灰的巨大金絲楠木柱，遇到尋常的火焰絕不可能燃燒的十八盤鎏金雲龍柱，就這樣在瞬間起火，燒得朽透徹底。

原來……

他將目光轉向阿南，卻發現阿南也正看著他，目光相對之時，她問他：「怎麼了？」

朱聿恆看著她，雙脣微動了一下。

若是昨晚，他說不定就將所有一切和盤托出，與她共同探討了。

但現在，他們之間，已經橫亙上了一些更複雜的東西，讓他一時竟難以開口。

正在遲疑之際，地窖中忽然傳來韋杭之驚喜的聲音：「找到了！是這個東西嗎？」

一個用油紙包好的長條形東西，從地窖中取出，送到他們面前。

阿南見楚元知點頭，便抬手抓過紙包，將外面的油紙一層層剝開，一看之下，不由得皺起了眉。

這油紙層層包裹、又用麻布細細纏好，深埋在地下的，居然是一管竹笛。約十二寸長的笛子通體金黃，笛孔俱備，笛身的纏絲是金絲，使它通體泛著晦暗的金光。

看起來再普通不過的竹笛，除了顏色怪異之外，入手也頗沉重，比普通的竹笛要重上許多。

阿南以為是竹笛中間塞著什麼東西，便對著笛身看了看，裡面卻是空無一物。

她看向楚元知，面帶詢問。

楚元知面帶著複雜的神情，凝視著這支笛子，說道：「這就是二十一年前，我在徐州驛站拿到的東西。」

阿南「咦」了一聲，將笛子放到眼前又仔細端詳了片刻，問：「這笛子，做什麼用的？」

楚元知搖了搖頭，說：「不知，我當時奉命行事，要從葛家手中拿到這支笛子。當時他家一個女兒出嫁，這支笛子被作為陪嫁交給了那個女兒，同其餘嫁妝一起帶往順天。」

阿南與朱聿恆心下了然，那個葛家的女兒，就是葛稚雅了。

楚元知說到這兒，目光又轉到前院。

他的妻子正坐在簷下，輕輕摩挲著孩子帶回來的紙張，彷彿要把上面每一絲褶皺都細細抹平，讓孩子寫下最端正的字跡。

而他的孩子依偎在母親的身邊，拿筆在紙上比劃著，興奮地表演自己新學會的詩句，神情中全是燦爛的炫耀。

楚元知抬起顫抖的手捂住自己的臉，許久，長長出了一口氣，微顫的指縫間，依稀露出他淒涼的神情。

他站起身，說：「我無法在家裡說這些，請你們把我帶到外面去吧。」

清河坊不遠處，就是杭州驛館。見他們過來，驛丞忙將前院清出來，請他們在院中喝茶。

東首被燒毀的廂房已經清理過了，但是還未來得及重建，如今那裡依然留著焦黑的青磚地面和柱礎，有幾個衙門差役奉命趕來，等在旁邊聽候調遣。

楚元知用顫抖的手持著茶盞，發了一會兒呆。直到滾燙的茶水滴到他的虎口，他才艱難開口：「我與妻子青梅竹馬，同居河坊街，從小一起長大。她的父母，也待我十分溫厚。」

明明該說二十年前徐州驛站的事情，可楚元知卻忽然從這裡開始說起，阿南有些詫異。但瞅瞅朱聿恆，見他在凝神傾聽，她也只能耐著性子，聽他說下去。

「我十六歲在江湖上闖出微名，便不經常回家了。十八歲我父母去世，回家料理後事時，與她重逢，才知道她因為我年少時的玩笑話，固執地等著我，不肯出嫁。」楚元知說起二十一年前的事，眼中蒙上薄淚，無比感傷。「當時我因重孝在身，便與她約定三年後迎娶，又讓她蹉跎了幾年時光。徐州驛站起火那一日，距離我們的約期，已無多長時日。」

阿南見他說到這兒後，久久沉吟，便問：「那……想來你是在徐州驛站，用六極雷伏擊了葛稚雅？」

「是，葛家絕學一貫傳子不傳女，是以我本以為葛稚雅也是個普通女子，誰知她機敏異常，我幾次出手，都被她防得嚴嚴實實，我還差點露了行跡。眼看已到徐州，我不願再拖下去，便在徐州驛站布下了六極天雷，想要趁混亂之時，奪得那支笛子。」

「是麼？」阿南真沒想到，那個身體虛弱閉門不出的卓夫人，出嫁前居然是一個令楚元知都覺得棘手的人。「但是葛家女子不是不習家學嗎？」

「傳言不知真假，但，葛稚雅絕對是葛家最頂尖的人才。」楚元知確切道：「我楚家的六極雷號稱四面八方無所遁形，可畢竟陣法是死的，人是活的，那日在徐州驛站，葛稚雅更是利用家學的控火之術，在六極雷發動之時，藉助六極相激的火勢，硬生生闖出了一條生路，將未婚夫送出了驛站。」

阿南「咦」了一聲，問：「葛稚雅居然如此厲害？」

「是，她不但控住了雷火陣，甚至還以葛家控火之術，令六股火勢相輔相生。我潛入火中拿取笛子不過片刻，布置的陣法便被她調轉，以至於火勢徹底失控，蔓延焚燒了整座後院……不過有件事情我倒是一直很奇怪。葛稚雅從火中逃生之時，她那個丈夫卓壽卻不肯跟她從那條闢出來的通道逃生，兩人在火海之中吵了起來。我聽到葛稚雅怒吼道……」

說到這裡，他停了一停，深吸一口氣，才緩緩道：「她說，祝你們白頭偕老，子孫滿堂！」

阿南與朱聿恆對望一眼，詫異莫名：「你確定，葛稚雅這樣說？」

「絕對沒錯。那一夜的一切，就像用尖刀刻在我的心上一般，二十年來，不曾有半分磨滅。」楚元知緊握著茶杯，無比肯定道：「可後來整個杭州無人不知無人不曉，卓壽和葛稚雅這對夫妻恩愛無比，是以每次我想到葛稚雅在火海中祝未婚夫和別人百年好合那一幕……就覺得，簡直詭異。」

詭異二字，確實形容貼切。

這對人盡皆知的恩愛夫妻，婚前居然曾這般鬧過；那常年抱著貓的柔弱女子，居然能帶著當兵的未婚夫從火海逃生，真是讓人意想不到。

阿南對著朱聿恆，用口型說了兩個字：「有鬼。」

朱聿恆點了點頭，顯然與她看法一致。

「後來呢？」阿南繼續追問楚元知。

「後來，我看到卓壽去殺一個太監，我不知道他的名字，只記得他十五、六歲年紀，個子瘦小。」楚元知略想了想，說道。

阿南「咦」了一聲，問：「他去殺太監？為什麼？」

「不知道，葛稚雅喊出那句話時，我正在火海之外的屋簷上，因為火勢失控，造成死傷無數，我急著去挽回，在火光之中看見璧兒父母被人群擠倒，壓在了燃燒的梁柱下，璧兒撲到火中去救父母，可惜自己也被火吞沒了……當時我疾奔過起火的屋簷，撲向璧兒那邊，倉促間看見卓壽抓住那個小太監的手，拔出腰刀，向他砍了下去。我雖心神大震，但急著去救璧兒，心緒混亂之下，哪有餘力去管他們如何？」

阿南急問：「那一刀，砍中了嗎？」

「砍中了，血流如注，小太監當即撲倒在地。他身材瘦小，而卓壽力氣極大，一伸手抓住他的後衣領，就將地上的他扯了起來。此時我已經下了屋簷，再也無法分神看那邊，確實不知情況如何了。」

「這個小太監……」阿南看向朱聿恆，微微挑眉。「那群小太監中，有幾個十五、六歲又身材瘦小的？」

朱聿恆回憶了一下當時的案卷，肯定道：「一般太監都是十來歲被淨身的，那批人中，這樣的只有卞存安一個。」

阿南「呵」一聲冷笑：「你記不記得，卓壽前幾日還裝模作樣問我們，卞存安是誰？」

朱聿恆點了一下頭，臉色略沉：「他居然敢在我面前撒謊。」

阿南好笑地瞄了他一眼：「瞧你這臉色，他又不是你神機營轄下，對你扯個謊怎麼了？」

第十二章　舊遊如夢

「況且，這麼多年過去了，或許他根本不知道當年砍的是什麼人，和現在的卞公公根本沒聯繫起來，也有這可能吧？」

「縱然如此，趁火殺人，也必定心存不良。」

見楚元知面帶疑惑，阿南便抬手一指對面的廢墟，說道：「楚先生，你肯定想不到，那個小太監命可大了。他不但避過了火海，還在卓壽的刀下僥倖存活，只是可惜啊……他躲過了徐州驛館的火，卻沒躲過杭州驛館的火。」

朱聿恆淡淡道：「而且，卞公公被燒塌的橫梁壓住後，用最後的機會，刻下了半個『楚』字，讓我們追尋到了你。」

楚元知臉色微變，踟躕片刻，終於問：「我……可以去那邊看看嗎？」

對面火場已經被清理乾淨，刻著半個楚字的窗櫺倒是還在。見楚元知仔細端詳那刻痕，阿南問：「確實是要寫楚字，沒錯吧？」

楚元知遲疑點頭，又道：「但這世上姓楚的人成千上萬，你們為何會將目光落在我身上？」

「畢竟你家以雷火聞名，姓楚，就在杭州。最重要的是……」阿南回頭看朱聿恆，示意他過來詳細和楚元知說一說：「這裡起火之前，還有一場和三大殿火災一模一樣的怪異妖風。」

楚元知愕然：「妖風？」

「對，在起火之前，能牽引衣物和頭髮向上飄飛的一種怪風。但是周圍的草木似乎並不太受影響。」朱聿恆將當時情形複述了一遍，又道：「三大殿起火之時，亦有六極雷跡象，因此我們才鎖定了楚家。」

「這妖風……聽來確實詭譎。」楚元知說著，思量片刻，又緩緩搖頭道：「三大殿的雷，我不在現場不得而知，但這個楚字，出現得頗為刻意。請二位明鑑，或許是誰故意要陷害我楚家，栽贓嫁禍給我。」

「哦？楚先生有證據證明，這是誣陷嗎？」阿南問。

「別的不說，我這一雙廢手，又窮困潦倒，驛站門口都有專人守衛，絕不可能放我進去的，我又如何能在裡面縱火殺人？」他抬起自己的手向他們示意。

「再說，你們看這火燒痕跡。」

他指著面前焚燒過後的青磚地，蹲下來用手指圈住一處，道：「按照火勢的走向紋理來看，這場火的起點在這裡。」

阿南蹲在他旁邊細看，火燒的痕跡被雨水洗過後，青磚地上呈現出幾抹泛白的火痕。

「普通的火，只能將磚地燒出焦黑痕跡，要將青磚燒出白痕，絕不可能是普通的火，得是丹火才行。」

「丹火？」朱聿恆倒是從未聽聞過。

「是，丹火夾雜有其他助燃物，極為高熱，甚至可以拿來煉丹。比如杭州葛家，千年來摸索出一套控火煉丹的手法，因為很多東西必須要用極其熾熱的火焰才能燒融結合，一般的火無法達到效果。當初江南所有的三仙丹（註3）、密陀僧（註4），都出自葛家煉製，別家控不好丹火，製不出他家那麼純的東西。」

阿南一拍膝蓋，問：「難道說，卞公公也是在屋內研製火藥時，自己把自己燒著了，然後來不及逃脫？」

楚元知研究著火焰的痕跡，向著後窗走去：「火勢從這邊而走，死者應是逃到了窗邊，卻無力翻出去，死在了裡面。」

阿南與朱聿恆看著那一處，發現正是當時卞存安屍首發現的方位。

「火勢中心點，有人身輪廓，起火中心點與焚燒最猛烈的地方，都是在這

註3　三仙丹：即氧化汞。

註4　密陀僧：即氧化鉛。

裡。」

阿南問：「所以是卞存安身上的火，引燃了屋子，而不是屋子起火，燒到了卞存安？」

楚元知確定道：「他應該是整個屋內最早燒起來的。」

朱聿恆見他們說到這兒，便向身後示意，候在一旁的差役們趕緊送上一本驗屍案卷。

「卞存安之死疑點甚多，來看看義莊的驗屍報告吧。這場大火撲滅及時，卞存安屍體雖有部分焦黑，但除了被屋梁壓爛的雙手外，大體保存完整。經查驗，他身上沒有任何致命外傷，在臨死前還留下了指甲刻痕，所以起火時他還活著。」朱聿恆將案卷給他們看，又道：「那麼，他為什麼不在地上打滾滅火？屋內水壺有水，他為何不潑水滅火？退一萬步說，為什麼他都被燒死了，卻連呼救聲都沒有？」

「是啊……為什麼他不往門外跑，卻到窗口留下訊息呢？」阿南理不清頭緒，只能鬱悶道：「總之，肯定有問題！而且我覺得最大的問題，必定出在事發前的那股妖風上！」

幾人在現場探討不出什麼，阿南便假公濟私，拉楚元知去看看萍娘家的火場，讓他去查看一下那場火從何處而起，希望能有點關聯線索。

趁著楚元知在大雜院中查看火勢痕跡，阿南抽空問朱聿恆：「婁萬逮到了嗎？」

「蹤跡全無。」

「那個賭鬼，到底死哪兒去了？」阿南想起死在火海中的萍娘，憤恨中又難免欷歔。

萍娘住的雜院燒得一片焦土，阿南想起被自己燒掉的楚家祖宅，毫無愧疚地蹲下來陪楚元知撥弄灰土，問他：「看你家祖宅，家境應該挺殷實的，怎麼生活淪落成這樣？」

楚元知查看著地上的火焰痕跡，說道：「我自知罪孽深重，因此二十年來私下尋訪當年大火中死者的家人，將家產陸陸續續都變賣了，暗地資助彌補，以求贖罪……」

阿南毫不留情問：「那尊夫人為何要陪你贖罪呢？」

她這忽然的一句話，讓楚元知愣怔了一下。

「你散盡家財的時候，有沒有想過自己的妻子也是受害者？因為嫁給了你，她就要跟你過這麼多年的苦日子？」

楚元知囁嚅道：「我……以後定會加倍對她好。」

「那就好。」阿南挑挑眉，見楚元知蹲在地上，腰間插的笛子磕到了地面，十分不便，她幫他拿過笛子，在手裡轉了轉，問：「你當時不是奉命一定要拿到這個嗎？為何後來沒去交付？」

「徐州大火後，我護送璧兒去醫治，又為她爹娘料理後事。恰逢閣中內亂，老閣主被逆徒暗殺，我去取這笛子的任務是閣主親自交付，十分隱祕，只有他知我知。我發誓再也不回拙巧閣、不踏足江湖，便將笛子深埋在地下，要斬斷過去。」楚元知說到這兒，黯然抬起自己顫抖不已的手，看了許久，長嘆一聲：「誰知，三年後，我與璧兒成親之期，拙巧閣的人找到了我們。當時少閣主不過十來歲，卻因天縱奇才，得到了諸多元老的支援，穩定了局勢後，開始清算之前的叛徒。我因為是在老閣主出事期間出走的，因此也在清算名單之中。」

朱聿恆聽到「少閣主」三字，不由自主的，將目光落在了阿南身上。

而阿南看著楚元知的手，目光中盡是無言的惋惜。過去了這麼多年，他雙手那無法遏制的顫抖與扭曲的姿勢，猶自令人心驚。

「所以，你自廢雙手，換取了自由身？」

「是，我只願與璧兒殘缺相依，為我曾做過的錯事贖罪，但終究……我費盡心機，還是無法躲下去了。」

「這也沒什麼。」阿南輕巧道：「楚先生手不行了，心還靈呢。」

楚元知苦笑一聲，道：「姑娘不要取笑我這個廢人了。」

「沒有取笑，我的情況，與你也差不多。」阿南說著，捋起自己的衣袖給楚元知看，說道：「你看——都是從拙巧閣出來的人，誰都逃不過的。」

夏日衣裳輕薄，滑落一截的衣袖，讓她雙肘的傷痕赫然呈現在楚元知面前。手肘關節處，猙獰的傷口，新舊重疊，即使已經痊癒，看來依舊怵目驚心。朱聿恆和楚元知都看出來，那舊的傷口是最早挑斷手筋的那一道，而新的傷口，則是硬生生割開了舊傷，將雙手筋絡再度續上的痕跡。

朱聿恆的目光，從她的手上緩緩轉到她的臉上，看見她在日光下依舊鮮明的笑容。

外表總是不太正經的她，每天慵懶倦怠地蜷著、沒心沒肺地笑著。究竟她忍受了何等痛楚，才能將自己的手，從這般可怖的傷殘中掙扎出來，恢復到如今的地步？

楚元知驚駭不已，失聲問：「妳……如此傷勢，還能有這般靈活的身手？」

「靈活嗎？比當年可差遠了。」阿南唇角微揚，眼中的光芒卻顯得冷冽。「畢竟我是姓傅的親自動的手，他從手肘與膕窩挑的筋絡，續接時比斷在手腕和腳踝處要難太多了，要撥開血肉才能接續上。」

「妳……一個女人，怎麼會如此堅韌，居然能將手足筋絡重新切斷再接合？而我、我沒有勇氣，以至於，這輩子都是個廢人了。」楚元知臉色灰敗，握緊雙手恨道。

「畢竟，人生還長著呢，我總得繼續走下去。長痛不如短痛，一時的苦總比一輩子的苦強。」阿南將衣袖拉下，遮住自己的傷處，又笑一笑道：「而且，我不能容許自己無法跟上他的腳步，甚至成了他的累贅……」

朱聿恆知道她說的「他」是誰。他垂眼看著她的手，心口有一點難以言喻的衝動，讓他脫口而出：「所以，妳要一輩子為他賣命？」

阿南掠掠耳邊髮絲，轉頭瞥了他一眼，那總是掛在她脣邊的玩世不恭的笑容再度浮現，看起來又是討嫌，又是迷人：「什麼賣命，說得那麼難聽。我的命是公子給的，他要的話我絕沒有二話，雙手奉上就是，賣什麼賣？」

朱聿恆不願再聽，別過頭看向了院中廢墟。

韋杭之大步走了進來，看著他們這邊，欲言又止。

朱聿恆看向他，示意他有事便說。

「啟稟提督大人，應天都指揮使夫人葛氏，去世了。」

朱聿恆與阿南趕回樂賞園時，桑婆子正帶著一群下人，一邊哭天抹淚，一邊陳設靈堂。

卓夫人去得急促，年紀又不大，家中靈牌輓聯一應皆無。至於棺木，是她的大哥葛幼雄送來的，他回鄉安殮客死異鄉的族人們，沒想到有一口卻先讓妹妹用上了。

阿南一進正堂大門，便看到呆呆坐在內室的卓晏與卓壽父子倆，面對著一口黑漆棺木。卓晏怔怔地撫著棺木，卓壽虎目含淚，父子倆都是悲難自抑。

如此情形，阿南也不知道自己能說什麼安慰他們。一轉頭，她看見被白布蒙住的博古架上，那個高大的青玉花瓶中還插著一束荷花。

那是阿言之前送她的，她隨手插進了瓶中。在如今這愁雲慘霧中，顯得分外刺眼。

她抬手將荷花從瓶中取出，卻發現它粗糙的莖從瓶中勾出了一個什麼東西。

她皺眉一看，從瓶中帶出的是一雙棉布的手套。這手套是白棉布所製，不知絮了多少層棉，織造得嚴密厚實。手指與手背的骨節處，有些許的磨痕，估計已經用了不短的時日。

「哪個下人這麼馬虎，把這種東西往玉瓶裡塞？」

朱聿恆聽她這麼說，瞥了一眼，道：「這是王恭廠的東西。這手套下方織的雲水紋，便是避火用的。」

阿南見手套下方果然有個淺藍雲水紋，再一聞上面果然有火藥味，又捏了捏手套，問：「普通廠工的手套應該沒刺繡吧？而且按照這手套大小來看，很有可能就屬於……那位身材矮小的卞存安？」

朱聿恆「嗯」了一聲，表示贊同：「按時間算來，只能是他那日來拜訪卓夫人時，塞進去的。」

「這豈不是很怪嗎？」阿南抱著那束開得正好的荷花，朝他眨眨眼。

朱聿恆微抬下巴，示意了一下裡面愁雲慘霧的情形，讓她收斂點。

她壓低了聲音，湊到他耳邊輕聲道：「別裝了，你看到手套的一瞬間，明明就已經知道，卓家不可告人的祕密了。」

她的氣吹在耳畔，輕微縈繞。朱聿恆不自然地別開頭，低聲道：「在人屋簷下，妳準備怎麼行事？」

阿南撫弄著花朵，慢悠悠說：「好難啊，卓晏也夠可憐的，我得想想怎麼才能讓他受到的打擊小一點……」

卓晏坐在空蕩蕩的一室縞素之中，在母親的棺木前為她守夜。山間松濤陣陣，夾雜著廊外下人們斷斷續續的哭聲，更顯淒涼。

卓父因悲傷過度差點暈厥，被下屬們強行架去休息了。

葛幼雄給妹妹上了香，嘆息著坐在卓晏身邊，拍了拍他的肩膀，黯然道：「晏兒，你娘去了，你爹年紀也大了，以後你可要撐起這個家了。」

卓晏跪在靈前哭了大半夜，此時眼淚也乾了，只呆呆點頭。葛幼雄怕他倒下，拉他起來，讓他坐著休息一會兒。

夜深人靜，卓晏見他一直摩挲著手邊一本書，那書頁陳舊脆黃，但顯是被人妥善珍藏的，無殘無蛀。

書的封面寫著「抱朴玄方」四字，一角繪著一隻蜉蝣，翅翼透明，正在天空飛翔。

卓晏木然看著，問：「大舅，這是？」

「這是葛家的不傳之祕，在我們舉族流放之時，怕它萬一有失，便將這本書封存，交給了你娘保管。上次你娘與我匆匆一面，忘了取出來給我，現在已經是遺物了。」葛幼雄長嘆一聲，道：「唉，你娘當年要不是因為這本書，也不會嫁給你爹。」

卓晏哽咽道：「我娘從未跟我提起她的以前，我也一直不知道她的過往，大舅您跟我說一說？」

「你娘啊……」葛幼雄黯然搖頭感嘆道：「你娘從小聰明好強，五、六歲時就硬要和我們幾個兄長一起開蒙。她讀書習字比我們都要快一籌，尤其是陰陽術數，我們用算籌都比不上她心算。可也正因為如此，釀成了大禍。」

說到這，葛幼雄凝望著那口黑漆棺材，頓了許久，才又嘆道：「到她十二、三歲時候，夫子已經無書可教，葛家絕學傳子不傳女，雅兒又不能考取功名，她閒極無聊之下，竟打起了家傳絕學的主意，潛入祠堂裡偷了這本玄方，暗自學習。」

卓晏抹著眼淚，擔憂問：「那……我娘學會了嗎？」

「她拿了這本書後對照上面的法子，學起了控火的手段。三年後族中一次考察，我在煉製胡粉之時突發意外，丹爐差點爆炸，幸得雅兒出手相救，才避免了一場大難。但也因此她偷學之事被察覺，押到了祠堂。當時全族老小聚集在祠堂中商議，若按族規來的話，偷竊族中重寶，要砍斷右手。」葛幼雄伸出手腕，在腕骨上方比了一比，黯然道：「我們幾個兄弟姊妹求族中長老開恩，可一個個把額頭磕破了也沒人理我們。眼看我們二伯高舉著刀劈下，就要把雅兒的手剁掉之時，正逢我娘聽到消息趕來，猛然分開人群衝出來，撞飛了二伯，救下了雅兒。但雅兒的手腕骨上，已經被劈開了一道深可見骨的口子。我娘當時要是遲了一瞬，雅兒的手就保不住了……」

卓晏「啊」了一聲，道：「我娘那腕骨上的傷痕原來是這樣來的？她總是籠著袖子，我只見過幾次，可那疤痕……真是好生可怕！」

「當時你娘血流如注，周圍人無不變色，可你娘性烈如火，不顧自己傷勢，卻問自己哪裡做錯了，她也是葛家後人，為什麼學習祖傳之術，就要砍斷右手？」葛幼雄搖頭嘆息道：「族中長老勃然大怒，一致要將她沉潭。後來，是你外婆跪在祠堂中對著列祖列宗和族中所有人發誓，今生今世，雅兒絕不會再用《抱朴玄方》中的任何一法，否則，你外婆便曝屍荒野，死無葬身之地。」

卓晏哽咽道：「難怪我娘從不跟我提及以前的事情……」

葛幼雄嘆道：「不過，你娘也算是因禍得福吧。當年卓家還沒發跡，雖然上輩有親約，但族中無人願意去順天這種北疆之地嫁一個軍戶。只因為雅兒犯了大錯，所以卓家來提親時，族中才選擇將她遠嫁。誰能想到，你爹娘如此恩愛，後來她又成了指揮使夫人，享了二十多年的福呢？」

卓晏嘆了一口氣，默然點了點頭。

「再說了，我族中被抄家流放時，因怕《抱朴玄方》在路途上萬一有個閃失，斷了我族根本，而當時你爹已任應天副指揮使，因此我族中亦託人將此書送交雅兒處封存，也是意指不再介意她年幼無知所犯的錯了。」

卓晏又問：「那……我外婆呢？」

提及此事，葛幼雄眼中噙淚，道：「你外公外婆在二十年前，於流放途中雙雙因病去世，在道旁草草掩埋。荒村野外辨認不易，我至今尚未找到他們埋骨處。」

卓晏點著頭，黯然神傷地擦拭眼淚。

眼看廊下哭著的下人們也都沒了聲息，卓晏擔心大舅這把年紀，陪自己守夜會撐不住，便勸說他回去休息了。

窗外夜風淒厲，香燭在風中飄搖，一片慘淡。

正在此時，忽然有一聲貓叫，在搖曳的燭火中傳來。

母親死於貓爪之下，卓晏現在對貓極為敏感，聽到這聲音後打了個激靈。抬頭一看，一隻黃白相間的貓，從窗外探進了頭，正看著他母親的棺木。

那貓的背上是大片勻稱黃毛，肚腹雪白，正是他娘最喜歡的金被銀床。

卓晏驚駭地「呼」一下站起來，正想再看看清楚這是不是他娘那隻已經死去的貓時，那隻貓卻縱身一躍，從窗口竄到了桌子上，然後再一跳，落在了棺木之上。

牠踩在黑漆棺蓋上，抬頭看著卓晏，那雙貓瞳在燭光下射著詭異精光，如電光一般懾人。

暗夜無聲，燭光慘淡，窗外陣陣松濤如千萬人在哀泣。那貓踩在棺木上不過一瞬，盯著牠的卓晏卻覺得後背僵直，無法動彈。

他忽然想起來自己在坊間聽說的，人死後，貓踩在棺木上會詐屍的傳聞。

他撲上去，想要抓住那隻棺材上的貓。誰知那隻貓「喵」了一聲，將身一躍而起，跳到了供桌上，撞倒了桌上的蠟燭。

卓晏飛撲過去，將蠟燭扶起，終於避免了一場火災。等再抬頭時，那隻貓已經不見了。

正在他扶著蠟燭驚魂不定之時，門口人影一動。他冷汗涔涔地回頭，卻看見燈光下映出的，是阿南的身影。

她提著一個食盒，詫異地問：「阿晏，你怎麼了？」

「是妳啊……」卓晏放開蠟燭，這一晚悲哀恐懼交加，讓他感到虛脫無力，不由得癱坐在椅子上。

「我聽桂姐兒說你不吃不喝，就去廚房拿了點東西過來。」阿南從食盒中取出兩碟素包子和一碗粥，放在桌上，說道：「吃點東西吧，你娘肯定也不想看到你這樣折磨自己的。接下來還要替你娘操辦後事，不吃東西，怎麼撐得住呢？」

卓晏捏著包子，食不下嚥，只呆呆看著那具棺木。

「怎麼了？」阿南走到棺木邊拜了拜，回頭看他。「你在慌什麼？」

「剛剛……」卓晏心亂如麻，艱難道：「有隻貓，跑進來了，還……還跳上棺……棺蓋了！」

阿南詫異問：「貓？是你娘養的嗎？」

話音未落，忽有一陣輕微的叩擊聲，從棺材內傳來「篤、篤、篤……」在空蕩的靈堂內隱隱迴響，詭異非常。

卓晏跳了起來，指著棺材，結結巴巴問阿南：「妳、妳有沒有聽到什麼……什麼聲音？」

阿南看向棺材，神情不定：「好像是從……棺材裡面發出來的？」

卓晏面如土色，聲音顫抖：「難道、難道真的是那隻貓？我聽老人說，貓踩棺材會詐……會驚擾亡人！」

「不可能。」阿南皺眉，走到棺木旁邊側耳傾聽。「鬼神之說，我向來不信的。」

她神情堅定，讓無措的卓晏也略微定了定神：「要不……我去外面叫人進來？」

「先別！」阿南止住了卓晏，又說：「阿晏，我想到一個可能，你娘斷氣後，馬上就入棺了，萬一……她又緩過氣來了呢？」

卓晏「啊」了一聲，毛骨悚然地看著那黑漆漆的棺木，但聽著那斷斷續續的敲擊聲，驚懼之中，又隱隱夾雜著一線希望：「真的嗎？我娘她，可能……」

雖然說，棺中的母親是他和父親親手入殮的，但畢竟是自己的母親，這絕望中的一線可能，於他竟像是溺水時的一根稻草。

「外人一來，肯定說三道四阻止我們開棺，要不……」阿南將手按在棺蓋上，低聲問：「咱們把棺蓋抬起來，看一看？」

卓晏只覺得自己的後背全是冷汗。哭得暈眩的頭隱隱發痛。他想起剛剛那隻詭異的貓，恐懼於傳聞中那可怕的詐屍，但又極度希望裡面是自己的母親在求救，是她真的活過來了。

「阿晏，相信我，我見過一時閉氣後，過了兩、三個時辰才緩過來的人。」卓夫人剛剛去世，棺木自然尚未上釘，阿南的手按在棺頭那側，盯著神情變幻不定的卓晏，等著他下決定。「救人要緊，這可是你娘啊！」

卓晏一咬牙，和她一起將手搭在棺蓋上，深吸了一口氣，低低說：「就算真是詐屍，我也不怕！我相信就算我娘變成了鬼，也不會傷害我的！」

阿南點了點頭，抬手按上棺材。

棺內的敲擊聲忽然停止了，靈堂內一片死寂。

卓晏更加緊張了，兩個人按著棺蓋，低低地叫著「一，二，三！」一起用力，將沉重的棺蓋推開了半尺寬一條縫。

毫無想像中的動靜，棺材內無聲無息。

卓晏呼吸急促，一邊擦拭眼淚，一邊無措地往裡面看去，可是眼前模模糊糊，什麼也看不清。

眼前光芒漸亮，是阿南拿起蠟燭，往棺材內照去。

卓晏和父親整整齊齊鋪設好的錦被，已經被掀開了，棺材內空無一人。

卓晏瞪大眼睛看著，用力將棺蓋又往前推了兩尺，看裡面依然沒有母親的蹤跡，又驚又怕，狠命抓著棺蓋，要將它掀掉。

阿南用力按住棺蓋，壓低聲音道：「阿晏，你冷靜點！」

卓晏眼眶通紅，失控喊了出來：「我娘不見了！我娘……」

他聲音太大，阿南眼疾手快，一把捂住了他的嘴。

外面廊下有人被驚動，想要進來看看，阿南一個箭步把門關上，靠在門後盯著卓晏，低聲道：「阿晏，別聲張！這其中必定有鬼，不然怎麼你親眼看著嚥氣了、被放進棺材的母親，會消失不見呢？」

卓晏茫然驚懼，喃喃道：「我中途離開的時候，我爹一直在守著；現在我爹離開，可我一直在啊，怎麼會……」

「難道……真的是因為那隻貓？」阿南不敢置信，脫口而出。

卓晏只覺得自己身上的汗毛都炸了，無法自制地抓住她的衣袖，問：「怎麼……怎麼辦？難道我娘真的被……被妖貓帶走了？」

「別慌！冷靜下來。」阿南拍著他的手臂，壓低聲音道：「無非兩種可能，一是詐屍，二是屍體被人趁亂盜走了。詐屍之說我始終覺得不可信，還是第二種可能性比較大！」

「是……是我爹的仇人嗎？可他們沒有時間下手啊……」卓晏竭力想鎮定下來，可腦中一片嗡嗡作響，無論如何也沒法正常思考，只能喃喃地問她：「阿南，妳肯定有辦法把我娘找回來的，對不對？幫幫我……」

阿南點頭，想了想，問：「你家有狗嗎？」

卓晏是個鬥雞走狗無一不精的紈褲子弟，聞言立即知道了她的意思：「對啊，我怎麼沒想到？我、我馬上帶著最好的細犬去！」

阿南示意他將棺蓋重新推上，低聲說：「你娘的遺體莫名失蹤，院中可能就藏著敵人內應，這事一定要嚴加保密。我們從後門悄悄出去，不要被人知道。」

卓晏現在又驚又怕，悲哀疲憊全都混雜在一起，心下已經大亂，只是胡亂點頭，跟著她出了後門，直奔犬舍而去。

牽了一條弓腰長腿的細犬，卓晏將母親去世前用過的汗巾取出來，放在牠鼻下。

那條細犬聞了片刻，卓晏給牠繫好繩子，一拍牠的腰，牠立即箭一般竄了出去，在院子中左轉右拐，轉眼就帶他們出了院門。

卓晏牽著狗跑入黑暗的山間，山道崎嶇，兩旁是在山風中不斷起伏的樹影。狗竄得太快，阿南手中的燈籠被風吹熄了。她乾脆丟在了路邊，跟著卓晏深一腳淺一腳往前跑。

山間的怪聲不斷傳入耳中，黯淡的山月照著他們面前的道路。卓晏一身的冷汗混雜著熱汗，耳邊風聲像是穿透了他的心口，讓他氣都透不過來。

也不知跑了多久，細犬停下來聞嗅氣味，腳步終於慢了下來。

卓晏下意識地轉頭看阿南，畢竟她如今是自己唯一的依靠了。

只見阿南小心地撥開沒膝的草，向前走去。卓晏抬頭一看，前面已到棲霞嶺，稀稀落落的山居小屋分排在山道兩側。

此時夜深人靜，萬籟俱寂，其中一間屋子的窗縫間，透出黯淡的燈光，在深夜中一眼可見。

卓晏顫聲問：「阿南……我娘，真的會在這裡嗎？」

阿南在月光下豎起手指按在自己唇前，朝他做了個禁聲的手勢，朝著那間唯一有燈光的屋子走了過去。

卓晏牽的細犬也衝了過來，朝著那間屋子狂吠起來。

裡面的燈光立即熄滅，一個尖細的聲音倉皇地「啊」了一聲，隨即像是被人捂住了嘴，沒了下文。

阿南掏出一個口籠，給狗戴上，示意卓晏牽牢牠。

卓晏心下忽然閃過一個念頭——這麼倉促的時間，她怎麼還記得從犬舍拿口籠？

但時間緊迫無暇多想，他下意識聽從了阿南的吩咐，牽著狗跟著她，輕手輕腳閃到了那間屋子的門廊下，隱藏住身形。

窗戶被人一把推開，藉著黯淡的月光，卓晏看見開窗的人，方額闊頤，五官英挺，正是因為悲傷過度而被勸去休息的父親卓壽。

極度震驚下，卓晏差點驚叫出來，只能抬手死死堵住自己的嘴，不讓自己發出聲音來。

卓壽向窗外觀察了片刻，見沒有任何聲響，才將窗戶重新關好。貼在牆邊的他們，聽到他的聲音，在暗夜中即使壓低了，也依然傳到了他們耳中——

「放心吧安兒，大概是獵人打獵回家，已經走遠了。」

卓晏貼在牆根，聽著卓壽在屋內悉心安慰那人，咬緊牙關，悲憤交加。

他這個人人稱頌的爹，和他娘做了二十多年恩愛夫妻，誰知妻子去世當晚，他就裝病跑出來，和別的女人深更半夜溫言軟語！

阿南見他緊握雙拳，臉上青筋都爆出來了，怕他控制不住衝進去就打人，忙拉起他，低聲道：「阿晏，冷靜點！」

「冷靜，我怎麼冷靜得下來？」卓晏正在低吼著，門被人嘩一下拉開。

卓壽聽到門外動靜，一個箭步衝上來，一拳砸向蹲在門外偷聽的人。

阿南反應極快，抬手抓住他揮來的拳頭，一旋身將他的來勢卸掉，口中叫：「卓大人，手下留情！」

卓壽一見居然是自己的兒子蹲在門外，臉色頓時鐵青，怒吼：「阿晏，你不去守在靈堂，來這裡幹什麼？」

「我倒要問問，你不守著娘，到這裡來幹什麼？」卓晏忿怒地跳起來，對著他怒道：「娘現在屍骨未寒，你就拋下她來找另一個女人過夜，你對得起娘嗎？你對得起你的良心嗎？」

卓壽氣怒已極，一把揪住卓晏的衣襟，掃了阿南一眼，壓低聲音道：「你給我進來！」

卓晏掙扎著去扯他爹的手，激憤之下氣息哽咽：「爹，你沒良心！你知不知道娘的遺體不見了！她——」

話音未落，卓壽飛起一腳掃在他小腿上，咆哮道：「閉嘴！進來！」

卓晏被自己的爹掃得直跌入屋，趔趄撞在裡面桌上，頓時額角腫起一個包，哀叫了一聲。

阿南探頭想看看裡面情形，卓壽卻抓住門板，砰的一聲重重關上了，將她拒之門外。

阿南忙拍門叫：「卓大人，阿晏也是關心他娘親，卓大人您可千萬不要動怒啊……」

畢竟她與朱聿恆關係非比尋常，卓壽不看僧面看佛面，隔著門縫丟給她一句：「我卓家私隱不足為外人道，麻煩姑娘稍待片刻。」

阿南守在門外，轉了轉眼珠，將耳朵貼在門上。

只聽得卓晏聲音嘶啞哽咽，唾罵屋內那個人：「別碰我，不用你假惺惺來討好，我——」

話音未落，他後面的話忽然卡在了喉口，良久，才失神囁嚅著：「妳……妳是……」

幾人的聲音消失了，顯然是進入了內間。

以阿南的手段，要進入屋內易如反掌，但她笑了笑，並不進去，只優哉游哉地走到那條狗的旁邊，撓著牠的下巴。

那條狗外表威武非凡，結果被她一撓下巴，立即就躺倒在地露出了肚子，賤賤地露出「快來揉我肚子」的急切表情。

阿南噗哧一聲笑了出來，一邊撓著牠白白的肚皮，一邊說：「咦，怎麼覺得你有點像他啊，看起來凶凶的，又霸道又嚴肅，其實可好哄了……」

說到這兒，她再想了想，又嘆了一口氣：「不對，他還背著我偷咬公子呢，哪兒好哄了？我真恨不得給他也戴個口籠！」

她和狗狗玩了不知多久，那隻狗開心得尾巴都快甩出殘影了，然後才聽到門吱呀一聲開了，卓晏失魂落魄地走了出來。

阿南放開狗，站起身看他。

卓晏吞了口口水，勉強讓自己鎮定下來，低聲說：「我們走吧。」

阿南牽起狗，回頭看看那座小屋，面帶疑惑地問：「你爹……不回去麼？」

「他、他待會兒就來。」

「那……你娘的事情呢？」她見卓晏心緒亂得一個字也說不出來，便替他找好了藉口，問：「難道說，因為那汗巾上也有你爹的氣味，所以狗帶著咱們跑這裡來，找你爹了？」

卓晏含含糊糊地「嗯」了一聲，埋頭往前走，只悶悶地搪塞道：「我爹說……我娘沒丟，他已經找到了，也命人抬回去了，回去如常安葬就行。」

「是嗎？那就最好了。」阿南應道。

天邊已經顯出淺淺的魚肚白，兩人一狗，緘默地從葛嶺而過，走向寶石山。

一路上，卓晏埋頭一聲不吭，腳步虛浮，顯然內心混亂已極。

走到初陽臺時，天色已經微亮，第一縷晨曦正穿破雲霞，照在臺上。

四周群山晦暗，只有初陽臺已經被照亮。葛嶺朝暾是錢塘十景之一，在萬山肅立之中，初升朝陽集射於這個小小的石臺上，如同神跡。

在這天地間唯一的光亮之中，一條頎長身影正站在臺上，俯視著從黑暗中而來的他們。

只看那清雋端嚴的輪廓，阿南便已經知道他是誰。她加快了腳步，牽著狗沿著山道向他走去。

正逢旭日初升，天際一抹日光直射向這座小小的石臺，照亮了上面的朱聿恆。他被籠罩在燦爛金光之中，容顏灼灼，不可逼視，如朝霞升舉。

阿南像是被攫取了心神一樣，盯著他看了又看，才回神移開目光，在心裡暗自唾棄自己。

怎麼回事，為什麼會在這個太監身上，看出了一種凌駕萬人的氣質。

她若無其事，仰頭問：「阿言，你來這裡看日出嗎？」

朱聿恆點了一下頭：「葛嶺朝暾果然名不虛傳。」

卓晏在旁神情恍惚，朱聿恆看了他一眼，問：「阿晏，你昨晚不是替你娘守靈嗎？」

卓晏「啊」了一聲，那悚然而驚的模樣，像是如夢初醒，結結巴巴道：

「我、我馬上回去！」

看著他落荒而逃的身影，阿南挑了挑眉，走到臺上。

石桌上擺放著點心，這一夜奔波勞累，阿南毫不客氣撿了個米糕就吃上了。

朱聿恆看看退避在臺下的韋杭之他們，抬手給她盛了碗紅豆湯，又將一碟蔥包檜兒往她這邊推了推。

阿南吃著香脆的蔥包檜兒，側頭剛好看見群山之外冉冉升起的朝陽，穿破萬山雲層，籠罩在他們身上。

「這初陽臺是當年葛洪所建。能將日光射程計算得如此精準，群山之中剛好尋到這一點上，難怪他被稱為仙翁。」阿南讚嘆著，轉頭又對朱聿恆一笑。「不過，主人剛剛去世，你這個客人就來賞日出，是不是不太好？」

「主人真的去世了嗎？」朱聿恆淡淡問。

阿南托腮斜他一眼：「哦……原來你是迫不及待想知道真相，所以在這裡等我呀。」

朱聿恆頓了頓，說：「山間暗夜，妳一個女子還得多加小心。」

阿南嫣然一笑：「別擔心，我什麼大風大浪沒見過？」

美景當前，美食入口，美人在側。阿南歡歡喜喜，風捲殘雲，將食盒一掃而空。

只聽朱聿恆問：「卓壽那邊如何？」

「他把阿晏拉進屋密談，我估計這兩人是對兒子坦誠了。我怕打草驚蛇，真凶察覺到行跡敗露後逃之夭夭，只能硬生生忍住了。」

「別急，戲臺已經在布置了，現在還差個道具。只要東風一起，好戲馬上就能開場。」

阿南長出一口氣，說：「盡快啊，我家公子也不知道會不會被錦衣衛欺負呢……」

「沒人欺負他。」

「那，你能不能疏通一下關節，讓我見見公子啊？」阿南委屈地噘起嘴。「明明是你賣身給我，結果現在我這麼拚命，連個獎勵都沒有？」

他的面容被朝陽映照得燦亮，看著她的雙眸也如閃動著火光：「那妳得和我先查清三大殿的起火之謎，給錦衣衛一點顏色看看，他們才會懂得通融。」

阿南用懷疑的目光看著他：「你這個神機營內臣提督，到底行不行啊？辦這麼點事情都費勁。」

可惜她的激將法完全沒用，朱聿恆無動於衷，連眼皮都沒抬一下：「妳都知道是神機營了，還妄想節制錦衣衛？」

阿南翻了個白眼，氣惱地不說話了。

看完日出回到樂賞園，阿南聽到靈堂傳來乒乒乓乓的聲音。她拉過正在廊下紮白花的桂姐兒，詢問是怎麼回事。

「少爺說，夫人是惡疾而亡，老爺去請教了金光大師，得了法旨要盡早釘好棺木，以防惡果。」

阿南與朱聿恆相對望一眼，都明白卓晏這是要幫著父親將母親的事隱瞞到底了。

朱聿恆轉身往外走，說道：「我要去一趟楚元知家中。」

阿南也覺得這院子待不下去了，跟了上去：「我也去，我還想問問他在萍娘家那邊有沒有什麼發現呢。」

楚元知為逃避是非，本來整日躲在機關陣中閉門不出，結果阿南與朱聿恆過去時，卻看見楚元知在封鎖門上和牆上機關。

阿南朝坐在院中做絨花的金璧兒打了個招呼，然後問楚元知：「楚先生，怎麼，機關不用了？」

「算了，沒有意義。」他用抖抖瑟瑟的手慢慢拆解那些火嘴與引線，低低道：「這麼多年了，我也該走出來，讓我的妻兒過得好點了。」

「你能這樣想，挺好的。」阿南在院中石桌坐下，問：「楚先生，昨日你在石榴巷起火現場，可有什麼發現麼？」

「石榴巷那場火，起得比杭州驛館那場更為蹊蹺，我在被櫃子壓住的銀票灰燼上，發現了一些東西。」楚元知說著，起身去洗了手，又到屋內拿出一個小竹筒遞給他們，一邊說：「這東西有毒，你們打開的時候小心點。」

阿南正帶著從玉瓶中發現的那雙王恭廠手套，便隨手戴上，將竹筒蓋子打開，輕輕倒出裡面的東西。

從竹筒中滑出來的，是幾片燒殘的紙灰，仔細看的話，可以看到紙灰上有極為細微的一些白色粉末，附著在紙灰上面。

阿南簡直佩服楚元知了，連這麼微小的東西都能注意到：「這是什麼？」

她說話聲音稍微大了一點，差點將那幾片紙灰吹走，忙抬手攏住紙灰，大氣也不敢出。

「這是二十多年前，我曾在羅浮山葛家看到的東西……」

聽到「羅浮山葛家」幾個字，阿南頓時「啊」了一聲，就連坐在旁邊的朱聿恆也是雙眉微微一揚。

「當年葛洪出任交趾令時，途經羅浮山，見當地仙氣繚繞，又有丹砂便利，便辭官在朱明洞前結廬講學、修行煉丹，是以葛家在那邊也有一脈。」楚元知細細說道：「我年輕氣盛時，曾與羅浮山葛家切磋比試，僥倖險勝了幾場。當時我們一群年輕人趣味相投，交流了一些新奇的東西，其中就有一種，我記憶十分深刻的東西。」

說起當年往事，楚元知臉上盡是閱盡世事的感傷，聲音也遲緩了下來：「葛家是煉丹世家，世代都有人嘗試各種東西混合煅燒提煉。有好事者收集了數以千斤的骨頭，在煉丹爐內反覆焙燒後，加石英與炭粉，便會有劇毒白煙冒出。葛家以祕法將毒煙凝結成一種淺黃色的小蠟脂，取名為『即燃蠟』，見風則燃，必須得盡快刮取到裝滿冷水的竹筒裡，才能得以保存（註5）。」

「自燃……需要放在水裡保存……」阿南倒吸一口冷氣。

註5　此段描述為製取白磷的方法。

楚元知點了點頭：「那東西製備之法極難，葛家密不外傳。我知道粗略的製法後，曾多次試驗，但一直無法將其凝結收集，只能得到它燃燒後剩下的白色粉末，因此一看便知是這東西。」

說著，他倒了一些水在石桌上，又將紙灰連同上面的白色粉末丟到水中。

只見白粉一入水中，那攤水立即沸騰，連附著的紙灰都被滾成了渾濁的粉末。

楚元知扯了些草將灰水抹掉，說道：「從這銀票上殘留物來看，這確是『即燃蠟』無誤。只是，石榴巷這樣一個窮人雜居的地方，為何會有人用這般稀有又有劇毒的東西引火，真令人百思不得其解。」

「葛稚雅……」阿南臉色鐵青，憤恨咬牙道：「羅浮山葛家和葛嶺葛家同出一脈，必定會互通有無！」

她一句話提醒了朱聿恆，他皺眉思索片刻，然後才緩緩道：「看來，我們不需要搜尋婁萬了。」

「嗯……只是萍娘，死得太冤枉了。」阿南點了點頭，想起萍娘之死，又是傷感又是難過，低低道：「我一定要讓她，血債血償！」

楚元知怕紙灰飛散，想用竹籤子將紙灰重新撥回去，但他的手一直在顫抖，差點把紙灰弄碎。

阿南便接過竹筒，將它俐落地撥了進去。

楚元知的目光落在她的手上，看著手套問：「姑娘這雙手套如此厚實，是火浣布的？」

「不，就是棉布的，這是拿來製備火藥的。」這雙手套給阿南略小，便脫下來放在了一邊。

見楚元知點頭不語，朱聿恆便問：「火浣布所製手套，能隔絕火焰，想必給王恭廠更好？」

「這可不行。」楚元知說道：「火浣布雖可隔火，但存放炸藥的地方，卻絕不適合。」

見朱聿恆不解，阿南對楚元知說道：「他非行內人，不懂這個。」說著，她拔下頭上一支琉璃簪，抬手在他暗花羅衣袖上摩擦了幾下，然後將頭髮撩到胸前，用琉璃簪靠近自己頭髮。

還沒等簪子挨到她的髮絲，那烏黑柔軟的青絲便在朱聿恆的注視下，一根根地飄飛起來，被簪子給吸了過去，輕輕纏附在了琉璃簪上。

朱聿恆的目光定在她飄飛的髮絲上，竭力隱住眼中驚異之色。

他彷彿看見了，在十二根龍柱噴火之前，他的髮絲與衣服下襬，也是被這樣一種看不見的力量，向上輕扯飛起，詭異莫名。

「這就是火浣布不宜被王恭廠採用的原因。」楚元知說道：「王充《論衡》中有『頓牟掇芥，磁石引針』的說法，就是指摩擦琥珀玳瑁能吸引芥菜籽之類細小的東西，磁石能吸引鐵針。《博物志》中也寫到過，『今人梳頭、脫著衣時，有隨梳、解結有光者，也有吒聲』。這世上有一種我們看不見也摸不著的東西，能產生一種力量，讓兩個東西互相牽引，甚至迸出火星。」

朱聿恆正在傾聽楚元知的話，忽聽「啪」的一聲輕響，他只覺手背彷彿被針一刺，不由得縮了一下手。

原來是阿南用琉璃簪碰了一下他的手背，讓他被那種看不見的力量刺了一下。

「阿言你居然這麼膽小，看你嚇的。」阿南把簪子插回頭上，見朱聿恆驚詫地撫摸手背的模樣，笑道：「別擔心，剛剛刺你的那個東西啊，也就像針刺一樣，有點微痛微麻而已。就和磁石與鐵針相吸引一樣，雖然誰也看不見，但它確確實實存在，不過只有一點點。不過我懷疑，如果有辦法將它們增強的話，這將會是一股天下最可怕的力量，畢竟，誰有辦法阻擋看不見也摸不著的東西呢？」

確實如此。朱聿恆聽著她的話，默然垂下眼睫，彷彿又看到了三大殿起火之時，那十二根噴火的盤龍柱，彷彿地獄業火般可怖的場景。

這世上，誰能對抗這詭異莫名的力量？

「天氣乾燥如秋冬時，火浣布、絲緞與皮毛這種衣服偶爾會有火星蹦出，雖然不會灼傷人體，但一旦碰到王恭廠那堆積如山的火藥，便會釀成大禍。換成棉布的話，便不會有這樣的情況了。」

朱聿恆恍然點頭道：「難怪王恭廠的人，不允許穿絲綢衣物，銅器、鐵器也是嚴控之物……」

說到這裡，他似乎又想起了什麼，臉色越發難看。

直到告別楚家，上馬離開時，朱聿恆依舊是心事重重的模樣。

阿南催馬趕上他，趴在馬背向上仰視他低垂的面容，笑問：「阿言，有心事老憋著多不好啊，跟我說一說嘛。」

朱聿恆彷彿一下驚覺，面對著她盈盈的笑臉，他欲言又止，一時卻又下不定決心。

阿南打量著他的神情，慢悠悠地開口：「妖風。」

朱聿恆心口一震，沒想到她已經察覺了此事。

「你能想到，我為什麼想不到呢？」阿南一瞬不瞬盯著他，笑道：「三大殿起火之前你飄飛的頭髮和衣服，和杭州驛站起火前卞存安身上的衣物和頭髮，都是因此一直向上飛揚。而這兩次大火之前，相同的一點都是——雷雨將來，天空蘊滿雷電。」

「所以……那種可以將輕微的物品吸取的力量，與雷電肯定有相似之處？」

「對，但畢竟我們現在所想的，都只是猜測而已。」阿南抬頭看看天色，說道：「等吧，等到下一次雷雨天氣，我們就知道這猜想是否正確了。」

朱聿恆默然點頭，卻見阿南又說道：「從我的火摺子被燒融時，還有你剛看著手套的詫異表情都說明，三大殿的火災絕不簡單。來吧，原原本本跟我講一遍。」

朱聿恆抓緊了手中青絲轡繩，緘默不語。

「你可要考慮清楚哦，楚元知身負嫌疑無法幫你探查，唯一能幫你的，就只有我了。可你要是連具體狀況都不告訴我，我又怎麼幫你呢？」

她目光清明澄澈，讓長久以來築在朱聿恆心口上的重防，忽然之間開始崩塌動搖。

這世上，除了她之外，還有誰，能懂得那些酷烈的、詭譎的、生死攸關的祕密？

她是阿南。

是黃河灘頭將他從激流中撈起的阿南；是衝入火海之中拯救囡囡的阿南；是生死存亡之際與他心意相通的阿南……

「是。」他終於開了口，聲音低而清晰：「三大殿的火，確實有諸多詭異之處。」

卓家如今正辦喪事，自然已經不適合朱聿恆居住了。

韋杭之早已命人將阿南所用的東西都送到了孤山。孤山是西湖中最大的島嶼，由白堤、蘇堤與西湖兩岸相接。

阿南與朱聿恆打馬過長堤，前方殿宇樓閣在煙柳碧波之中掩映，恰如當年白居易所寫的孤山，「蓬萊宮在海中央」。

本朝在南宋行宮遺址之上，重建了規模不大的精巧園林，沿級而上便是孤山頂麓，西湖最高處。

在寂寂無人的山頂小亭中，屏退了所有人，朱聿恆將當日在殿內發生的事情，原原本本說了一遍，只略過了自己身上出現的怪病。

「這麼說，你當時回頭看到，那些火是從柱子上的龍口中噴出的？三大殿的柱子是怎麼樣的？」阿南一下子就抓住了這樁事件中最大的疑點。

「奉天殿十二根主柱，都是十八盤鎏金雲龍柱。」朱聿恆讓韋杭之取了紙筆來，詳細畫給她看。

他先畫的是屋簷，邊畫邊道：「柱子削金絲楠木為底，為防腐防潮而交替上了三層麻、三層灰，施以紅漆。柱子高三丈三，盤繞著銅製十八盤鍍金雲龍，周身是堆漆五彩雲水紋。」

他於繪畫十分精通，金龍口中吐出熊熊烈火的一幕唯妙唯肖，令人心驚。

阿南端詳著這可怖情形，思忖道：「按理說被三層麻三層灰包裹的金絲楠木，是很難燒起來的，就算外部的漆被引燃，恐怕漆燒完了裡面也燃不起來。」

「所以，看到楚家那個鐵網罩能燒毀妳的火摺時，我覺得，或許只有那樣的火，才能讓那些巨大的柱子瞬間燃燒。」
阿南點點頭，思考片刻又搖搖頭：「就算那些銅龍是空心的，能灌上火油燃燒，可要將它們燒到足以讓金絲楠木柱燃燒噴火的程度，怕是在廊下休息的人都會被灼傷，哪能不被察覺？」
「我查過了，那十二條龍都是實心的，中間絕沒有任何可供倒入火油的空隙。」
「還有很重要的一個線索，妖風。只能在雷電天氣出現的妖風，是否與大殿之火有關？雷電劈擊雖然會引起大火，但若讓十二根柱子同時著火，除非是當時天上能同時降下十二道雷電來適配？」
朱聿恆道：「我估計問題必定出在建造大殿的人身上。或許，他們能有機會在柱子上動手腳，利用我們所不知道的手法，讓十二根柱子同時起火。」
阿南讚賞道：「這想法很對，三大殿主要負責人是誰？」
「內宮監掌印太監蓟承明主掌一切工地事務，因此，我確實想過要諮詢他。」
朱聿恆凝視著她，慎重道：「可惜，他已經死在了奉天殿那場大火之中。」
「死了？」阿南挑一挑眉。「這倒好，與自己監造的宮殿共存亡，也算是死得其所了。」
「而且他的死狀，非常奇特。」朱聿恆將蓟承明當時的情況詳細介紹了一遍，因為現場情形詭異，他又持筆畫出了蓟承明活活跪著燒死在地龍中的詭異狀況。

阿南這個古怪女人，聽到此等慘劇，眼睛都亮了。

「既已接近生機，卻不肯進入，難道前方有比被烈火活活燒死更可怕的事情？」

朱聿恆搖頭道：「想像不出。而且事發之後，地龍被仔細搜尋過，並沒有任何阻擋他前進的障礙存在。」

「但我覺得他這個選擇還有個更有趣的地方。」阿南托著下巴，笑吟吟地望著他。「用玉山子砸開地面，肯定要比砸開門窗更難吧？普通人的話肯定不會想到鑽地下去的。」

「這被砸開的地龍薄弱處，自然就是薊承明在一開始，給自己留好的後路。」朱聿恆皺眉，沉吟道：「現在想來，當時雷震不絕，也是薊承明進言，建議我們進入奉天殿避雷的。」

「所以，你肯定已經徹查過薊承明吧？有沒有什麼發現？」

朱聿恆搖搖頭，讓韋杭之去取來薊承明的檔案，有三、四本，堆在石桌上給阿南看。

阿南一看見這麼多本，頭都大了，說道：「你翻幾個重要的地方給我看看，這裡怕不有幾萬字，看完都要天黑了。」

朱聿恆便翻了第一本中薊承明的出身、第二本中如何立功被一步步提拔高升的部分給她。

阿南一目十行看著，朱聿恆記得第三本中有關於他與葛家蚜蝣的事情，便將第三本翻開，尋找那處地方。

翻書之時，夾在書頁中的一張紙忽然飄了出來。朱聿恆抬手按住，見上面是不明究竟的幾行無序數字，便掃了一眼那東西的來歷。

是薊承明死後，他的乾兒子在他床頭暗格發現的，知道朝廷在查他的事情，便送呈了上來，只是誰也不知道這是什麼東西。

朱聿恆見上面寫的是，左旋一，左旋三，右旋四，左旋七，右旋五，右旋二，左旋一。

這是一個漸多又漸少的數字，若排列起來的話，那個可以旋轉的東西，大概類似於一個菱形，或者說……一個圓形。

一個圓形的，凹凸不平可以旋轉的彈丸。

他瞥了正皺眉看著薊承明檔案的阿南一眼，豎起書冊，將那張紙折好塞入了袖中。

他將書翻到蚜蝣那一頁，攤開放在阿南面前，似乎察覺到什麼，轉頭看向亭外的韋杭之，問：「什麼事？」

韋杭之自然會意，立即稟報道：「大人，公務急事。」

朱聿恆收拾好自己那些畫，起身出了亭子，快步下山。到了自己所居的屋內，他問韋杭之：「從司鷲那裡拿到的鐵彈丸呢？」

韋杭之立即從抽屜裡取出給他。

他拿在手裡，等韋杭之出去了，看著上面凹凸不平的地方，略略吸了一口氣，按照薊承明那張紙上的數字，按住第一層凹凸，向左略一旋轉。

第一層旋了細微的一格，輕微一頓，停了下來。

他停了停，指尖按在第二層，向左旋了三個小格。

第三層，向右旋了四個小格……

無聲無息之中，他慢慢開到最後一層，左旋一。

旋轉到位之後，毫無聲息。他有些詫異地看著這個彈丸，須臾，試著按住上下兩端，往下輕輕一按。

鐵彈丸如同一枚花苞，分成八片散開，就如一朵蓮花綻放於他的掌心，露出裡面一個小紙卷。

在紙卷的周圍，是極薄的一層琉璃，裡面盛著綠礬油（註6）。

朱聿恆長出了一口氣，此時才微覺後怕。

若是他不知這個開啟的數字，按錯了次序，恐怕早已擊破琉璃，綠礬油濺射而出，不僅毀了裡面的紙卷，也會讓他的手指骨肉消融。

托著這朵冉冉開放的鐵蓮花，他臉上漸漸蒙上寒意。

註6　綠礬油：即硫酸。

三大殿縱火案的重要嫌犯薊承明，與阿南他們一群海客，究竟是什麼關係？為何他們傳遞消息的方法，會出現在薊承明床頭的暗格之中？

蓮花已經徹底綻放。

朱聿恆定了定神，抬手抽出裡面的紙卷，展了開來。

第十三章　灼灼其華

映入眼簾的，是竺星河那令人見之難忘的一手清雋好字：

角聲滿天秋色裡，塞上燕脂凝夜紫。

這是李賀《雁門太守行》中的頷聯，這詩的第一句與最後一句更有名，分別是「黑雲壓城城欲摧」、「提攜玉龍為君死」。

看來，這是他們傳遞消息的法子。

有兩個可能，一是竺星河在放生池悄悄傳遞出了消息，二是這句詩早已寫好，危急時刻拿來召喚阿南。

朱聿恆又檢查了一遍，確定字條上沒有其他手腳後，原樣捲好放回了彈丸內。

他用極厚的錦袱包住彈丸，又將一本厚重字帖放在面前以防綠礬油噴濺，再將如同蓮花般的彈丸合攏。

輕微地喀一聲，錦袱內的彈丸恢復了原樣。

確定它沒有問題後，他隔著錦緞，艱難地按照相反的次序，將它一點一點撥回原位。

等一切完成，他將彈丸收到抽屜中，打開熏香爐，將自己剛剛的畫在其中燒毀，又撥散了灰，才起身出門。

回到山頂亭中，阿南連第三本冊子都還沒看完。她揉揉太陽穴，有些煩躁地抬起頭，正看見朱聿恆拾級而上，在夏日光暈之中，越顯清雋脫俗。

她托腮望著他，等他走過自己身邊時，笑道：「阿言，你身上好香。」

朱聿恆淡淡掃了她一眼，聲音波瀾不驚：「專心看書。」

「是。」阿南應付著，繼續看薊承明的生平。

而他坐在她的對面，解著那個「十二天宮」岐中易。

夏日清風徐來，頭頂鳥雀啁啾，西湖波光盡在身邊。偶爾岐中易輕微敲擊相撞，清脆的叮一聲，更顯靜謐閒適。

阿南將最後一冊看完，丟在桌上，說道：「薊承明發現蜉蝣而大笑那裡，必定也是他注意到葛家的開始。葛家所有人被流放雲南，他可利用的，只有葛稚雅了。」

「但我不太明白的是……」朱聿恆略略前傾，看著她問：「當今聖上待薊承明不薄，一再提拔擢升，直至掌印太監。這已經是一個宦官所能達到的最巔峰了，他為何還要犯下如此事端？」

「可能太監身體殘缺後，心態扭曲吧。」阿南說著，又「呃」了一聲，補充道：「不過阿言你不一樣，你高大偉岸，還有喉結，前天我好像看到你還長了點鬍子，你是年紀比較大才淨身的嗎？我聽說童貫也有鬍子……」

說到這兒，她一看朱聿恆的臉色特別難看，忙改口道：「當然了，阿言你和童貫那個大奸臣肯定不一樣！」

朱聿恆冷冷道：「廢話少說。」

阿南吐吐舌頭，有點不好意思地靠在後方亭柱上，揉著自己的脖子道：「咱們已經將這幾起縱火案大致瞭解清楚了，案情也拼湊完整，現在只差一個證實。希望趕緊來個雷雨天，我好找楚元知做一下當時火情的還原。」

朱聿恆微覺詫異，問：「妳已經全部清楚了？」

「差不多了。畢竟這事兒拖不起，我家公子還蒙冤不白呢，再說……」她又對著他一笑。「你的性命也懸在這個案子上啊，我怎麼能鬆懈呢？」

明明她笑容明燦，可知道自己只是順帶的「也」，朱聿恆的心中，還是湧起了難言的鬱悶煩躁。

似乎，還有一些自己並不願承認的酸澀。

阿南是個急性子，用過午餐後，當即就要找楚元知探討縱火手段的可能性。

朱聿恆命人送她到楚元知那邊，阿南詫異問：「你不一起去嗎？」
「我是官府的人，楚元知是嫌疑人。讓他幫我們搜查火場本就已與律令有悖，妳去找他可以，但我不方便與嫌疑人一起行事。」
「你們官府挺講究啊。」阿南也不在意，抱怨了一句便縱馬離去。
而朱聿恆目送她離去後，則上了一條不起眼的官船，從孤山一直向南，橫穿西湖，再度前往放生池。
知道竺星河那邊的人一直在關注放生池，朱聿恆在船上換了錦衣衛的服飾，諸葛嘉亦知道他不願與竺星河見面，妥貼地遞上一個拙巧閣所製的皮面具，戴在臉上如換了一個人。
剛登上綠樹掩映的堤岸，便聽到一陣飄渺仙音隨水風而來，是一個女子在彈琴唱歌，散入此時的煙柳荷風之中，令人忘俗。
朱聿恆走到雲光樓上，俯瞰下方天風閣。
竺星河身上依然繫著「牽絲」，坐在廊下對著西湖品茶，遲緩的行動因為他舉止優雅，反倒令人覺得有種從容韻味。
離他三尺之外，有一個穿淺碧紗衣的少女正坐在花樹之下，彈著一曲《南呂・四塊玉》。
她的琴彈得好，歌聲更是婉轉動人，唱的是關漢卿所做的《四塊玉・別情》。

自送別，心難捨，一點相思幾時絕？憑闌袖拂楊花雪。溪又斜，山又遮，人去也。

她低垂著頭且彈且歌，綠鬢如堆雲，皓腕如霜雪。

雖看不見面容，但那纖孅如煙靄的身影，柔婉如雲嵐的姿態，伴著她那纏綿悱惻的歌聲，足以想見她驚人的美麗。

見朱聿恆打量那少女，身旁的諸葛嘉低低出聲道：「她叫方碧眠，是方汝蕭的孫女。」

「方汝蕭？」朱聿恆端詳著那個光華如月的少女。「沒想到他還留下了孫女。」

靖難之後，當今聖上入應天登基。當時方汝蕭是朝中文臣領袖，受命撰寫登基詔書。但他當庭唾罵燕王是亂臣賊子，寧死不從，因此被凌遲處死，株連九族，女眷全部充入教坊司。

「她是遺腹子，在教坊司出生的。應天這邊頗有些人同情方家，因此她雖身在教坊，但並未受過垢辱。而且她頗類祖父，詩詞歌賦無不精通，也是江南一帶有名的才女。」

雖然當今聖上極為痛恨方汝蕭，但畢竟十七年過去了，民間對此事也不再諱莫如深，因此諸葛嘉說來隨意，朱聿恆聽來也並無太大反應。

「方碧眠……」朱聿恆最後再看了他們一眼，若有所思。

春水碧於天，畫船聽雨眠。

朱聿恆想到竺星河在彈丸中留下的那兩句詩，又看著這對相映生輝的璧人，淡淡道：「很合適。」

竺星河一杯茶還未喝完，便被帶到了雲光樓，看見坐於几案之前的一個人。逆光之中他神情僵冷，竺星河看出他該是遮掩了面容。但由那端坐姿態中流露出來的清貴倨傲，讓他一眼便可以認出，這就是上次與他交談的人。

竺星河緩緩在他面前坐下，問：「多日不見，別來無恙？」

這反客為主的姿態，讓朱聿恆微微一哂，說道：「我看竺公子的日子，倒是頗為悠閒自在。」

「是，此處湖光山色美不勝收，又有人悉心照料飲食起居，除了行動不便之外，長居於此也未嘗不可。」他說著，抬手取過案上茶壺，斟了兩盞茶，推了一杯給他，笑道：「虎跑水、龍井茶，堪稱天下一絕，我當年在海上可沒有這樣的好茶。」

「既然如此，那便多住幾日吧。」朱聿恆聞著茶香，淡淡道：「你在此間，外面也有人甚是想念，讓我代為慰問。」

「是阿南麼？我以為她有了好歸宿，已經忘卻我們這些舊日夥伴了。」竺星河微笑道。

朱聿恆並不解釋，只問：「上次所問，幽州雷火與黃河弱水之事，你可想明白了？究竟你在其中，做了何種手段？」

「我上次亦已回答過了，只不過是心有所感，在祭文上偶爾一寫而已。我一介凡人，與如此災難能有何關聯？」

「別再妄圖遮掩了，你與這兩樁災禍牽扯甚深，朝廷已經瞭若指掌。」朱聿恆冷冷道：「薊承明薊公公的乾兒子龐得月，已經出首證明，他曾見你們接觸。」

竺星河神情平淡道：「這確是有的。薊公公營建新都採購頗多，永泰行自然要前去拜會。」

「他是否對你提起過三大殿的事情？」

「三大殿在建時，薊公公便找永泰行訂過紫檀、蘇木等，帳目清晰，閣下一查便知。」

依舊是滴水不漏的回答，鐵板一塊的態度。

朱聿恆垂眼看著手中茶盞，聲音更沉了幾分：「竺星河，你是海外歸客，朝廷念你心繫故土，衷心華夏，因此對你禮遇三分。但這是恩典，並非你可恃仗之事。」

竺星河笑容溫潤，道：「是，多謝朝廷恩典。」

「若你再不識抬舉，錦衣衛自有一萬種手段從你口中撬出需要的東西來，只怕到時候，你會追悔莫及。」

「錦衣衛的手段我也多有耳聞，只是我確實不知，究竟我身上有什麼東西，值得朝廷如此大費周折？」

「別裝糊塗。」朱聿恆緩緩道：「你可記得這些數字？左旋一，左旋三，右旋四，左旋七……」

竺星河的神情，終於微微變了。

朱聿恆抬眼，僵冷的面具亦擋不住他的威勢：「你以為自己與薊承明傳遞消息的途徑足夠機密，卻不知早已被我們截獲，你在順天這場災變中的所作所為，我們已經瞭若指掌！」

嫋嫋茶氣飄在他的面前，讓竺星河神情有些恍惚不定，難以看清。

「另外，阿南也親口對我提及，你在黃河決堤之前，準確預測出了該段堤壩坍塌之事，命她前往。我問你，你究竟如何得知天災發生的時機，從而藉助其力量，興風作浪為禍人間？」

「閣下何出此誅心之言？」竺星河終於略略提高了聲音，道：「為禍人間一詞，竺某怕是擔當不起。」

朱聿恆冷冷地看著他：「哦？」

「事到如今，我不得不如實相告。我曾在海外習得『五行決』，可推算山海島嶼走勢，行經順天時，發現山川有異，恐宮內會有災禍。我人微言輕，恐被說妖言惑眾，因此向薊公公傳遞了消息。但薊公公似乎並未在意，我亦不知自己的本事在陸上是否能奏效，因此未敢再多言。」竺星河說到這裡，似是十分悔恨，頓了一頓才繼續說：「後來宮中大火與我所料不差，因此我急命阿南去黃河邊，希望能挽救萬一，可惜她畢竟身上有傷，無力回天，最終功虧一簣，真是時也命也！」

「如此說來，閣下倒是懷著為天下黎民的拳拳之心？」

「天地可鑑！」

「那麼……」朱聿恆將手中茶盞輕輕擱在几案上，緩緩問：「下一次的天劫，會出現在何時、何地？」

竺星河不假思索道：「不知。」

朱聿恆略瞇起眼，盯著他。

「順天與黃河，都是我偶爾經過之時，觀察山川河流而發現的。天下高山大川數不勝數，我如何能一一踏遍，尋找蹤跡？」竺星河說著，又抬頭直視他道：「再者說，如今天下太平，百姓安定，你又如何認為會有下一次天災呢？怕是多慮了吧。」

窗外水風驟起，花影在風中起伏不定，落紅撲在窗紗上，如斑斑點點的血跡。

看著那些血色痕跡，朱聿恆收緊十指，在膝上緊握成拳，雙唇緊抿。

明知道竺星河必定還有重大隱瞞，但他又如何能將自己身上那與天災一起出現的兩條經脈，示之於人？

這是他最隱祕的傷痛，也是最可怖的境遇。

面前這人，是否知曉天災發生之時，也是他身上經脈迸亂之刻？是否知道他只剩十一個月的性命，與此息息相關？

在結論尚未得出之時，他絕不能吐露半分。

因此他停了許久，緩緩地，用近乎於冷漠的語調，吐出了幾個字：「八月初，或許會再有一場。」

「哦，有何憑據？」竺星河略一挑眉。「順天是四月初，黃河是六月初……所以你認為按照時間來推算，下一次是八月初？」

朱聿恆沒回答，只冷冷道：「而且，災禍怕是多半會發生在要害之地，這樣算來的話，你的範圍該縮小許多。」

「還是不行。我的五行決，還需要一個助力。」竺星河緩緩坐直身軀，與他相對而視。「五行決運算極難，如今又不知具體地址，必須有人相助。」

「這倒不難。」朱聿恆隨意道：「朝野上下乃至拙巧閣，你要哪一個，我去調遣。」

「阿南。」竺星河的聲音，清晰而確切。

夏日風來，湖水拍岸，花樹搖曳。在這動盪凌亂的聲響之中，朱聿恆審視他的目光，帶著犀利的意味：「她不行，換一個。」

「山河走勢運算極難，毫釐之差便是天地之別。我與阿南磨合十年方能成功，其他人，無法彌補這十年默契。」

「非她不可？」

「非她不可！」

楚元知家後院的廢墟中，已運來了一根足有兩丈長、一圍粗的楠木。工匠按照吩咐，在上面交替包裹了三層麻、三層灰，如今正在小心烘乾外面的灰麻。阿南在這種事上很有耐心，和楚元知一起調整空心鐵網罩，將它改成上下均等的十八盤模樣，圍在楠木之上。

等一切做完，工匠們在楠木上繫好繩子，四面施力漸漸拉起，讓它豎立在廢墟之上。

萬事俱備，工匠們離開，阿南與楚元知一起在屋簷下喝茶，看著面前這根巨大的楠木，端詳上面十八盤的銅管。

楚元知問她：「以妳看來，這兩日會有雷電嗎？」

阿南肯定道：「應該會有。我以前在海上，一年四季雷電不斷，對它們熟悉得很，一看這天色就知道八九不離十了。」

「姑娘從海上來？」楚元知詫異問：「海外居然也有人對機關陣法如此精通麼？」

阿南隨意笑道：「二十年前公輸家有一脈下了西洋，我是他們的傳人。」

「姑娘孤懸海外，眼界審度還能如此深遠，實屬不易。」

「在海上也沒什麼不好。我家公子一統西洋之後，我在滿剌加（註7）海道最狹窄的地方設了個關卡，無論是從東邊去往西方的船隊，還是西方往東而行的，都得從我的地盤過。所以，西方那些精巧的玩意兒，玻璃鏡、自鳴鐘，尤其是他們的書，大都落入我手中了。講實務的書最好看，測量、水利、天文、術數……為了看這些書我還學了各國語言，沒日沒夜讀，真的好看！」

看著她那津津樂道的模樣，楚元知握著茶杯苦笑，心說，劫書也算劫，妳這占據地形打劫來往客商，不就是女海盜麼。

女海盜的心裡，當然放不下海盜團夥。

安排好一切事宜，告別楚元知之後，阿南順便甩脫了那幾個盯梢的人，去吳山探望石叔。

石叔性命已無憂，只是還需好好休養。而司鷲傷才好就活蹦亂跳的，看見她便急不可耐問：「阿南阿南，妳打探到什麼消息了沒有？我們什麼時候去救公子啊？」

「公子應該是落在錦衣衛手中了，但，我也不敢確定。」阿南仔細考慮了一下

註7　滿剌加：即麻六甲。

自己對阿言的掌控，發現並無太大把握。

畢竟，那張賣身契一點都不能讓他聽話呢……

「一向不太聽話的司霖，依舊陰陽怪氣：「依我說，打探什麼消息？阿南妳不是挺能耐嗎，怎麼現在離了大海，變得畏首畏尾的，拙巧閣在水裡布個什麼破陣，妳都不敢闖進去了？」

阿南瞄了他一眼，轉頭問常叔馮叔他們：「司霖說的，大夥兒覺得有道理嗎？咱們該不該去闖一闖？」

馮勝正要脫口而出贊成，但被旁邊人手肘微微一碰，他看著阿南臉上的表情，遲疑改口道：「南姑娘，之前公子不在的時候，都是妳拿主意，現下妳先說說妳怎麼看？」

「我不敢妄自決定，只希望大家和我一樣，能揣度一下公子的想法。」阿南照例往正中的圈椅坐下，掃視堂上所有人。「今日若換成公子在這裡、我在放生池，我想他必定不會贊成硬碰硬。畢竟，如今拘押公子的是官府，咱們可以殺進去將公子搶回來，但搶回來之後呢？從此成為朝廷欽犯，一群人流亡天涯？」

司霖冷冷道：「怕什麼，大不了重回海上，過咱們逍遙自在的好日子去！」

「那麼，公子這幾年創下的基業，都不要了？若就這樣輕易放棄，咱們當初又為什麼要從海上回歸？」阿南反問。

常叔點頭道：「南姑娘說得是啊，咱們洗腳上岸，好容易有了今日的局面，若是與官府撕破臉，那過去一切努力付之東流，能甘心嗎？」

司霖低頭，悻悻道：「可公子在那邊，萬一出事了……」

「這點倒不必擔心，公子被抓捕的原因我已知曉。我看神機營與錦衣衛因為搶奪公子的功勞，如今頗有矛盾，所以正與他們合作，希望能藉此機會，幫公子洗脫冤屈，盡早接他回家。」

此話一出，眾人都如釋重負。司鷲喜笑顏開道：「真的？我就知道阿南最厲害了！司霖你現在知道了吧，阿南和官府混在一起是有正事要做的，你別再瞎琢磨了！」

見眾人再無異議，阿南一錘定音道：「那就這樣。能光明正大走的路，一定得優先選擇，和官府對上是最壞的打算，不到萬不得已，咱們不能走這條路！」

西湖兩岸山上，保俶塔與雷峰塔一北一南遙遙相望。

保俶纖瘦如美人，雷峰沉穩如老僧。

阿南坐一葉扁舟橫渡西湖，抬頭看見雷峰塔矗立於峰巔，巍峨鎮守整座西湖。

前朝末代時雷峰塔毀於火災，只剩赤紅如火的磚砌八角塔心，在夕照山上蒼涼古樸。如今恰逢盛世，江南士子紛紛捐資，重修雷峰塔。

阿南從蘇堤上岸，一路向著雷峰塔而行。走到塔下仰頭上望，只見朱聿恆正由寺內一眾高僧陪著，在參觀佛塔。

阿南一身豔麗服飾，自覺與那群和尚格格不入，便也不上前，只打量這座新落成的雷峰塔。

這塔高達二十四丈，用楠木在原來的磚砌塔心上穿插搭建出外面的塔身，加上塔周身圍的迴廊，使得整座塔更像是一座八角形的樓閣，雄渾古樸。

如今塔頂尚蒙著紅布，等待開光大典。

她目光下移，看見站在殿閣之上的朱聿恆，他的目光也正落在她的身上。

他一身珠灰紫越羅，以暗金繡帶緊束腰身，金紫色更襯得他貴氣不凡，令此時陰暗的天氣都明亮起來。

只可惜，他那居高臨下的凜冽氣場，帶著一種生人勿近的氣勢，讓尋常人不敢接近。

當然，阿南不是尋常人。所以她朝他展露出燦爛笑意，用力揮了揮手。

朱聿恆的目光在她身上略停了停，雖覺不合適，但還是排開了眾和尚，快步出了塔閣，向她走去。

「帶我看看這戲臺，搭建得怎麼樣了？」阿南笑道：「畢竟，馬上就要演一齣大戲了呢。」

「這……佛塔尚未開光，女子進入是否合適？」見朱聿恆要帶著阿南進內，和尚們打量著她，有些遲疑。

阿南抱臂笑道：「聽說這塔是錢王為皇妃所建，怎麼女人反倒進不得了？再說了，裡面有個女子比你們更早住在裡面，你們一群男人進去，反倒不合適呢。」

和尚們面面相覷，一個年輕沙彌忍不住道：「女施主切勿妄語，我佛門清淨地，哪會有女子在裡面？」

「白娘子呀，她不是被鎮壓在裡面幾百年了嗎？」阿南笑嘻嘻道：「人家雖是女妖，可修煉成人還會生孩子呢，你敢說她是男人？」

沙彌鬧了個大紅臉，一時無言以對。

主持畢竟見過大世面，十分給面子地對朱聿恆合十道：「世間萬物有靈，白蛇青魚皆能化人，追究男女是著相了。既是檀越所邀，二位請便。」

和尚們魚貫離去，阿南開開心心地踏進塔內，抬頭便看見巨大的樓梯圍繞著塔心盤旋而上。那樓梯上都飾以金漆，正如一條金色巨龍箍住中間的塔心，宏偉非常。

阿南不由讚嘆，說道：「這設計可真是絕妙。」

「嗯，塔心雖是磚製，但歷經百年風雨，早已有多處開裂。如今正好借樓梯將其束緊，既能承受在其上搭建巨大樓閣的重壓，又能藉此攀登至塔頂。」

「塔心是實心的嗎？」

朱聿恆唇角微揚，道：「不，空心的。裡面如今插滿了搭建樓閣的木頭，都憑此借力。」

「是麼？這戲臺簡直完美！」阿南驚喜不已，連上十來級臺階，敲了敲連接在塔心上的巨大木頭，喜孜孜地靠在欄杆上對下面的朱聿恆道：「只需要幾道雷電劈下來，就能重演三大殿那些柱子噴火的場景——不，肯定比噴火的巨龍更為恢弘，畢竟這可是巨大的樓閣在瞬間化為火炬的奇蹟啊！」

朱聿恆無奈斥道：「別在佛塔內胡說八道。」

阿南笑著按住樓梯扶手，輕捷地跳下，說：「抓捕區區一個葛稚雅而已，當然不會這麼下血本啦。」

「楚元知那邊，安排好了嗎？」

「我親自出馬，你還信不過？」阿南說著，又問：「卓壽那邊呢？你準備怎麼搞？」

「棲霞嶺一直在我們的監視中，到時候來一場引蛇出洞即可。」

萬事俱備，阿南再細細端詳了雷峰塔內的陳設一番，對四壁的佛龕彩繪毫無興趣，只對那樓梯越看越喜歡。朱聿恆都懷疑再不把她拉走，她今晚就要睡在這樓梯上了。

離開雷峰塔，阿南和朱聿恆騎著馬沿蘇堤往回走，因為心情愉快甚至還哼起了小曲。

朱聿恆與她並排而騎，零星聽得她低低的歌聲送入耳中：「我事事村，他般般醜。醜則醜，村則村，意相投。則為他醜心兒真，博得我村情兒厚。似這般醜眷屬，村配偶，只除天上有……」

她唱的是蘭楚芳的一曲《四塊玉・風情》。

一個姑娘家，唱這種荒誕滑稽的曲兒。幸好午後炎熱，蘇堤上沒有什麼人，不然這行徑，怕不是要引一路側目。

朱聿恆掃了一眼竭力繃著臉免得嘴角抽搐的韋杭之，有些無奈地聽著阿南的歌，忽然想起在放生池的天風閣內，方碧眠為竺星河唱的那一首《四塊玉》。

明明是一樣的曲兒，方碧眠唱的是「一點相思幾時絕？憑闌袖拂楊花雪」，而阿南她唱的，卻是這種詞。

醜則醜，村則村，意相投……

她彷彿很喜歡這一句，低低地，反覆地唱了幾遍。

她歌喉並不婉轉，嗓音也沒有方碧眠那種甜柔，但朱聿恆聽著她口中吐出的愉悅嗓音，卻覺得繞過耳畔的熱風都帶著一種令人愉快的氣息，彷彿沾染上了她的開心。

她唱著歌，騎馬走到蘇堤盡頭，卻不向著孤山而去，反倒側頭向朱聿恆一笑：「咱們引蛇出洞去？」

朱聿恆了然，撥過馬頭便向著棲霞嶺而去，一邊隨口吩咐韋杭之，把卓壽找來。

上了棲霞嶺山道，朱聿恆忽聽到阿南說：「阿言，你真是天下第一的好男人。」

朱聿恆轉過目光看她，因為這突如其來的由衷讚揚，感覺自己的心口某處略微一顫。

「跟你合作太愉快了，不用說話、不需看我，就能與我默契配合的人，你是這世上第一個。」

「心有靈犀一點通嗎？」朱聿恆坐在馬背上，回看她眉花眼笑的模樣。

他懂得這種感覺。在楚家的地窖殺陣之中，他曾與她共同進退，徹底託賴彼此的能力與想法，契合無間。

阿南點頭，補充道：「第一眼看見你的手，我就知道你肯定很好。」

他怔了一怔，心上那點溫熱漸褪。

所以，對她來說，他的意義就是當她的雙手，代替她當年那雙完美的手；當她的分身，在關鍵時刻多一個共同進退的夥伴；當她的算籌，在必要的時候替她計算一切……

那麼──這樣的好，算是對他的肯定嗎？

這樣的心有靈犀，又有何用。

朱聿恆狠狠一撥馬，越過了她，向著前方山嶺奔去。

灼熱的風從他耳畔擦過，在這心緒極度紊亂之時，他耳邊忽然響起了，竺星河那確鑿無疑的語氣——

非她不可。

當時他沒有明確回答竺星河，只說，會與阿南商議。

畢竟他不知道，竺星河是想要她，還是需要她。

那麼，對於竺星河來說，阿南又算不算是一個，好用的女人呢？

卓壽心急如焚，趕到棲霞嶺的小屋內時，發現朱聿恆正坐在屋邊，解著一串岐中易，而阿南則坐在門口，慢悠悠地用草葉折著螳螂。

「指揮使大人來了。」阿南看見他後，丟開了手中草葉，殷勤起身招呼：「我前幾日陪著阿晏來這邊，衝撞了卓大人與裡面那位大叔，此次特來向你們陪個不是。」

卓壽臉黑得跟鍋底似的，明知道她是來找事的，但見朱聿恆在旁邊，也只能強行按捺著先與朱聿恆見禮，然後忐忑惶恐地看向屋內。

敞開的房門內，一個面白無鬚的瘦小男子正惶惑不安地站在桌邊，看見卓壽到來，他又急又激動，卻不敢出聲，只能用那雙眼角微挑的鳳眼可憐兮兮地看著他。

卓壽正想開口求情，阿南已經走到了他身後，問：「卓大人，不介紹一下這位大叔嗎？這可是您夫人去世當夜，您都要趕來與他見面的朋友，想必與您關係匪淺吧？」

卓壽面色鐵青，從牙縫間擠出幾個字：「他是我昔日舊友，年少時我曾蒙他救過一命，是生死之交。」

「原來如此。」阿南打量著裡面的男子，對他點頭致意，微微而笑。「外面陽光好熱啊，能進屋討口水喝嗎？」

那男子遲疑地看向卓壽，見他勉強點了一下頭，便從櫥櫃內拿出杯子，又提著旁邊的水壺，放在桌上，然後畏畏縮縮地就要離開。

阿南卻一抬手抓住了他的右手，驚訝地叫出來：「咦，好巧哦，怎麼你的右手腕上，也有個傷疤啊？」

她開始唱戲了，朱聿恆自然要跟上。掃了手腕一眼，他開口問：「怎麼，還有別人的手腕上，也有傷疤嗎？」

男子面色倉皇，竭力想要縮回自己的手，可阿南力氣頗大，而他枯瘦無力，一時竟掙不脫她的箝制。

「我記得卓夫人的右手，還有王恭廠的卞公公，都有這樣的傷痕呢。而且傷疤還好像哦，都是又深又長的陳年舊傷，這得多嚴重的傷才能造成啊！」阿南看著他的手，一驚一乍的誇張模樣，讓朱聿恆都無奈到使了個眼色，讓她收斂點。

卓壽木然捏著手中茶杯，看著阿南演戲，又不敢發作，手背青筋直爆。

男子終於抽回了自己的手，轉身就要向內躲去。

「等等啊，這位……」阿南叫住了他，想了想，又轉頭向卓壽笑問：「卓大人，這位大叔怎麼稱呼啊？」

卓壽從牙縫間擠出幾個字：「他姓安。」

阿南笑問：「安……卞存安的安？」

那男子大驚失色，腳一軟就靠在了牆上，面色蒼白。

卓壽勉強道：「平安的安。」

「這不就是同一個安嗎？」阿南笑道：「話說回來，上次提到卞存安，卓大人還說不認識呢。」

卓壽心下猛提一口氣，偷眼看朱聿恆，見他臉色和緩，才硬著頭皮道：「當時突然提起此人，我確實忘記了，後來才想起來，如果是王恭廠的那位卞公公的話，二十一年前，我們確實在徐州驛站有過一面之緣。」

「卓大人記性頗好啊，在驛站的一面之緣，也能記得如此牢固？」

她這步步逼問的架勢，若是在平時，卓壽早已怫然而怒，但皇太孫就坐在她的旁邊撐腰，他也只能強忍她的狐假虎威，回答：「畢竟當晚那場大火，倖存者只不過我們三人，我事後也耳聞了卞公公的姓名。」

「真的嗎？」阿南笑意盈盈，用再平常不過的口吻，問出了石破天驚的一句話：「難道不是因為你在大火中砍了他一刀？」

卓壽霍然而起，手指驟然一緊，手中那個粗瓷的杯子應聲而碎。

那個一直委頓靠牆的男子，面色一片慘白。

阿南臉上笑意不減，因為滿意卓壽的反應，聲音更加清朗：「卓大人，你想不到吧，當年的火海之中，有人正好在屋頂上，居高臨下看到了你行凶的一幕，如今我們已經尋訪到了他，他對我們證實，確確實實看到了你抓著卞存安──」

說到這裡，阿南回過頭，朝著那個面容慘白的清秀男子看了一眼，慢悠悠道：「一刀砍了下去，血流如注。」

卓壽咬緊牙關，死死握拳，手中殘留的碎瓷片割破了他的手，鮮血隨著他指縫流了下來。

「然而我對照當時驛站的檔案，覺得百思不得其解。畢竟上面只寫了卞公公躲在水井中逃過一劫，倖存後養好身體，被送往了應天宮中服役。如果卓大人你當時真的砍了他一刀，又是這麼嚴重的傷勢，檔案上怎麼會沒有寫呢？」阿南說著，走到那男子的身邊。「直到我想到了，您當時的未婚妻葛稚雅手上，也有一個可怖的大傷口，那是她年少時偷學家族絕學，被族人砍出來的。」

說著，她一把拉起男子的右手，將他的衣袖拉起，展示給卓壽和朱聿恆看。

男子的右手背與手腕相接處，一道既深且長、極為猙獰的舊傷，頓時展露無遺。

「畢竟，臉可以假裝被火燒傷毀容，手上的傷痕卻不可能會突然消失呀，所以這一刀，無論如何都不能不砍下去的。」阿南冷冷丟開男子的手，任由他體若篩糠，癱倒在地上。

卓壽看著地上的男子，臉上急怒交加，說道：「他只不過是與家妻一樣，湊巧手上也有一道傷口而已，姑娘何至於想這麼多？我大舅子過來時，亦不覺他妹妹有何異常！」

「是啊，妻子換了人，要瞞過家人千難萬難。幸好葛家全族流放，無人來探親，你又費盡心思在寶石山建了園子，因為葛家被流放了，按律他們是絕不可以回到杭州故居的，這裡算是天底下最安全的地方了。誰知道，你們沒出事，葛稚雅出事了。她被捲入了一件重大要案當中，朝廷開始追查她的身分來歷，所以她不得不倉促南下，找你們商議如何解決。

「恰在此時，葛幼雄回來了。於是二十一年來他們第一次換回了身分，讓真的葛稚雅與哥哥見面，來坐實都指揮使夫人就是葛稚雅一事，企圖掩蓋二十一年來的荒謬罪行。誰知道院中那隻『金被銀床』最怕火藥味，嗅出了葛稚雅手上的氣味，撲上來便抓了她一把，讓被屏退到院中的眾人都進來查看，所以這場會面只能匆匆結束。

「而那隻貓剛好讓卓夫人有了藉口，以恐水症的名義在數日之內暴死。而卞公公，也就是真正的葛稚雅呢，則早在幾日前，就在驛站被『燒死』了，你們以為，死無對證，這下朝廷想查，也絕不可能查得到當年一切了。可誰知道，卓晏會因為擔心母親屍身出事而開棺查看呢？而我，又很不巧地剛好就在旁邊。」

阿南說完，一拂裙角在朱聿恆身邊坐下，朝著僵立的卓壽微微一笑：「二十一年來，全天下都讚頌卓大人是個愛妻如命的好男人，從一而終，不肯納妾，對煙花柳巷更是毫無興趣。卻沒人知道，這是因為，卓大人對女人根本沒興趣。」

卓壽臉色晦暗鐵青，因為牙咬得太緊，太陽穴上青筋暴露，卻是一個字也說不出來。

朱聿恆一直安坐傾聽，等阿南將這一番陳年舊事徹底抖摟出來，他才波瀾不驚地點了點桌子，示意卓壽坐下，說道：「卓指揮使，你們三人當年的事情，朝廷已盡在掌握，你可還有何話說？」

卓壽聽著他的話，呆呆望了委頓在地的男子許久，終於嘆了一口氣，鬆開自己已經滿是血痕的手，拜倒在地：「卑職……鬼迷心竅，罪該萬死！」

見他終於開了口，阿南輕舒了一口氣，笑著對朱聿恆挑挑眉。

「詳細說說吧，從頭至尾，說清楚。」朱聿恆神情和緩道：「說一說你當年在徐州驛站，為何會突然起意，讓未婚妻和一個太監交換身分？」

「是……」卓壽又呆呆頓了片刻，才像是懂得了從何說起，開始講述：「卑職出身軍戶，自小隨父母在順天周邊戍守。安兒他家是屯軍，常年在邊關屯田，他從小就愛跟我玩，我們一起上山摘果、下河摸魚，漸漸長大。後來……我十七歲、他十三歲那年，我們偷跑到營堡外獵兔子，結果遇上了亂匪。我被匪徒射傷，安兒為了救我，跑往相反方向把他們引開，然後就再也沒回來了……」

說到這裡，卓壽圓睜的眼睛彷彿看到了當年情形，眼眶通紅：「我一直以為，安兒因救我而死了。直到三年後，我父母告訴我，我們卓家和葛家上代有親約，讓我去杭州葛家求親。我對女人本無興趣，但我家人丁單薄，這一代更是只剩我一個，自然得結婚生子。我動身南下，葛家商議後，選擇讓葛稚雅遠嫁……但我沒想到她是個那麼難對付的女人，她和我想像中乖巧聽話的江南女子完全不一樣，執拗又強硬，而且太過聰明了，實在不是個當妻子的好人選。」

阿南聽到這裡，忍不住點了點頭，插嘴道：「還冷血無情，下手狠辣，是個幹大事的人，灶臺和後花園怎麼可能困得住她。」

朱聿恆知道她指的是葛稚雅殺害萍娘的事，也沒說什麼，只瞧了她一眼，示意她好好聽下去。

「六月初二，我永遠記得那一日。黃昏時分，我來到徐州驛館，正牽著自己的馬去餵食，穿過前院時，發現有個人一直在看我，於是我一回頭……」

說著，卓壽也緩緩回頭，看向了坐在地上的卞存安。

卞存安已經滿臉是淚，他抬手掩住自己那雙狹長的鳳眼，無聲地哭泣著，不敢看卓壽。

「我沒想到安兒沒死，更沒想到，與他重逢時，他竟然已經成了……成了一個即將被送去應天服勞役的小太監。」卓壽的聲音，開始顫抖起來，幾乎破碎不成句：「他那時剛剛淨了身，虛弱得只剩一把骨頭，見我看向他，他張著嘴，雖然沒發出聲音，可我看得出，他像我們以前一樣，偷偷喊我，阿哥……」

阿南默然地看著這個四十多歲的男人，過去了這麼多年，當年那種悲慟絕望彷彿還在他們的面前。

「我偷偷和安兒見面，知道了他失陷亂軍後的遭遇，抱在一起痛哭了一場。我知道，安兒活不了了！剛進宮的太監，要幹最粗重的活，受最凶殘的打罵，他又是被從亂匪中抓來的，宮裡沒人會庇護他，被折磨死了也是他本分，而我……這輩子連替安兒收屍的機會也沒有……」

「我失魂落魄地回到後院，坐在房內，想著安兒此生如此不幸，悲從中來，不覺嗚咽出聲。就在這個時候，門被人一把推開，葛稚雅站在門口，嘴角帶著譏嘲的笑，抱臂問我：『男子漢大丈夫，哭什麼哭？你捨不得那個小太監，去救他不就行了？』」

「救他？我怎麼才能救他？」

陷在絕望之中的卓壽，當時無望地問葛稚雅。

葛稚雅抬起下巴，示意院中道：「我看這徐州驛站的地勢，很容易就能改成我家的鬥火陣。我問你，你真想救那個小太監，豁出一切、一輩子無怨無悔嗎？」

卓壽略一遲疑，隨即重重點頭，咬牙道：「我這條命是安兒救的，就算為他死了，也是一命還一命，值得！」

「那就好。」葛稚雅一揚眉，說道：「你要是真想救他，我就幫你一把。今晚我會在院中放一把火，到時候利用濃煙火光遮掩住所有人視野，你就可以趁亂帶著小太監逃走。只是逃出去之後，你們就只能做一對亡命天涯的苦命鴛鴦了。」

卓壽自然知道，登記在冊的太監於押送途中失蹤，肯定會遭到搜捕。本朝自太祖以來，對戶籍管理極嚴，他又是軍戶身分，軍中搜查最嚴格，卞存安自然也不可能瞞天過海，跟著他回去生活。所以救了卞存安之後，他們兩人唯一的出路，只可能是一輩子躲藏在深山老林，不見天日。

但，想到卞存安那枯瘦的身軀、氣息虛弱的模樣，卓壽毫不猶豫便道：「好！天下之大，我總能找到一個地方，和安兒隱姓埋名過一輩子的！」

葛稚雅嘴角一揚，說：「那就好，希望以後我們的人生，都無怨無悔。」

卓壽這才想起，這是自己的未婚妻。他遲疑著問：「妳……為什麼要幫我？」

「我不想嫁人，更不想嫁給你這樣，心有所屬的男人。」葛稚雅靠在門上，望著驛站之外高遠的天空，嘴角撇了一下，似乎在嘲笑未婚夫心屬的，還是個太監。

「但我也不會回葛家。我想試試去找個活兒幹，一個人好好活下去，最好是王恭廠、神機營之類的地方，我喜歡火，也很擅長。」

「那不可能的。」卓壽忍不住說：「妳是個女人。」

葛稚雅抬起自己的右手，盯著上面那個猙獰的傷口，冷冷地說：「是啊，我為什麼是個女人？」

然而，他們沒想到的是，當天晚上，驛站的火勢失控了。

在葛稚雅布置好的火陣尚未發動之前，四面八方傳來了悶雷聲，隨即天搖地動，楚家六極雷與葛家的鬥火陣相激相促，整座驛站化為火海。

住在後院的人狂奔逃竄，卻沒有任何人能逃出這座修羅地獄。

熊熊烈火之中，卓壽終於在滿院哀呼的小太監中找到了卞存安。他拉著卞存安，順著葛稚雅指引的方位奔去時，卻看見她呆呆地站在濃煙烈火之中，盯著院中不知道在想什麼。

卓壽上前推了她一把，急道：「快走，來不及了！」

她聲音顫抖，問：「他們……都死了嗎？」

「估計是逃不出來了，妳再不把火勢收一收，說不定咱們也都要死在這裡！」

「我收不了，火勢已經失控了，我只能竭力闢開一條通道，把你們送出去。」

雖然他們避在溼氣最重的角落，但濃煙瀰漫之中，葛稚雅還是被嗆到了。她捂著嘴咳嗽，說的話卻讓卓壽無比心動：「卓壽，我……咳咳，忽然有個想法……你和卞存安不必逃了。你們不必受到官府追捕，甚至可以帶著他供養父母，長相廝守。而我，也不必再當個女人了。」

卓壽扶著奄奄一息的卞存安，疑惑地看著她，不知道她在這樣的烈焰之中，忽然說出這樣的話，是什麼意思。

「他們都死了，這世上，知道卞存安和葛稚雅的人，只有你了。」烈火照得她的臉忽明忽暗，濃煙讓她的神情帶上一種扭曲的怪異，只有她的眼睛，因為亢奮而亮得嚇人。「所以我變成這個小太監，或者這個小太監變成我，又有誰會知道呢？」

「妳瘋了！」卓壽下意識脫口而出：「妳怎麼變成太監？」

「我自有辦法。相比之下，這個小太監假扮我，可能還要你幫他多遮掩一下。」葛稚雅帶著些微的癲狂，冷笑道：「太監的身分很合適，這是上天送到我面前的機會。而你們呢，我勸你不如也賭一把，順天衛所天高皇帝遠，大不了事情敗露時，你們逃到大漠去不就好了，放羊放牛，逍遙自在，什麼都比你們從中原腹地逃亡強！」

卓壽呼吸急促，吸進去的煙塵又似在他的喉管與肺部中灼熱燃燒，讓他也被葛稚雅那種狂熱所傳染。在這無數人哀號的火中，他咬一咬牙，狠狠說：「妳說得對，什麼都比在這裡開始逃亡強！」

見他終於下定決心，葛稚雅抬起手，向他比劃了一下自己的手腕：「雖然不太可能遇見那些嫌棄我的親人了，但，最好還是做個差不多的傷痕吧。至於臉，只能說被火燒毀容了，常年戴面紗。」

說話間，火焰終於燒到了他們這個隱祕的角落。

葛稚雅快步走到堅實的圍牆前，匆匆埋了幾個竹管。卓壽架起虛弱無力的卞存安，焦急地問：「妳這……能行嗎？」

「我查看過了，只有這裡是最薄弱的地方，但我攜帶的炸藥分量不夠，需要火力燒過來才能相助……來了！」她翻身避開撲面而來的火焰，卓壽抱緊卞存安，將他的臉深埋在自己懷中，不讓火焰侵襲到他。

火力猛烈衝擊，伴隨著隱隱雷聲，她埋下的竹管齊齊爆裂，下方正被火焰烘烤的磚塊頓時碎裂。

不需葛稚雅再示意，卓壽用盡全力踢踹那片被震碎的磚牆，終於聽到嘩啦一聲，出現了一個足以容納人通過的牆洞。

卓壽抱著卞存安，看向葛稚雅，問：「妳準備怎麼逃？」

「你別管，我自己會安排的。」葛稚雅說著，向著火海倒退了兩步，甚至抬起手，向他和卞存安揮了揮，不無嘲諷地說道：「祝你們白頭偕老，子孫滿堂！」

「那之後，我再也沒有見過葛稚雅。靖難之役中我爹與我因軍功而步步擢升，但每升一級，我心裡的害怕恐懼就更深一層，因為我知道……我離拋下一切與安兒去塞外放牧的可能性越來越遠，漸至不可能……」

二十一年前的這場大火，火焰早已被撲滅，死者也早已從人們的記憶中逐漸消退。可卓壽與卞存安慘然相望，卻似那片火海一直蔓延在他們的心上，無法熄滅。

「而葛稚雅，她成了卞存安之後，確實一直隱藏得很好，直至她成為王恭廠的廠監，我才真正地佩服起這個女人來——她用了二十一年，終於站在了自己當初想要的位置之上。而且，還能將自己保護得徹徹底底，沒有一個人關注懷疑。」

「確實。」就連朱聿恆也不得不承認葛稚雅的機敏絕倫。他曾多次與葛稚雅接觸，卻從未察覺到她是個女人，甚至，因為她刻意營造別人對她的厭棄，連探究她的念頭都沒有過。

而阿南看著面前這對二十多年的同命鴛鴦，有些同情地問：「對了，卓大人，其實我一直想問，您和卞公公白頭偕老當然可以，但是子孫滿堂……這，好像不太可能吧？卓晏是誰的孩子？」

卓壽木然道：「我和安兒回順天『成親』不久，就被派往邊境小衛所戍守。那裡不過寥寥幾十個守軍，要瞞過別人耳目是很簡單的。我在偏遠的村裡花錢找了個女人，勉強讓她懷上了，安兒假裝懷孕，十個月後生下一個男孩。我爹娘見卓家有後，大喜過望，等晏兒稍大點，二老便接回順天親自撫養，把他寵成了那紈褲習性……」

「阿晏挺好的，個性單純善良，他會平平安安的。」阿南說著，看向朱聿恆，似是在期待他的回答：「你說呢？」

朱聿恆見她眼中盡是期待，便低低地「嗯」了一聲。

見他居然應了，卓壽忙拉著卞存安，一起向朱聿恆磕頭，說道：「多謝提督大人恩典！」

朱聿恆道：「你雖犯下大錯，但這些年來對朝廷忠心耿耿，功勞赫赫，究竟如何處置，相信朝廷自有公斷。也希望你能與共犯抓住機會，將功抵過，我定會請聖上善加考慮。」

一聽可以立功補過，卓壽喜出望外，斬釘截鐵道：「請提督大人示下，卑職赴湯蹈火，在所不辭！」

雷峰塔落成開光大典，選在六月廿八。

杭州城的百姓，提前幾天沸騰了。因為在六月廿五那一天，應天都指揮使要護送夫人棺槨進入雷峰塔，讓大德高僧先行念經祈福三日。

而沾了這個光，其餘大戶人家，若有未安葬的親人，也是紛紛尋找門路，想要送靈位祈求入塔，沾沾佛光。

阿南上街打探消息，果然聽到無數人的話題圍繞著這事打轉。

「哎，這位卓夫人不是全江南女子都豔羨嗎？嫁過去不久公公就封了侯，丈夫步步高升不納妾，兒子聽說也進京當官了！」

「可惜啊，聽說她死於冤鬼索命，死相可慘了！卓大人這般愛妻的人，自然怕她在泉下受難，因此懇求金光大師開了善門，在雷峰塔做一場大法事消厄解難。」

阿南最愛熱鬧，一見眾人講到這些神怪之事，當即就點了盞紅豆渴水，坐在茶棚聽起八卦來。

「所以說女人啊，嫁對了人就是一輩子享福。」賣茶的婆子聽客人們說得熱鬧，一邊搗紅豆一邊插嘴道：「這排場，嘖嘖，金光大師率眾在雷峰塔念三天三夜的佛經超度！這別說區區惡鬼了，地藏王菩薩怕都可以成佛了！」

「別說卓夫人了，就連她父母也跟著雞犬升天啦！」有消息靈通者，神祕兮兮地向大家宣布：「聽說啊，卓夫人的父母，在流放途中雙雙去世，葛大人始終沒能找回來。卓大人一聽，當即命手下將當年埋骨的山頭徹底深挖了一遍，終於在土中篩出了葛夫人的耳環，找到了他們的遺骨。你說，要沒有這樣的好女婿，那葛家二老，不就是曝屍荒野的命麼？」

眾人聽得這過程，個個咂舌不已：「好傢伙，那二十年的荒山野屍，怨氣也不小啊。」

「手下把遺骨帶回來時，夫人也不幸去世了，卓大人自然將亡妻連同岳父岳母的遺骸也送進雷峰塔去了，希望佛法能消厄解難，超度他們早登西方極樂。」

又有人笑問：「卓大人這麼厲害，怎麼不乾脆把他們三人的骨殖埋進塔裡去？那才叫千秋萬代啊！」

「你這嘴怎麼這麼損啊？雷峰塔是鎮妖的，你家願意先人被壓在塔下，永世無法入土為安？」

在熱鬧的議論聲中，阿南喝完了渴水，和朱聿恆起身離開。

「卓壽說葛稚雅就躲藏在杭州，這滿城紛紛擾擾的，應該能傳到她的耳中吧？」

朱聿恆確定道：「就算不可以，卓壽為了立功，也會想辦法的。」

「希望他不要讓我們失望。」阿南心情頗好，牽著頭頂垂柳玩來玩去。「說起來，阿言你還真厲害，你是神機營提督，可卓壽也是應天都指揮使啊，又不受你的管轄。結果你一開口說話，這個怒目圓睜的將軍當即就拜倒在你面前了！」

「他心裡有鬼，因此怕事。」朱聿恆心口咯噔了一下，不知她是否察覺到了什麼，便只以平淡的口吻答：「而且我是天子近臣，與他這種遠在南直隸的外臣不一樣。」

「難怪呢，卓壽聽你說，能為他在皇帝面前說說話時，他那神情頓時就不一樣了，好像立馬看到活路似的。」阿南笑咪咪地端詳著他，拖長了聲音：「所以阿言你放寬心啦，不要整天心事重重的。這案子馬上就可以落幕啦，你就瞧我的吧！」

正在此時，眼前忽有一道微亮劃過天際。

他們抬頭傾聽，一聲遠遠的炸雷，自山外隱隱傳來。

守候已久的雷電暴雨，來了。

第十四章　塔影夕照

六月廿五，宜祭祀、動土、齋醮。

坐鎮於夕照山上的雷峰塔，八角七層，朱漆亮瓦，整個杭州城都可以望見它的宏偉身姿。

許多虔誠的信眾提前來膜拜雷峰塔。外表的宏偉壯麗已讓他們驚嘆，等進入大門，看到中間箍塔心的那條金龍，全銅鎏金，上連塔尖金頂，下接三百六十五根橫梁，一氣盤旋貫通二十四丈，無人不震驚失語，久久仰望。

雷雨欲臨，瞻仰的人群被全部請出了塔門，應天都指揮司的士卒們護送三具棺槨，肅穆地送進了新落成的雷峰塔內。

塔內香燭燃起，照亮按班次跏趺於塔內念誦經文的和尚們。

金光大師聲音宏亮，帶著眾沙彌齊頌地藏菩薩本願經。

伴著聲聲佛偈，阿南拿著三炷線香，向塔身正中的如來佛像敬拜。

朱聿恆與她一起上香，說道：「原來妳也敬畏神佛。」

「不管怎麼說，在人家地盤上行事，總得給點敬意。」阿南說著，掃了一眼身邊的楚元知，他正持香虔誠向佛祖禱祝。

她偷偷將朱聿恆拉到一邊，悄悄問：「話說回來，上次在楚家發生險情，我看韋統領都要以死謝罪了，這次他怎麼不攔你？」

「不入虎穴，焉得虎子。」朱聿恆淡淡道：「何況葛稚雅身負絕學，此番抓捕必定十分艱難，我如何能置身事外？」

「哎，本來也不會太難的，我和楚元知商量好了，針對葛家的火陣，將楚家六極雷稍加改造，直接就能手到擒來。結果你們又要抓人又不能讓這座塔受任何損害，投鼠忌器，太麻煩了！」

聽著她的抱怨，朱聿恆抬頭環視這宏偉的高塔，說道：「畢竟，這新落成的雷峰塔耗費了太多人力物力，萬一有個閃失，妳怎麼對得住捐資建塔的善男信女？」

「好吧好吧……所以我最怵你們官府了，事兒特別多。」阿南說著，瞥了後方緊張板著臉的韋杭之一眼，笑嘻嘻地走過去，打招呼道：「韋統領，怎麼啦，臉色這麼不好看？」

韋杭之看著她，陽剛硬漢的臉上，居然被她看出了一縷似有若無的哀怨：「南姑娘，我看你們布置的這又是火又是雷的，萬一大人有個閃失，我們所有護衛兄弟的身家性命，都要保不住……」

「放心啦放心啦，我和楚先生的手段，你還信不過？」阿南輕鬆地說著，朝朱聿恆一抬下巴。「但是，你家提督大人是這次抓捕葛稚雅的行動中，最重要的一環，沒有他的話，我可沒把握能生擒對方。」

韋杭之抿緊下脣，一臉不情願又無奈的模樣。

「一晚上！」阿南豎起一根手指，信誓旦旦。「就借你家提督一晚上，保證全鬚全尾還給你，別擔心！」

韋杭之看著她那模樣，良久，才看著朱聿恆道：「我的職責是守護大人安全，若有危險，我會以身代之！」

阿南豎起大拇指，給他一個欽佩的眼神，走回朱聿恆身邊，想了想又湊到他耳邊道：「放心吧阿言，萬一出事，還有我這個主人在呢！我一定為你做好萬全準備。」

天色漸漸黑下來，雷峰塔每層窗前懸掛的銅燈被一一點亮。只是燈火被風吹得忽明忽滅，讓人時刻擔心它會熄滅。

雨遲遲不下，雷電越發密集起來，劈在雷峰之上，塔頂一丈高的金頂被照得光耀四方。

整個杭州城都被驚動，眾人顧不上眼看要下起來的暴雨，跑到西湖岸邊，關注這座剛剛落成的雄偉高塔。

雷電的每一次劈擊，都讓金頂陡然一亮。甚至有好幾次，金頂上火花迸射，火光直冒，令人膽顫心驚。

「難道……難道是白娘子要出世，這塔要遭受雷擊了？」

看著那似要遭受雷擊的高塔，百姓們議論紛紛。

畢竟，雷峰塔倒，西湖水乾，便是白娘子擺脫囚困之時。當年白娘子可以水漫金山，如今新塔落成，說不定她正召喚夥伴，要雷劈夕照，水淹杭州。

話越說越多，幾個吃齋念佛的老人已經跪下叩拜，求白娘子開恩了。就在杭州萬千百姓的注視下，一個巨大的紫色炸雷忽然朝著雷峰塔凶猛劈下。

在紫電映照下，平地捲襲來一陣巨大狂風，八角十三層、一共一百零四盞佛燈齊齊翻覆熄滅，整座雷峰塔驟然陷入黑暗。

眼看著原本被佛燈照亮的雷峰塔陡然一暗，西湖岸邊的人群不由都錯愕恐慌，面面相覷。

塔內的和尚們，即使雷電震得塔身搖晃，他們還能跟著金光大師念誦佛偈，此時塔內盡成黑暗，誦經聲頓時被此起彼伏的驚呼聲打斷。

唯有金光大師和一眾高僧，心智堅定，還能繼續誦念經文，不曾停息。

雷峰塔第二層處，韋杭之正守在樓梯口。

看見塔內忽然陷入黑暗，他心下一緊，立即衝上第二層樓閣，低聲急喚：

「大人！」

卻見一片黑暗之中，一個隔板推開，幽幽熒熒的微光照出了裡面的阿南與朱聿恆。

阿南伸出手指，朝著他做了個「噓」的手勢。

周圍太過黑暗，光線又太過黯淡，韋杭之看不清他們在做什麼。但他身負重責，見塔外雷擊不斷，塔內又陷入黑暗，不由得極度焦急，單膝跪地道：「事態緊急，不如……隨屬下出塔，切勿陷於險地，以防有失！」

朱聿恆還未來得及回答，阿南搶著說道：「韋統領你少安勿躁，這算什麼緊急？好戲剛剛要開場呢。」

說著，她抬起手，在下一道雷電劈擊下來，天空驟亮、塔身微震之時，猛然拉動了手邊一根繩索。

只聽得下方黑暗中，原本竊竊私語的和尚們，忽然齊齊仰頭朝著上方，惶恐大譁——

那條緊箍住赤紅磚塔心的巨龍，居然光芒大盛。

而湖岸邊圍觀的人群，遠遠近近盡是驚呼聲。

只見黑暗的雷峰塔內，忽然冒出大團火光，從內至外，照射得塔身通透明亮，如一座琉璃寶塔，照徹了西湖南岸。

而在塔內看來，情形更為詭異。

亮。

熾烈的火光陡散，那條似乎從天而降的巨龍，最上端的龍頭已經開始幽幽發

高懸的龍頭灼亮地映照出上方八角圍攢的屋簷，而站在下方黑暗之中仰望龍頭的人，卻恍如置身深淵地獄。

正在瞬間沉默仰望之際，忽然有人驚叫一聲，跳了起來。

只見龍口中忽然有燦亮的龍涎滴出，帶著火光向下墜落，正滴在那個和尚的臉頰上。

那龍涎正在燃燒，灼燙無比，嗤的一聲，燒得那和尚直跳起來，當即抬手去擦臉上那滴龍涎——

只聽噭的一聲，他叫得更響了，那龍涎沾到了他的手上，不但臉上的沒有滅掉，連他手指也開始燃燒起來。

見此恐怖情形，塔內所有的和尚都驚嚇得棄了蒲團，跳起來衝破了塔門，蜂擁而出。

龍涎還在斷斷續續往下滴落，有幾人陸續被燙到頭髮和衣服，身上立即著火，又撲打不滅，只能帶著身上的火往外狂奔，一頭扎進草叢打滾，狼狽滅火。

原本安坐於香花高臺上的金光大師，也被兩個弟子攙扶著，倉皇逃出了雷峰塔，一直跑到山下放生池，才停住腳步。

陷入黑暗的雷峰塔，再無人敢接近，只有最頂上幽幽的光芒還隱約透出窗

檽。

好好一場佛門盛事，變成了鬼哭狼號。

眾人正驚魂未定，夕照山道之上，忽然有人指著塔身，喊：「快看，那些紅綢子！」

眾人趕緊看去，那詭異的場景讓他們個個震驚不已，張大了嘴巴。

因為尚未開光，每一層塔簷下都披掛著紅綢緞，蒙住門窗與欄杆。此時在雷電光芒之下，所有人都一眼就看到了，紅綢全部向上翻起，朝著塔尖金頂的方向，倒翻緊附在了屋簷之上。

這其中，唯有曾在杭州驛站打雜的那個中年婦人，不由自主地脫口而出：「妖風！」

「不要靠近那些銅絲。」

黑暗的雷峰塔內，阿南指著屋簷下布置好的銅絲，又叮囑了朱聿恆一句：「這是楚元知引下雷電，拿來製造妖風的道具，觸到了非麻即暈，重者立斃。」

朱聿恆望著那些翻覆倒捲的紅綢，再轉頭看看上面還在向下滴落火龍涎的龍頭，不由開口說：「妳黑火油加多了。」

「沒辦法，為了讓龍頭亮得快一點，只能下狠手了。」阿南不好意思地吐吐舌頭，在黑暗中朝他一笑。「誰叫你有求必應，給我搞了這麼多火油呢？不用白不用……」

話音未落，朱聿恆忽然道：「低聲！」

他們坐在黑暗的二樓欄杆之後，正對著大門，居高臨下看見下方黑暗之中，有條纖瘦的身影，從和尚們倉皇逃竄後未曾關閉的塔門，閃了進來。

三人屏息靜氣，都看出這條瘦小的身形，正是卞公公——或者說，葛稚雅。

只見葛稚雅一身黑衣，臉蒙黑巾，進入雷峰塔後，抬頭看了看上方的龍頭，又謹慎地四下觀望，直到確定塔內已空無一人，才將塔門一把關上，加快腳步，直奔置於佛座前的三口黑漆棺材。

楚元知略顯緊張，看看外面的銅絲，又看看那三口棺材，低聲道：「怕是要糟糕，她來得太快，我不知道是否已有足夠的雷電了……」

「急什麼，我們有準備啊。」阿南話音未落，下方黑暗中果然傳來了輕微的咻咻聲。

因為要活捉葛稚雅，所以四面八方射出的並不是普通箭矢，而是一種前頭帶叉鉤、後頭繫著三尺皮繩、皮繩上又拴著倒鉤的獵箭。

朱聿恆不知道阿南特別要求趕製的這種東西是什麼，便著意看了看。

只見黑暗之中，偶爾有前後相連的亮光一閃，向著葛稚雅密集飛撲而去。

葛稚雅身形急閃，揮著手中那條準備用來撬棺蓋的扁頭鐵棍，想要撥開這些怪異的東西。

但隨即，她的手就被叉鉤掛住了衣袖，稍一借力，後方的皮繩便藉助慣性彈起，輕微的啪啪連響聲中，瞬間旋轉纏縛上葛稚雅的身軀，最後尾部倒鉤飛起，瞬間勾住她的衣物，將她繫縛得嚴嚴實實。

若只是一根皮繩，葛稚雅或許還能掙脫，但此時幾十、上百條密密匝匝飛速而來，又在瞬息間纏上她的身軀，如疽附骨。她就算再怎麼跳躍挪移，最終全身纏繞著嚴嚴實實的皮繩，如一條正在吐絲的蠶，失去平衡倒在了地上。

眼看下面陷入一片沉默的黑暗，只剩葛稚雅沉重的呼吸聲，蹲在他們身後的韋杭之有些詫異，脫口而出：「這麼快？屬下去看看？」

「別，再等等。」阿南抬起手，示意他不要輕舉妄動。

還沒等她的手放下，塔底的地面上，忽然火光一紅，葛稚雅全身忽然燃起無數簇細小火焰，詭異跳動。

跳動的火焰轉瞬間閃遍了她的全身，細長的皮繩在火焰的炙烤之下，立即根根崩斷。

葛稚雅揮落一身的鐵製鉤叉，目光冷冷地向上面看來。

她身上還有兩、三簇小小的火焰尚未熄滅，卻似乎毫不懼怕，開口問：「是何方小賊，躲在這裡裝神弄鬼？」

她的聲音清亮穩定，早已不是假裝太監時，那副口舌僵直、拙於言辭的模樣。

見她已經發現了他們的藏身處，阿南也無意再隱藏，一旋身躍上欄杆，朝下方的葛稚雅一笑，說道：「卞公公，妳現在的聲音不是挺好聽的嗎？二十年來天天口含麻核過日子，可真是辛苦妳了！」

「我不知道妳在說什麼。」葛稚雅冷冷道：「我不過是經過此處，想進新落成的雷峰塔看看，什麼公公不公公的，從何說起？」

阿南「哦」了一聲，問：「既然只是路過，為何要帶著鐵棍，穿著黑衣，藏頭露尾？」

「我一個女人走夜路，自然要帶個防身的東西，遮掩著點兒，難道這還犯法了？」

「這倒也是，尋常女人當然得小心點。」阿南說著，揮手間流光閃現，她從欄杆上直躍而下，笑吟吟說道：「可妳這樣獨行天下無所畏懼的女人，就不一樣了……」

話音未落，她右手急揮，雪亮流光向著葛稚雅直撲而去。

葛稚雅揮手疾擋，可她的動作怎敵得過那光華一閃。

尚未看清撲來的那點光亮是什麼，她臉頰已然一涼，臉上的蒙面巾已被阿南扯掉。

塔內光線陰暗，門又被關上了。本來極為黑暗，但此時窗外雷電劈過，光線透過門窗，陡然讓塔內一片明亮，照出了葛稚雅的容顏。

阿南離葛稚雅不遠，清楚看到她皎潔的面容，眉眼甚為清秀，身材嬌小玲瓏，年輕時想必也是個動人的少女。

阿南收起臂環，朝她一笑：「哎呀，姊姊妳長得不醜呀，整天假扮太監，不覺得太浪費了？」

葛稚雅見她如此難纏，又察覺塔內必定還有她的同夥，轉頭就走，腳步迅捷地撲向塔門。

「別走啊，讓我好好看看妳手腕上的傷——」阿南立即撲上去，聲音陡然變冷：「就是萍娘送妳桃子時，看見的那道！」

葛稚雅撲向塔門，想要逃出雷峰塔。耳後風動，阿南臂環中的絲網已經激射而出，向她罩去。

上次在楚元知家中，她為脫困而拆解了絲網，此時雖已裝了回去，但依然是絲帶形狀。只見二十餘條雪練激射而出，如同條條靈蛇纏上葛稚雅的四肢與身軀，將她那本已扣在門上的手一把捲住，扯了回來。

葛稚雅見機極快，趁著她一拖一拽之際，身體斜傾，左腳蹬在沉重塔門上，在阿南將她拖拽回來之時，反客為主回身疾撲。那被捆縛住的手臂猛然顫動，點點火光再次自她身上躍現，甚至還因為她前撲的姿勢，驅使散亂火點順著精鋼絲帶向阿南蔓延撲去。

眼看雪練在灼燒之中將成火蛇，阿南不得不抬手撤掉精鋼絲，那上面全是火焰，已經無法收回。她疾退兩步，左手在臂環上一卡一拍，只聽得嘩啦啦聲響，二十三條帶火的鋼鍊全部脫離臂環，落在了地上。

但在扯動葛稚雅手臂的一瞬之際，阿南早已看清了她手上的疤痕。

那是一道猙獰的陳年舊傷疤，和卞存安手上的一樣，橫劈過腕骨上方，甚至連手腕內側都有傷口。

可以想見，當年若沒有她母親在關鍵時刻攔下，這隻手絕難逃掉一刀兩斷的下場。

阿南的左手按在臂環上，冷冷看著她，說道：「葛稚雅，乖乖束手就擒吧，別再做無謂的掙扎了！」

「哼，妳說抓我就抓我？」葛稚雅一抬手，又是一片火花落在青磚地上，青藍的妖火轟然綻放。「年紀不大，口氣不小，我倒要看看妳有沒有這個本事！」

阿南閃身避過她襲來的火花，冷笑道：「殺人全家還敢拒捕，我看妳的本事也不小。」

「小姑娘，無憑無據，可不要隨便誣蔑別人啊！」葛稚雅揉身撲上，身上攜帶著明滅的詭異火光，向著阿南逼近。

硫磺氣味撲面而來，阿南知道她手中必是硫火彈之類的東西。葛稚雅應該是穿了火浣布所製衣物，是以不懼火燒，但阿南可沒有，唯有側身避開。

硫火彈落地，只見朵朵火花落地即黏附在青磚上，而且燃燒得凶猛且持久，大片蔓延。

隨著葛稚雅每一次抬手，青磚地上都會綻放出一朵火花。片刻之間，雷峰塔內已經遍地蔓延出豔藍火花，如佛前青蓮滿池，詭異又豔麗，照亮了整個塔底。

眼看火焰迅速席捲了地面，阿南退無可退，在遍地琉火之中，以流光勾住了上方二樓的欄杆，藉以飛渡火海，準備尋找落腳之處。

樓上忽然傳來朱聿恆清冷而平穩的聲音：「東南方三尺二寸。」

阿南目光落在那邊，還未看清，身體已經按照他的指點，收回了流光，躍了過去。

在飛躍的途中，她看到了那塊地方的情況，不由得心裡咯噔一下。

那明明是一塊正燃燒著熊熊火苗的地方，甚至因為葛稚雅在相連的兩處都投了硫火彈，那處火苗正向她要踏腳的地方聚攏，眼看就要熊熊冒起大簇火花，將落下來的她吞沒——

阿言，關鍵時刻，你要害死我嗎？

可她去勢已老，身體在空中根本無法再調整方向，只能一手再度射出流光勾住上方，一腳踏向那旺盛的火苗，祈禱自己能一躍即起，不要被這些妖火沾到。

然而，就在她的腳踏向那些青藍火花之時，那兩簇原本應該合併的火苗，在相撞的下一刻，卻忽因火力相斥而分開了。

就像兩股相同的磁力碰撞，兩股火焰之間硬生生出現了一個空檔，讓她剛好將足尖踏下，間不容髮地在兩蓬烈火之間緩了一口氣，然後再度藉助流光拔地而起，攻向葛稚雅。

外面是電閃雷鳴，塔內驟然被照亮，又驟然陷入黑暗。在這忽明忽暗之中，只有一地妖異的藍色火光，照亮葛稚雅和阿南的身影。

朱聿恆站在二樓，一瞬不瞬地盯著下方阿南的身影。她一身湘妃色窄袖輕羅裙，在幽藍色的火光之上，顯得尤為豔麗奪目。相比之下，穿著一身黑衣的葛稚雅，則像是要隱藏進明滅幽火之中，略難分辨。

風火蔓延，火借風勢，風助火生，在這幽閉的塔內，她們身影的騰躍成為唯一的氣流來源。滿地的火光豔烈，因為氣流來源的單一，便在朱聿恆的眼中化為了無數有形的波浪。

群火彼此急湍相激，碰撞又離合，相融又相斥，相互壓制、相互攀援，成為了極端龐雜卻又確實可以計算的起伏浪潮。

「西南，二尺五寸。」

「北略偏東，六尺半。」

……

就如言出法隨，他每一個方位報出，阿南便在流光的幫助下，隨即落在那個方位。

每一次踩踏，都是穩落實地，在火花四下分散或者最為式微之時。阿南步步踏在實地之上，立即有了底氣，隨著朱聿恆的指點，逐漸欺近火焰正中的葛稚雅。

二樓之上，韋杭之目瞪口呆地看著他家殿下，不敢置信地想，殿下是什麼時候學會預知術的？

楚元知則比他更為震驚，他扶著欄杆，看向樓下亂竄火苗中阿南那抹飄忽的身影，再抬頭看向站在欄杆旁毫不遲疑吐出一串串方位的朱聿恆，在心裡暗自想，可能覺得阿南是女煞星的他，一直搞錯了——

說不定，面前這個男人，才是閻羅啊。

不過片刻間，下面的局勢已經陡然變化。阿南的身影在亂火之中漸漸趨近，眼看就要擒住葛稚雅。

葛稚雅見阿南仗著流光身形迅疾，極其難纏，自己想逃脫而不可得。上面又有人出聲指點，步步進逼，已經絕難靠操縱火勢而擊敗對方。

她心下焦躁起來，抬頭瞥向上方朱聿恆的身影，雖覺黑暗中影影綽綽有些熟悉，但事態危機也管不得許多。

她臉色陰沉，幾步跨過火海，抬手拍在那旋轉欄杆之上。

她所戴的手套也是火浣布所製，攜著妖異火光拍下，朱紅油漆見火即著，頓時騰起熾烈火光，向著二樓的欄杆旋轉蔓延而上，就如一條火蛇，向上飛速直竄，轉眼便灼燒到了朱聿恆面前的欄杆上。

了。

朱聿恆下意識後退，煙焰遮掩了他俯瞰下方的視野，給阿南的指點，頓時斷

韋杭之立即抽出佩刀，擋在朱聿恆面前。但刀子對火根本無能為力。他忙亂地脫衣服，想用衣服去撲火，卻見楚元知抬起腳，竭力去踩旁邊一個木扳手。

楚元知身體虛弱，踩了兩下不奏效，朱聿恆示意韋杭之去幫他一把。

韋杭之焦急無比，只想拉著殿下趕緊逃離，可見他站在欄杆邊穩如泰山，絲毫沒有離開的意思，也只能無奈按照他的示意，幫助楚元知踩踏那木頭。

沒踩幾下，軋軋聲連響，上方傳來嗤嗤的聲響，隨即大片水霧從天而降，瀰漫籠罩了他們身前這一塊地。

火苗立即被水霧壓下去，火蛇消弭於無形。韋杭之驚喜不已，抬頭看頭頂，原來他們頭頂盤著數根鑽了一排排小孔的竹筒，正是早已做好準備對付葛稚雅的控火之術。

韋杭之猜測，這大概是以筒車車水的原理，將下方的水汲取上來，但如何加壓使水噴出成為水霧，則估計是只有阿南他們才懂的加壓方法了。

他探頭看向下面，急問楚元知：「楚先生，那能不能將水力加大，讓下面的火也撲滅？」

「不行，下面我們另有機關，專門為葛稚雅量身訂製的，不能見水。」楚元知搖頭。「阿南只囑咐我務必保護好提督大人，其餘的，都是她的事情。」

朱聿恆默然，抿脣看向下方。

因為上方的指點被葛稚雅阻住，阿南一時找不到落腳之處，只能仗著流光暫時棲在佛像面前的供桌上。又在葛稚雅的進逼下，躍上那三口黑漆棺材，躲避對方手中襲來的扁頭鐵棍。

韋杭之急道：「我去幫她！」

「不必，你無處借力，躲不開那些火。」朱聿恆否決道：「阿南既然這樣安排，必有她的用意。」

「那……那殿下趕緊給阿南姑娘指路啊！」韋杭之忙道。

可他已經想到的事情，葛稚雅哪有想不到的。她自然不會給朱聿恆指點的機會，抬手一揚，手中暗綠光焰瀰漫，向著阿南揮去。

那些光點帶著熾烈白煙，嗤嗤爆裂，比地上妖藍的火焰更為可怖，尚未落地便已籠罩了佛像與三口棺材的區域。

阿南聞到淡淡的蒜臭味，心知肯定不對，立即翻身脫離，寧可用流光飛掠下方火海，落在對面的窗上。

果然，還未等她站牢，楚元知的提醒已經傳來：「南姑娘，這是即燃蠟，毒性極劇，千萬不要吸入毒煙！」

阿南記得楚元知上次演示這東西時，說過就連燒剩下的灰燼都有劇毒，便立即以手肘捂住自己的口鼻，飛身閃離。

位。

煙氣瀰漫到上空，為防吸入，朱聿恆亦屏住呼吸，無法再開口為她指點方位。

可阿南不管不顧，離毒煙稍遠一些，便立即開口，大聲叫：「葛稚雅！妳有沒有看到，妳身後的冤魂？」

葛稚雅放出磷火毒煙，也不敢呼吸，只捏住了鼻子，站在一地妖火之中，冷冷地看著她。

「妳用這歹毒的手法害死萍娘，還想害死我們？妳看她死得多慘啊，為了救自己女兒，她全身都燒焦了，妳不回頭看看被妳害死的這個冤魂嗎？」

綠色的磷火與白色的毒煙圍繞在身邊，葛稚雅深知毒性劇烈，即使阿南逼她開口，她也聽若不聞，只緩緩地抬起頭，看向上方。

那盤繞在塔心上的金龍，紅色的光亮已經漸漸蔓延到了頸項下方，而且，似乎還有繼續向下延伸的趨勢。

她將目光下移到阿南的身上，脣角勾起一抹冷笑。

塔外傳來沙沙的聲響，是雨點聲敲打在屋簷與牆壁上。這場醞釀已久的大暴雨，終於下了起來。

在雷霆霹靂與傾瀉雨聲中，葛稚雅的身影終於動了，卻不是衝向阿南，而是踏著一地火焰，直奔樓梯，要上二層。

韋杭之長刀出鞘，守住樓梯口，不讓她進犯。

可葛稚雅仗著自己一身妖火，根本不懼他，翻身踏上樓梯欄杆，抬手在他飛速砍來的刀上一彈，那冒著藍光的火焰便順著他的刀直燒上去。

韋杭之一見刀上染火，立即退到水霧噴湧之處。可刀身上的火焰見水後，雖然火苗熄滅，卻冒出了熾烈白煙，不知是否有毒。

韋杭之立即學著阿南的樣子，撤刀丟下樓去，任由它被下方妖火吞噬。而他身材偉岸，赤手空拳擋在朱聿恆面前，亦是毫無懼色。

葛稚雅眼角餘光瞥見阿南已經用流光飛渡到欄杆上，眼看要追上來。她不及多想，擰身騰起，想要繞過韋杭之，制住朱聿恆——至少，要以一身妖火毒煙，瓦解這個可怕的助力。

韋杭之迎上前去，不管她身上的劇毒煙火，誓要與她拚死一搏。

後方，阿南正追上來，與韋杭之前後夾擊。

然而，就在這幾乎不可能有機會出手的時刻，葛稚雅卻如翩飛的蝙蝠，縱身躍起，帶著火焰的手套直向韋杭之抓去。

明知她的力道比自己要弱許多，但韋杭之不敢以肉掌去碰她手上的火，唯有抬手肘去格擋來勢。

被她手套上的妖火一觸，韋杭之衣物立即消融，異常的灼燙如刺骨髓，在嗤嗤聲中，灼燒過的皮膚頓時焦黑。

就在韋杭之因痛極而身形略微一頓之際，葛稚雅翻身越過他，向著後面的朱聿恆撲去。

朱聿恆抬眼看著面前飛撲而來的葛稚雅，眼眸略略一沉，右手斜揮，聖上所賜的那柄龍吟已經抓在他的手中，向她橫擊而去。

見他還敢和韋杭之一樣，用武器對抗自己的火焰，葛稚雅揚起一抹冷笑，手中火焰熾盛，劈向他揮來的劍身。

然而火焰燃起之時，她才發現朱聿恆這柄短劍並未出鞘。火焰吞噬劍柄上的寶石與金飾的剎那，朱聿恆反手將劍一翻，沾染了火焰的刀鞘隨即脫落，裡面雪亮青湛的劍身光芒熾盛。

瀰漫妖火的映襯下，寒光如水波般在兩人之間轉了一轉，周圍的黑暗剎那間被光芒劃破。

雨聲越發密集，擊打在整個世界，喧譁又急促。

但葛稚雅後翻墜落的身影，卻顯得異常緩慢。她摔伏在地上，捂住左肩的傷口，痛得大口喘息。

她已經處於水霧之下，身上妖火毒煙盡滅，此時纖細的身軀趴伏於地，更顯瘦弱。

朱聿恆垂眼看著她，冷冷道：「葛稚雅，妳好大的膽子。」

窗外電光劈落，透過塔身的窗櫺門洞，照亮他的面容。

葛稚雅抬頭看著他瞬間被照亮的面容，終於認出了他是誰，慘然一笑，低低道：「想不到殿下竟紆尊降貴，親赴險境來抓我這——」

說到此處，她恍然驚覺，咬一咬牙，抵死不認地掙扎站起來，回身看著追上來的阿南。

阿南的目光若有所思地從朱聿恆身上掠過，定在葛稚雅身上，開口：「葛稚雅，妳如今身受重傷，有什麼花招也使不出來了，束手就擒吧！」

「受傷又……怎麼樣？」葛稚雅勉強提起一口氣，冷笑道：「這輩子，我要做的事情，還從沒有……辦不到的！」

說著，她提著一口氣，猛然躍起，向著那正在噴水的竹筒狠狠劈去。

尚未明白她的用意，但阿南流光已經疾閃，阻止她的動作。

但葛稚雅以搏命之勢所劈下的這一棍，她的流光又如何能阻止得住。僅只略緩了一緩，竹筒終於還是受擊，捆紮懸掛的繩索脫落，光滑的竹身依照慣性向著前方衝去，眼看就要狠狠撞在那條纏繞塔心的金龍之上。

竹筒上的小洞內，水花四濺。

「水會引雷！」阿南脫口而出，流光揮斥，纏上竹筒前端，硬生生地將它死死拉住。

千鈞一髮之際，竹筒在距離金龍不到一尺半的地方被阻止了下來，但那上面已經被引上來的水卻一時無法停止，還在不斷傾瀉而出，堪堪要噴到龍身上。

阿南竭力拉住竹筒，可樓梯是向下傾斜的，竹子又十分光滑，搭在樓梯上一直要向下滑，而她雙手有傷，怎麼可能將這麼長一根、裡面又灌滿了水的竹筒從下面拉回來？

「留神點啊，小姑娘。」葛稚雅捂著再度崩裂的傷口，因為疼痛，笑容有些扭曲。「水確實能引雷，這雷峰塔的金龍連通上頭的金頂，只需一個雷劈下，馬上就能被引導至此。你們將二樓弄得全是水，現在只要一道電光，這滿地的水便會將雷電擴散開，你們全都會被震得非死即傷！」

在她得意的笑聲中，阿南死死拉著即將滑落的沉重竹筒，咬牙問：「引雷下行，這就是妳，燒毀三大殿的手段？」

葛稚雅沒有理她，只「哼」了一聲，轉身趔趄奔向塔身另一邊。

來不及阻止她，朱聿恆與韋杭之立即上前，幫阿南將竹筒拉回。

誰知他們剛幫阿南拉住那根灌滿水的沉重竹筒，正要將它從樓梯上挪開，以免撞上遍布雷電的塔心時，那邊葛稚雅高揮手中扁頭鐵棍，縱身一躍，又將另一根竹筒踹下來，同樣向著塔身的金龍撞去。

阿南這邊剛騰出手，由韋杭之將竹筒拉住，那邊又有一場大難。她不得不射出流光扯住那一根竹筒，而且因為距離太遠，她只能抱住柱子，傾斜身體，死死拉住無法鬆手。

楚元知立即向那邊趕去，可他雙手已廢，虛弱無力，竟無法幫阿南拉回來，只能勉強用腳踹開竹筒的一點角度，不讓它直撞上金龍，以免引雷到二樓。

無法將這兩根灌滿水的竹筒迅速拉回，他們只能屏息靜氣，慢慢往回拉扯，以免竹子滑落，充滿水的整個二樓被雷電劈擊。

葛稚雅得意地冷笑，匆匆撕了塊布用牙齒咬著，將自己肩上崩裂流血的傷口給包紮好，然後掃了還在竭力使竹筒不要滑下去的四人一眼，快步下了樓。

踏過一地已經燒得暗淡的妖火，她奔到佛像之前。

三口棺材並排而放，她對那口最大的黑漆棺木視而不見，只抬手撫了撫相同的那兩口紅漆棺材，然後抬頭看向雷峰塔上方。

一片黑暗中，只出現了一個蜿蜒亮起的龍頭，下面有一截金龍已盡成亮紅，足有一丈來長的赤焰，亮得幾乎可以照亮塔頂攢簷。

然而，攢簷已經看不見了，因為上方已經只剩一片被太過灼燙而烤出來的焦黑。

就在她抬頭查看的這一瞬間，被亮紅色的龍身纏住的那一節木柱，終於一聲爆響，燃燒了起來。

那驟然出現的火光，熊熊照亮了塔內。

二樓的四人，也不由得全部抬頭向上看去。

朱聿恆看到磚製的塔身最頂上，欄杆的盡頭收為朱漆圓木，纏繞著耀眼金龍，撐起整座高塔與寶頂。

而現在，那向上噴發的烈火，正如從金龍的口中吞吐而出，直噴向塔尖最高處。

這絕望又雄渾的氣勢，詭異又瑰麗的情形，與他那日在熊熊燃燒的三大殿之前回頭相望的，一模一樣。

火焰烈烈，塔內被火光照亮，一層奪目血紅。

葛稚雅卻視而不見，她從腰間解下一個絹袋抖開，然後操起自己那柄扁頭鐵棍，就要去撬棺材蓋。

阿南在上方，竭力拉著竹筒，卻阻止不住它慢慢下滑的趨勢。她咬著牙，衝下方的葛稚雅問：「難道妳只要搶出父母屍骨，其他什麼都不管嗎？」

「怎麼管？我管不了。」塔內火光與塔外電光交織，葛稚雅抬頭瞥了她一眼，那忽明忽暗的面容比她手中的生鐵還要冷硬：「怪只怪設計這座塔的人，不懂雷電的可怕之處！」

說完，她一腳蹬在架棺材的凳子上，將鐵棍上扁頭的那處卡進棺蓋縫隙之中，略微左右晃了晃，讓它鬆動一點之後，就要起棺。

阿南在上面繼續大聲問：「怎麼，妳這是真不打算讓妳娘入土為安了？她當初救妳的時候，曾發過誓，要是妳用了偷學的東西，她就死無葬身之地，妳這是要幫她應誓嗎？」

「我就是要讓我娘入土為安！」葛稚雅吼出這一句之後，才驚覺失言，承認了自己的身分。

但事已至此，她咬一咬牙，也不再隱瞞，只放低了聲音，像是在寬慰自己一般，喃喃道：「我沒有錯！所以我娘更不應該為我承擔罪孽，我不能讓她在這裡付之一炬，永遠無法安息！」

說罷，她再也不顧周圍一切，任由雷電與火光照耀著自己，在整個天地間急促繁雜的暴雨聲中，用力撬開了紅漆棺蓋。

就在棺蓋被她撬起，狠狠推開的一剎那，她那狀若瘋狂的動作忽然停住了。棺材裡面，只有滿滿一汪渾濁的水，而她握著的鐵棍，已經沒入了水中。

還沒等她反應過來，一股巨大的麻痺感直沖入她的手掌，隨即傳遍全身。只僵直了一次心跳的時間，她兩眼一黑，當即翻倒在地上，渾身肌肉都在震顫抽搐，無法停止。

地上的火勢已經減小，但尚未熄滅。她一倒下去，身上雖因穿了火浣布而沒事，但頭髮已經被燒掉大半。

身體的劇痛，讓她無法動彈，許久，才感覺眼前的黑色漸退，但依舊金星直冒，面前一切盡是恍恍惚惚。

她看到阿南丟開了那一直在竭力維持的竹筒，一躍而下跳到她面前，笑嘻嘻地蹲下來翻了翻她的眼皮。

阿南的聲音，像是從很遙遠的地方傳入葛稚雅的耳中，聽來如在夢境：「沒死吧？楚先生說濃鹽水可以暫時儲存天上引下來的雷，但為了讓她不要對棺材起疑，只從棺內接了幾根鐵絲通往塔外引雷，威力究竟多大我也不知道。」

「沒死。」韋杭之摸了摸葛稚雅的脈門，說：「不過這女人太危險，還是趕緊綁起來吧。」

阿南見葛稚雅的目光還僵直地盯著上面那截燃燒的金龍看，便笑了笑，站起身將牆壁上一條混著鋼絲的麻繩鬆開，示意韋杭之慢慢放下來。

先下來的是用楚元知家中的鐵網罩改造成的繞柱金龍，裡面那節木頭的火正在熊熊燃燒，嗶剝之聲不斷，然後是巨大的彩繪火浣布。

「妳有火浣布，我們也有啊，還讓巧手匠人在上面繪了一模一樣的圖案，遮護住上面真正的塔頂，畢竟這麼黑又這麼高，妳絕不可能看得出這是真的還是畫的，更看不出來，這個燃燒的龍頭，其實並不是懸在最高處。」阿南笑著，又撿起她脫手落地的鐵棍敲了敲那龍頭，說：「空心的，中間灌了火油才燒起來呢。妳以為我們不知道，銅鐵通雷電的一瞬間，會產生巨熱，那螺旋中間的熾熱足以將三大殿的巨柱都焚燒殆盡？」

葛稚雅咬著牙，看向撤掉了偽裝後，黑暗一片的塔心，從牙縫間艱難地擠出幾個字：「為什麼，這個銅龍，不……不會引雷？」

「因為，就沒有銅龍啊。」阿南抱膝蹲下來，認真地對她說：「實不相瞞，雷峰塔靡費巨大，哪有餘力造二十四丈銅製巨龍？這龍是木頭的，外面金漆彩繪而已，所謂的銅龍繞塔心啊、妖風啊、塔心受熱著火啊，都是我們造的假象，騙妳的。」

葛稚雅此時全身麻痺，趴在地上，只能木然任由韋杭之捆綁自己，唯有一雙眼睛，死死盯著阿南，滿懷恨意。

「別這樣啊，我可是夠給妳面子了。剛剛妳設計讓我拉竹筒的時候，我真的有點累呢，畢竟磚木的塔心絕不可能引下雷來，我真的好想鬆手算了。但為了引妳入甕，我還是演到了最後。」阿南揉著手腕，笑對她的怒火。「怎麼樣，以其人之道還治其人之身，妳應該心服口服了吧？」

韋杭之將葛稚雅捆好提起，想起剛剛她喊殿下漏了嘴，順便把她嘴巴塞住了。

打開塔門，外面傾盆大雨中，諸葛嘉正帶著神機營一千士卒守候在廊下，各個被風雨打溼了下半截身子。

見犯人已經就範，皇太孫殿下也完好無損，諸葛嘉才鬆了一口氣。又見塔內二樓在滴水，一樓青磚地上大片火燒痕跡，還有未滅的火光，趕緊叫人進去清理，又忙著向朱聿恆問安。

阿南在塔內撿拾起自己棄掉的精鋼絲網，一條條理好，又把撿到的「龍吟」外鞘遞給了站在外面的朱聿恆。

朱聿恆見鯊魚皮的劍鞘上全是灰塵，上面的寶石金飾也被熏黑了，便轉手交給了韋杭之，讓他拿去清理。

阿南打量那把劍身的湛青光華，脣角揚起一抹笑意，說道：「阿言，你這劍，難道是傳說中的龍吟？」

見她已經認出，朱聿恆便淡淡「嗯」了一聲。

「我記得，這可是天下名劍，據說是當今聖上心愛之物。」她笑著湊到他的耳邊，低聲問：「你一個小小太監，聖上居然把心愛的武器送給你，而你，還敢如此對待御賜之物？」

第十五章　急雨繁花

她戲謔的問話，讓朱聿恆的心口，微微一跳。

他不確定，當時在倉促之間，她是否聽清了葛稚雅對自己的稱呼，以至於起了疑心。

但他面上神情無異，只淡淡瞧著她，說道：「聖上將這柄短劍賜予我，是期望我用它來為朝廷辦事的，而不是供在家中落滿塵灰。」

阿南笑咪咪地點頭，說：「阿言，你說話總是很有道理的模樣。」

「為人臣子，自當兢兢業業，如履薄冰。」

說了等於沒說。阿南吐吐舌頭，又貌似不經意地說：「我剛才聽到葛稚雅對你說，想不到你現下竟紆尊降貴，親赴險境抓她……你之前和她有過恩怨嗎？」

韋杭之一聽阿南居然將葛稚雅的「殿下」聽成了「現下」，不知該驚還是該喜，他竭力板著臉，只偷偷打量著朱聿恆的神情。

「沒有。」朱聿恆聲音依舊波瀾不驚，只垂眼望著她詢問的神情，回答：「大概她覺得，這種事更適合諸葛嘉吧。」

「也對，你可是當今皇帝的寵臣，能賜下『龍吟』，還能讓卓指揮使都恭恭敬敬。」阿南打起雨傘，腳步輕快地與他一起順著山道往下走。「對了，說起王恭廠，我記得你之前看到葛稚雅的手套時，好像想到什麼？」

「嗯，當時王恭廠發生了一次大爆炸，薊承明手下的太監常喜在那邊被炸死了。葛稚雅說，是他來討要火藥時，拿鐵鍬挖火藥，結果火星引燃將他自己炸死了。」

「騙鬼呢。」阿南笑道：「火藥堆積之處，為了防止火星迸射，秋冬時連絲緞衣物都不該穿的，銅器、鐵器更是嚴控之物，那太監居然能拿得到鐵鍬，想必是葛稚雅安排好的。」

「所以她手上，人命可不少。」朱聿恆肯定地點頭。

「這次捉拿葛稚雅、破獲大案，阿言你總算沒有辜負聖上的期望。」阿南笑嘻嘻道：「努力啊，要像三寶太監一樣，做一個功彪史冊的大太監！」

朱聿恆面無表情地別開臉，打量了一下周圍。

幸好諸葛嘉早已帶著神機營一干人押送葛稚雅離開了，韋杭之也只遠遠跟在身後，山道之上，只有他們二人。

「不可能。」朱聿恆神情平靜，回答：「三寶太監功勳卓著，非尋常人能比。」

「不要妄自菲薄嘛，至少阿言你的手，三寶太監絕對沒有。」阿南微笑的面容隔著閃閃發亮的雨絲，略顯朦朧。她甩著傘上的雨珠，說道：「走吧，趕緊回去洗個澡，我都要被火烤焦了。」

孤山行宮內，從順天與應天送來的待處置公文堆積在案上，等待批示。

雷峰塔內一場勞累，夜已深了。朱聿恆沐浴更衣完畢，坐在案前迅捷地處理完一干軍國大事後，抽出一份空白摺子，提筆在上面寫下了幾行字。

陛下龍體聖安，孫兒聿恆再拜。

應天潮熱，暑氣濡侵，孫兒日前已至杭州府頤養，暫居西湖孤山。湖光山色頗益身心，孫兒身體已大好，與常日無異。伏願陛下切勿掛懷。若惹陛下擔憂掛懷，則孫兒之罪莫大於此，難辭其咎。

寫到這裡，朱聿恆停筆頓了許久，然後又繼續多添了幾句。

三大殿火災一案已有進展，首惡於今日落網，近日當押送京師問罪。孫兒觀其背後或與薊承明有牽扯，望三法司能早加詳察，以備屆時問審。

聿恆再拜，敬願陛下萬壽無疆，康健常樂。

天。

朱聿恆將摺子又看了一遍，等上面墨跡乾了，用火漆封好，快馬加鞭送往順天。

這一夜他熬到現在，已經十分疲憊。塔內驚心動魄的一場大戰，水火交加侵襲，讓即使是一向精力充沛的他，也是心力交瘁。

但他遠眺窗外被急雨籠罩的西湖，並沒有太多睡意。面前的一湖清波，在夜雨中有千萬點銀光閃動。對面的遠山之上，雷峰塔已經重新燃起了一百零四盞佛燈，塔影映照在湖面上下，籠罩於氤氳水氣之中，如老僧入定，悲憫孤寂。

它在悲憫的，是什麼呢？

二十年人生中，即使在知道自己壽命將盡之時，也從未曾迷惘過的朱聿恆，此時舉起自己的雙手，放在眼前長久凝望著。

天地浩渺，這一刻他在逆旅人生之中，靜靜凝視著她最喜歡的、屬於他自己卻讓他感到嫉妒的這雙手，在這方西子湖畔、在這急促紛繁的雨聲之中，不管不顧的，貪戀起了這一份奢侈的迷惘。

驟雨初歇，鳥雀啁啾，第二日是個晴好天氣。

阿南睡到日上三竿才醒來，覺得昨晚那場折騰，讓自己全身的骨骼還在隱隱痠痛。

「哎，一把老骨頭，不比當年了。」她揉著肩膀懶洋洋地爬起來，看看外面寥落的院子，忙抓住給她送水盥洗的侍女，問：「宋提督在哪兒？」

侍女問：「那位提督大人嗎？他已經去杭州府衙門了，給姑娘留了話說，他先過去審訊，讓您什麼時候醒了，什麼時候過去。」

阿南聽她這樣說，倒也不急了，吃了早餐後，去馬廄挑了匹馬騎上，出了孤山。

站在白堤之上，她勒馬向著南面望去。

西湖的晴嵐波光之中，放生池寂靜而蔥鬱。

明明就在她的眼前，距離她不過一泓碧波，可她卻不知道，那上面的人，究竟過得如何，是否安好。

不過，三大殿的案子告別在即，她與他重逢的機會，也已近在咫尺了。

她打馬向東而去，越過重重桃樹柳陰，耳邊卻又響起葛稚雅的那一聲「殿下」。

她的心往下沉了沉。即使她故意假裝聽錯，可也改變不了阿言的身分。他不是太監，不是神機營提督，更不是她可以憑藉一個賭局收為己用的家奴。

殿下……

哪一位殿下，能讓卓壽這個應天都指揮使恭謹敬畏，讓諸葛嘉這個神機營提督鞍前馬後，讓身為一廠之監的葛稚雅說出紆尊降貴這個詞來？

馳出白堤，炎炎夏日籠罩在她的身上，炎熱讓她心下焦躁，只覺得有什麼東西堵在自己心口，吞不下去，也吐不出來。

但，就算他真是她猜測的那個人，又能怎麼樣！

阿南狠狠地一甩馬鞭子，催促著胯下馬急速奔馳。

灼熱的風擦過她的臉頰，她恨恨地想，終究，他輸給了她，所以他的手、他的腦子、他的人，這一年都得屬於她。

他說過要和她一起為公子洗清冤屈的，就得履行承諾。不然的話，她這段時間為三大殿起火案的奔波勞累，肯定要找他討還！

所以葛稚雅說的，只能是現下，而不是殿下。

所以他不能是殿下，只能是她的家奴宋言紀。

就算掩耳盜鈴，她也得在達到目的之後，再與他算總帳。

杭州府衙門口，早已有人在等候，見阿南來了，立即延請她到正堂。

阿南進去一看，幾個穿著官服的大員站在堂外，大氣都不敢出，其中甚至還有卓壽和卞存安。而葛稚雅正跪在堂上，旁邊一個文書在錄口供，前面只坐了朱聿恆，正在問話。

「這算不算私設公堂啊……」阿南暗自嘟囔著，又想，把衙門官員都趕出來了，一個人占用了衙門正堂，這私設的排場還挺大啊。

她向卓壽點了點頭，在眾人們錯愕的目光中，帶著慣常的笑容往裡走。見朱聿恆所坐的几案旁邊已經擺好椅子，便無比自然地坐下，貼著椅背懶洋洋地癱著。

朱聿恆見她來了，示意旁邊的文書將口供送給她過目。

阿南翻了翻，見卓壽與卞存安的口供都在上面，連葛幼雄都被傳召來了，顯然葛稚雅的身分已昭然若揭。

只聽朱聿恆問：「葛稚雅，妳的共犯卓壽與卞存安都已從實招供，妳的兄長葛幼雄也指認了妳的真實身分，妳對自己二十一年來冒充太監卞存安、隱瞞身分混入宮闈一事，還有何話說？」

「我……認罪伏法。」事到如今，葛稚雅無從抵賴，不得不應道。

「妳為何要借徐州大火，冒充太監？」

葛稚雅這一夜在州府大牢顯然並不好過，面容枯槁憔悴，似比她這個年歲的人更顯蒼老：「我……自小在家中耳濡目染，身邊所有姊妹們、姑嫂們，出嫁後大都不幸，因此我不願成親嫁人！」

阿南聽著，目光落在葛幼雄的供詞上。

葛家是大族，葛稚雅這輩有十二個兄弟姊妹，上頭有三個姊姊，下面一個妹妹，她在家中排行第十。

葛家大姊嫁的是官宦子弟。葛家事發後，對方怕被牽連，一紙休書將她掃地出門。娘家、夫家都回不去的大姊，走投無路撞死在了夫家門柱上。五妹出嫁後三年未曾生育，備受公婆嫌棄，因不堪使喚毒打，跳河輕生了。八妹倒是嫁了個溫文爾雅的讀書人，可惜生孩子時血崩，一屍兩命就此撒手人寰。

十一妹在家變時年紀尚幼，匆匆許給了一個商戶，與家人斷了音訊。多年後葛家四處尋訪，才知道男方是騙婚的，她被賣到了窯子裡，早已香消玉殞。

家中一干姊妹都遭際悽慘，只有葛稚雅彷彿前世燒了高香。但現在看來，這也全都是虛假的，葛家這一門，確實沒有幸運的女子。

「我憑什麼要伺候陌生的公婆姑嫂，憑什麼要將一輩子埋葬在鍋灶之間，憑什麼要由別人掌握我的命運！草木一般隨意朽爛的人生，絕不是我葛稚雅想要的那一種！」

阿南默然聽她說完，掩卷長長出了一口氣，沒有附和，也沒有反駁。

而朱聿恆則道：「女子為陰，以坤柔立身，雖很難像男子般做出一番事業，但相夫教子，撫育後代，如孟母、岳母，也是名垂青史。是以為人妻可以興一家、為人母可以興一代。妳若選擇這條路，也未嘗沒有順遂人生。」

「可我不要這樣的路！我走不來，也不願意走。」葛稚雅神情慘淡，唯有眼中燃著熾熱的光，像是神志在灼燒。「或許天底下多得是有人甘之若飴，可我，我十四歲，在宗祠裡差點被剁掉右手的那一刻，我就對自己發誓，葛稚雅，今生今世一定要超越家族裡那些庸碌無為的男人們，讓他們看看，什麼叫繼承家學，什麼叫發揚光大，讓他們看看他們瞧不起的女人，最終會有多大的成就！」

阿南默然點頭，道：「確實，葛家如今的榮光，只剩妳一人了。」

葛稚雅揚起下巴，唇角一抹冷笑：「是，我有天分，又肯努力，雖懶得圖謀鑽營，但踏踏實實做事，如今也是王恭廠的廠監了。比之葛家那些當初輕賤我的男人們，我畢竟強了一截，你們說是不是？」

阿南說道：「何止強了一截？妳千倍百倍勝於他們。」

葛稚雅聽她稱讚自己，臉上閃過一絲快意的同時，也有怨毒恨意：「可惜都是水月鏡花。就算我精研數十年，那也只是因為我是太監才能走到這裡——妳看，就算殘缺的男人，也是有機會的，而葛稚雅在這個世上，沒有任何機會。」

「妳不是沒有機會。」阿南盯著她，嗓音轉冷：「葛稚雅，我深知妳一路走來十分艱難，如果在以前，我肯定會幫妳。可為了保全自己，妳毫不猶豫地對無辜之人下手，那時候，你給過他們機會了嗎？」

「對人下手？我對什麼人下手？」葛稚雅面露不解之色，道：「多年來我兢兢業業，唯知埋頭於手頭事務之中。我二十年來謹言慎行，唯恐露了行跡，又怎麼可能犯下不法之事，引火上身？」

「就是因為妳怕露了形跡，所以才要拚命隱瞞自己的身分，而知曉妳祕密的人，估計誰也逃不過吧。」阿南冷冷道：「比如說，好心好意幫妳，卻被妳毫不留情殺害的萍娘！」

葛稚雅臉上的迷惘之色更深：「萍娘？那是誰？」

見她負隅頑抗，朱聿恆便示意文書將案卷與手套呈送上來，放在案頭，說道：「葛稚雅，妳看看這是什麼？」

葛稚雅看著那雙手套，坦然道：「這是王恭廠的手套，我遺失在卓家的。」

「當時妳大哥葛幼雄回鄉，所以妳與卞存安交換回了身分，與他相見。但這雙手套太過厚實，夏日衣衫單薄，塞在懷袖中很顯目，於是妳便將它隨意塞入了堂上的玉瓶中。事後因為妳要與卞存安在內室倉促換回衣服，因此這雙手套也沒有機會回收，就此留在了玉瓶內，是不是？」

葛稚雅略一思忖，此事無可辯駁，承認後與其他事情也似並無關聯，於是便答：「確實如此。」

朱聿恆又道：「但卓家有隻討厭火藥味的貓，因為妳手上的氣味而抓撓了妳。所以卞存安也在自己的手腕上偽造出了一個貓抓痕跡——就像當初卓壽砍他手腕，偽造那個傷痕一樣。」

剛剛阿南還在指責她殺人，現在太孫殿下卻從容說起這些，讓葛稚雅一時猜不透他的用意，又不敢不答，只能點了一下頭：「是……」

「可惜，傷痕可以偽造，卻不可能消除，病情也一樣。妳從小不吃桃子，因為碰觸桃毛便會皮膚痲癢紅腫。而年少時伺候過妳的萍娘送桃子過來時，發現妳這位『太監』也有這樣的毛病，便用她記得的方法幫妳緩解。但她不應該幫妳拉起衣袖，以至於看到了妳手腕上當年的舊傷，和現在的新傷。」

朱聿恆說著，目光落在了葛稚雅手上，那上面，盡是常年與火藥和硝石為伴，而難免留下的灼燒與火燙傷痕。

「當時萍娘說『妳的手』時，我本以為她指的是妳手上的這些傷痕，可事後想來，她是認出了妳二十多年前的舊傷。怕桃子、手上的傷、剛被貓抓過……這幾個要點結合起來，她再笨也能察覺到，面前這個太監，就是她伺候過的葛家十小姐、現在的卓夫人。」

「可卓夫人為何會成為太監呢？萍娘那般慌亂地回家，丈夫婁萬肯定會詢問。而這個賭徒貪得無厭，他一聽到此事，肯定會趁著去驛站送桃子的機會，去找妳勒索一筆。」朱聿恆說到此處，顯然是想起了當初婁萬來勒索自己的情形，略略瞥了阿南一眼。

阿南靠在椅背上，若無其事地揉著自己的指尖朝他略一挑眉，彷彿婁萬當晚來勒索的事情，她一無所知。

朱聿恆回頭，盯著葛稚雅道：「可惜婁萬不知，自己這一舉動，為他，還有萍娘，招來了殺身之禍！」

「大人，無憑無據，您這樣斷言，我不服。」葛稚雅終於開口，沉聲回答：

「或許萍娘二十多年前確曾伺候過我，但我早已忘記她了，她替我洗手時我也未曾想起她是誰。至於她丈夫找我勒索什麼的，更是子虛烏有。」

「那麼，死在杭州驛站的，讓我們誤以為是妳的那具屍體，是誰？」

「或許是個小蟊賊，或許是驛站打掃的人。畢竟我當時早已離開，怎知是誰在我的房間？」

「可驛站的人證明，她看見妳在房間內引發了異象。試問妳若要離開，為何要引下雷電來？顯然，妳是要對付房內另一人，而那個人，自然就是當時去找妳的婁萬。」朱聿恆說著，抄起驛站的卷宗，丟在葛稚雅的面前。「妳可以好好瞧瞧驛站的紀錄。驛站進出的人都有記錄在案，當日入住的人，除妳之外，便是神機營的將士，並無身材矮小者。而外來者中身材矮小的，只有一個送桃子過去的婁萬。也就是說，除了他之外，沒有人能成為妳房間裡、那具與妳身材差不多的焦屍！」

葛稚雅看了看面前的卷宗，垂首道：「可這上面也有那男人出門的紀錄，如果他真的死在我房中了，那麼出門的人是誰？冤魂嗎？」

「確實，婁萬晚上回了家，也給妻子送了錢，但送的，卻不是銅錢和碎銀，而是一卷銀票。」朱聿恆見她心防如此強大，都到這地步了依然矢口否認，問詢的聲音開始變冷：「一卷，被水打溼了的，大額銀票。」

葛稚雅神情微微一僵，抿緊了下脣。

「一個底層船夫，拿回家一卷銀票，而且還是溼的，豈不奇怪？」朱聿恆冷冷盯著她，清楚明白道：「直到我們在那殘存的銀票上，驗出了『即燃蠟』的灰燼——正是你們葛家研製出來的手法，而且，那製作手法，就收錄在妳家的《抱朴玄方》之中！」

葛稚雅的臉色終於變了，她動了動雙脣，卻終究無法說出什麼話來辯解。

「即燃蠟，必須要儲存在冷水中，一旦稍遇熱氣就會自燃。而這個打溼銀票的手段，則更為毒辣，將它塗在了銀票之上。」朱聿恆的聲音略略提高，厲聲道：「夜深人靜，萍娘從睡眼朦朧中起來，摸黑開門，看見有個身材差不多的人，穿著丈夫的衣服，自然以為是他回家了。可『他』只給了一卷溼銀票就走了，在這個時候，正常人都不可能安心睡下的，萍娘也一樣。她只會做一件，正常人都會做的事情——

「點起燈火，將打溼的銀票烤乾。」

即使在常溫處也會自燃的「即燃蠟」，遇火之時，立即轟然著火，噴射出熾烈火焰，迅速引燃了屋內一切。

萍娘抱著女兒，想要逃離火海。可門窗都已被人從外倒插住，她無法逃離，唯有用自己的身體護住女兒，期望她能活下來。

回想火海中那一幕，一直在旁邊聽朱聿恆審訊的阿南，終於再也忍耐不住，跳起來指著葛稚雅怒道：「姓葛的，妳好狠的心！妳自己也是女人，當年妳陷入絕境時，是妳娘全力庇護住妳，可現在，妳卻設毒計將那對無辜母女活活燒死！妳知道萍娘是怎麼把女兒救下來的嗎？她全身都被妳燒焦了，還死死趴在缸口，就因為裡面藏著她的女兒！」

葛稚雅垂下頭，那一直倨傲挺直的背脊，此時也終於略微傴僂起來。

朱聿恆冷冷道：「葛稚雅，證據確鑿，妳無須再狡辯。妳是京中來的太監，驛站的人自然關注妳，但當日他們卻都說沒有看見妳出去過。出去進來都有記錄在案的婁萬，至今蹤跡全無。而眾人都沒看到出去的妳，現在還活生生站在我們面前。這唯一的答案，不是已經呼之欲出了嗎？」

說著，他又將案頭另一份卷宗拿起，丟在她的面前，清晰而殘酷地說道：「其次，現場那具被燒焦的屍首，無任何外傷，唯有雙手被掉下來的橫梁砸爛了。這些天仵作在現場細細篩查，已經將他的手骨基本拼湊完整，唯有一根右手小指骨，至今還未找到。而婁萬前些日子因為賭博被剁下了一根手指，正是仵作們遍尋不著的，右手小指骨。」

「最後，也是妳聰明反被聰明誤的一點是，妳在驛站的門窗上，留下了半個『楚』字，想要將我們的目光引到擅長雷火的楚家身上。可惜，因為楚元知當年曾在火海之中撞見過妳和卞存安的祕密，導致妳連二十年前的事情都暴露了，再也無法隱藏妳的罪惡。甚至，連妳在設計焚燒三大殿的時候，同樣為了陷害楚家而埋下的似是而非六極雷，都因此而聯繫起來，成了妳犯案的證據！」

三大殿三字，讓葛稚雅悚然而驚。她深知此事至關重要，立即辯解：「我雖是個女子，但冒充卞存安二十一年來，在宮中兢兢業業，從未行差踏錯，甚至在修築紫禁城、統率王恭廠時，還得過朝廷嘉獎，為何大人將這個罪名扣在我的頭上？」

阿南冷眼看著這個即使有大堆證據拍在面前，依舊面不改色的女人，幾乎有點佩服她。

昨晚那一場大戰，讓她腰背至今還痠痛。她挪了挪雙腿，蜷在椅圈內，輕輕揉著自己的脖子，等待朱聿恆的證據狠狠打對方的臉。

果然，朱聿恆接下來平平淡淡的一句話，就讓葛稚雅的臉色變了。

「正月初九，薊承明發現了蜉蝣是葛家的標記；正月十三，薊承明打探到葛家全族流放，只剩一個女兒。所以我們預測可知，元宵節前後，妳冒充卞存安的事情暴露。考慮到薊承明在起火前早已給自己留了一條逃生地道，那麼他脅迫妳做的，必然是三大殿縱火案。」

葛稚雅面色慘淡，咬緊牙關，不肯開口。

「妳確實是用火奇才，預設好機括招引天雷，讓奉天殿十二根盤龍柱同時起火，使三大殿化為灰燼。但薊承明已經知道妳的祕密，妳又怎會讓自己繼續受制於人，所以在預設天雷引火時，妳還動了另一個手腳——」

朱聿恆說著，示意文書將旁邊的一個匣子取過，拿出裡面一本殘破不堪的冊子，展示給葛稚雅看：「還記得這東西嗎？」

葛稚雅聲音低沉遲疑，卻又不得不認：「這是……常喜死後，身上那本被炸爛的冊子。」

「正是奉天殿的工圖冊。常喜認了薊承明為乾爹，是木班的工頭，所以，榫卯梁柱之類，自然在他管轄範圍內。」朱聿恆將這本被炸得破爛的冊子抖了抖，指著其中一處綻線的地方，說道：「直到我發現因為工圖冊太多，工人裝訂倉促，並不嚴密，而且因為紙張薄脆容易湮墨，只能畫一面，即使拆開裝訂線，將其中某一頁顛倒裝訂，也絕對無人能注意到。」

葛稚雅的臉色漸顯青白，但她個性倔強，直到此時，依然矢口否認：「大人，就算工圖可以顛倒，工人們看見顛倒的梁柱和簷椽，難道就不會看出來？」

阿南也有此疑問，轉頭看向朱聿恆。

「那是梁柱等大構件。有些零件比如榫卯，因為簡單，所以只繪出了它們和梁柱結合的那一部分。而圖上肯定只注重榫卯是如何讓梁與柱相接的，誰會去畫柱子上的紋飾，用來區分上下呢？所以即使畫面顛倒，也輕易看不出來。」朱聿恆抬手向文書，接過了第二個匣子，打開來。「而妳需要的，只是買通工匠，把最小的一個部件，顛倒一下。」

那裡面，正是一個被燒得焦黑、彎如新月的千年榫。

阿南於榫卯極為精通，當即「啊」了出來，脫口而出：「倒裝千年榫！」

聽到阿南的話，葛稚雅的身體下意識微顫了一下。

朱聿恆緩緩點頭，說道：「薊承明被燒死在地龍坑道時，身邊留著這個完整的千年榫。我一直將它和三大殿之前的那陣妖風聯繫在一起，以為是那種牽扯向上的力量變得巨大，從下至上將整個屋頂掀捲而起，才會使這個千年榫完整地脫出。可其實，還有一種方法，能讓三大殿在受到震動的時候，就整座坍塌，形成六極雷那種天火與地震的效果！」

說著，他將上彎的千年榫倒了過來，冷冷瞧著葛稚雅：「千年榫彎角向上時，角不斷裂則梁柱永固。可它若彎角向下，被連接在一起的梁柱，則無法承受任何壓力，只需要輕輕一壓……」

他的手順著千年榫向下的彎角，俐落地滑了下去，沒有任何阻滯。

「妳買通的工匠，就是常喜吧？這個趨炎附勢的小人，認了薊承明做乾爹，可這麼多年也才當上個小小的木班工頭，必定早已對他懷恨在心。而妳身居王恭廠高位，完全可以對他說，當年在內宮監時被薊承明欺負，現在要報復，讓常喜在奉天殿這個日常並不使用的冷僻大殿中，給一根橫梁動個手腳。常喜要做的手腳也很簡單——作為木班工頭，他只要將自己那本工圖冊中的某一頁倒過來，然後親自按圖施工，將那處橫梁的千年榫倒裝即可。」

「就算事後橫梁墜落，一來三大殿堅實無比，掉一根橫梁根本不會出什麼大事；二來薊承明是內宮監掌印太監，殿中出事他身負主要責任；三來就算在三大殿的幾百個工匠中查到了常喜，他手上還有裝倒的工圖冊，到時盡可說自己拿到手的圖冊就是反的，再將所有責任推到薊承明身上。」

說到此處，朱聿恆神情微冷地看向葛稚雅，說道：「然而常喜沒想到的是，事後他找妳討要好處時，妳不僅沒有給他，反而乾脆俐落地將他和懷中的圖冊一起炸爛，和三大殿的千年榫一樣，不動聲色便消滅了證據。」

即使深恨葛稚雅，阿南此時也不由得擊掌讚嘆：「好計策啊！妳與薊承明既是同謀，自然早已與他商議好逃生通道，因此，妳選定倒裝的千年榫，正是薊承明逃生通道上方那一對。薊承明推倒玉山子砸開地道之時，上方的千年榫陡然受震，橫梁立即下墜。因為坑道狹窄，所以除非薊承明在砸開坑道的一瞬間就撲進去躲好，不然的話，那根粗大的梁必定要砸在他身上。」

「從現場狀況看，薊承明的反應已經很快了，他甚至已跳入坑中，只可惜露在外面的半身依然被砸到，整個人受重擊後跪倒在坑道中，再也無力行動，只能維持這個姿勢被活活燒成焦炭。但在臨死之前，他在坍塌的大殿內，抓到了那個完整滑落的千年榫，刻下了一個記號。」朱聿恆說著，指著千年榫上淺刻，問葛稚雅：「妳覺得，他刻的，是什麼？」

葛稚雅死死盯著那淺刻。

上面一個×，下面一豎，歪歪斜斜，刻鏤無力，但那呼之欲出的答案，她就是無法開口。

「怎麼了，又不是第一次見，妳之前不是還有拓印嗎？」阿南在旁邊看著，出聲提醒：「仔細一看，這好像是葛家的蜉蝣，又好像是一個變形的……『卞』字！真巧啊，葛家是妳，卞存安也是妳，妳選哪一個呢？」

這一番推論綿延下來，竟無任何可辯駁的地方。葛稚雅沒有回答，苦苦思索良久，終究臉色鐵青地冷笑出來，一揚脖子朗聲道：「是我，那又怎樣？」

阿南還以為像她這樣冷靜又縝密的罪犯，會一直負隅頑抗到底的，見她忽然放棄辯解，坦然認罪，不由與朱聿恆交換了一個詫異眼神。

「薊承明發現了我的真實身分，脅迫我幫他在三大殿設下火陣，我當時不知是為什麼，為了保守自己的祕密，只能照他的吩咐去做。後來才知道，他是算好了時間要燒死聖上。」葛稚雅略微仰頭，臉色的蒼白亦掩不住她眼中熾烈的火光。「不過因為我動了手腳，聖上安然無恙，薊承明也已死在那場火中，我這算不算功過相抵？然後那個常喜，我略施小計，讓他提個鐵鍬幫忙挖點火藥，火星一蹦出來，這個蠢貨當時就沒命了！還有那個妻萬，連我是誰都不知道，就敢來勒索我。可一旦這對夫妻把我的祕密說出去，整個葛家都要覆滅，所以他們都不能留！」

阿南冷冷看著她掩不住的得意，問：「妳有沒有想過，手上這麼多條人命，是要償還的？」

「還？我不需要還。因為我掌握了一件關乎天下的祕密，朝廷上下，都得保住我。」葛稚雅揚著下巴，慘白的臉上是掩不住的得色。「你們猜，為什麼薊承明不用玉山子砸開窗戶或者牆壁，而是去砸地道？起火的時候，他為什麼要往地下鑽，他真覺得那狹窄的地龍能保住他嗎？他作為內宮監掌印太監，籌措遷都十多年，在皇宮的地底下布置了什麼，你們知道嗎？」

朱聿恒的腦中，忽然閃過薊承明的那顆彈丸。

一直冷靜審訊到現在的他，不由自主地緩緩站了起來。

葛稚雅緊盯著朱聿恒，用不容置疑的口吻說道：「我需要朝廷給我一個承諾，赦免我，還有葛家所有的罪，讓我們族人回到葛嶺故居，安然度日。」

阿南笑道：「葛稚雅，一個祕密就想換這麼多，妳的胃口可不小啊。」

「不，用我區區葛家，換整個朝廷、京城、乃至我朝的安定太平，這筆交易很划算。」葛稚雅的唇角，甚至流露出了一絲冷笑。「誰叫薊承明布下的，是一個足以令整個天下傾覆的死局呢？」

從杭州到順天，再怎麼緊急趕路，也要半個多月。

進城之時，暴雨正下在順天府的黑夜之中，整個天地失了輪廓，唯餘一片繁急雨聲。

時近午夜，一行人叩開城門。冒雨打開沉重城門的將士正想抱怨，一眼看見披著油絹衣在馬車前引路的人，頓時嚇得個個埋頭推城門，生怕被他們看見。

等到馬車和護衛們都進去了，士兵們才悄聲問守將：「那不是神機營的諸葛提督嗎？這凶神在替誰引路？」

守將畢竟見多識廣，抬手就揮斥他們：「去去去，諸葛提督算什麼？另一個人是誰你們不認識啊？東宮的韋副指揮使！」

「東宮……」眾人一聽無不驚喜。「這麼說，是皇太孫殿下終於回京了？朝中那群大官們的救星終於來了！」

諸葛嘉護送阿南與楚元知、葛稚雅前往驛館下榻，而朱聿恆則轉道向北而去。

阿南站在驛站門口的燈下，看著朱聿恆的馬車消失在黑暗之中，問諸葛嘉：「明天我要找阿言的話，該去哪兒呢？」

諸葛嘉丟下一句：「需要的話，提督大人自會派人召喚妳。」然後便打馬追趕前面馬車去了。

阿南氣鼓鼓地看著他們離去，暗自嘟囔了一句「奴大欺主」。

楚元知和葛稚雅也陸續從馬車上下來。這對結怨二十一年的仇家，如今一起北上，一路上竟沒講過半句話。

阿南也懶得調解，拎起自己的包裹便進了房間。

「下雨天，我真討厭下雨。」阿南揉著痠痛的手肘，往窗下一坐，推窗通風。

順天驛站狹小，天井對面就是另一個屋子，裡面的人也正開窗散氣，赫然正是葛稚雅。

阿南懶洋洋看了她一眼，打開自己帶的藥膏，挖了一坨，蜷在椅子上揉自己的手指。

葛稚雅隔著雨絲看著她，聞到那掩不住的梔子花香，語帶譏誚問：「就這手，還值得保養？」

「對我們這種人來說，手比命還重要，妳不對它好點？」阿南說著，瞥了葛稚雅那雙滿是燒傷痕跡的手一眼。「好吧，就妳這手，沒救了。」

「烏鴉笑豬黑。」葛稚雅看她拿藥膏揉搓自己那雙布滿了大小傷痕的手，冷冷道：「聽說妳的手廢了啊，還妄圖恢復？」

阿南朝她笑一笑，說道：「對呀，要不是手廢了，在雷峰塔抓妳也不必那麼費勁。」

葛稚雅冷哼一聲，目光卻還是停在她的手上。

看了許久，這個強硬的女人忽然開口：「放棄吧，妳這輩子靠男人算了，他前途無量。」

「哪個男人呀？」阿南懶懶問。

「那個手比妳強、腦子比妳好的男人。」她抱臂倚在窗上，打量著她的手。

「我看他挺喜歡妳的，妳就跟著他，吃香喝辣一輩子吧。」

「是嗎？妳太監當久了，這方面可真不懂。」阿南朝她扯起嘴角，露出個似笑非笑的表情。「別人能輕易給妳的，也能輕易收走。這世上的東西，不握在自己手裡，哪能一輩子穩妥？」

葛稚雅挑挑眉，沒說什麼。

「況且，阿言神神祕祕的，也不肯對人交心呢，比如說——」阿南拉長聲音，問：「妳之前叫他提督，指的是什麼提督？」

葛稚雅張了張口，覺得把「三大營提督」說出口，似乎很是不妥，於是又閉上了口。

「被警告過了，不許提及他的身分？」阿南笑嘻嘻地掃她一眼，繼續按壓自己的手指。「無所謂。妳不敢說，我也不敢問。」

葛稚雅有點惱怒，「砰」一聲關上了門窗。

阿南的手指終於停了下來。盯著窗外的雨發了一會兒呆，她皺起了眉，喃喃地自言自語：「是麼？挺喜歡我的？」

暴雨自天幕傾瀉而下，高大的紅牆在深夜中如深黑的高障，任憑風吹雨打依舊巋然不動。

朱聿恆在宮門口停了停，終究還是吩咐馬車繞過宮牆往北而去，回到太歲山居處。

瀚泓早已激動地守候在門口，馬車一停，他便立即打起一把油紙大傘，為下車的殿下遮蔽風雨。

一路在悶溼的馬車內，自南至北一路奔波，朱聿恆頗覺疲憊。瀚泓早已貼心地備下熱水，伺候他沐浴更衣。

朱聿恆在屏風後沐浴，瀚泓捧著新衣，站在屏風外與他說著京中最近發生的大小事情。

「京城大大小小的官員都急等著殿下回來呢。聖上最近心緒不佳，時有雷霆震怒，滿朝戰戰兢兢，就指著殿下趕緊回來，替聖上分憂呢。」

朱聿恆問：「聖上為何事煩心？」

「正是不知啊，所以只能指望殿下了。」

瀚泓手腳極快，但等收拾完畢，也近子時了。

朱聿恆屏退了所有人，獨自站在等身鏡前。

二十四盞光華柔和的宮燈照亮這雨夜深殿，薄紗屏風篩過淺淡的光，漏在他的身上，讓他整個人似蒙著一層淡薄的光暈。

他凝視著鏡中的自己，將胸前的衣襟解開，看著那兩道一直被自己妥善隱藏的血線。

在柔和的燈光下，血線也顯得不那麼刺目了。他盯著它們看了許久，覺得倒像是已經習慣了它的存在。

就在他有些恍惚之時，猛聽「砰」的一聲，有人將門一把推開，外面的風雨迅疾吹了進來。

朱聿恆立即攏好衣襟，轉出屏風，看向外面來人。

暴雨驟急，直侵簷下，那人自雨中大步跨入殿中，身披明黃連帽油絹衣，帽簷遮住了他的上半張臉，卻遮不住他那自屍山血海之中拚殺出來後，二十來年君臨天下的氣勢。

朱聿恆既驚且喜，沒料到祖父竟會在半夜到來，而且還冒著這般暴雨。

他扣上領鈕，迎上前去，恭謹地向他請安：「孫兒恭請陛下聖安！」

皇帝甩掉了外罩的油絹衣，一把扶住了他，抬手示意所有人都退下。

殿門關閉，所有的風雨聲都被遮罩在外，只餘朦朧聲響。

朱聿恆見祖父的目光一直定在他的身上，那裡面有急切的打量，也有深濃的關懷，更有一絲他看不懂的悲愴。

他張了張嘴，正想詢問，皇帝已經伸出手，抓住他的衣襟，猛然撕扯開來，讓他的上半身徹底暴露。

螭龍珊瑚鈕墜落於金磚上，摔碎一地如鮮血般豔麗的猩紅。

他苦苦隱瞞這麼久的祕密，在這一刻，徹底呈現在他的祖父面前。

朱聿恆不知該如何反應，但見祖父垂頭看著他身上的傷痕，臉上的肌肉微微抽搐，他唯有站在祖父的面前，一動不動，咬緊了下唇。

「這是，三大殿起火那日，出現的？」
祖父撫上那條縱劈過他胸膛的血線，像是怕讓他聽出自己的情緒，聲音壓得極沉。
「是……」朱聿恆亦沉聲道。
他又指著橫纏過腰腹那條，問：「這是，黃河潰堤那次？」
朱聿恆抿緊雙脣，點了一下頭。
皇帝盯著他年輕的身軀看了許久，長長出了一口氣，退了兩步在椅中坐下。
「你接連兩次陷入昏迷，給你診治的魏延齡又突然出事，朕就知道，你肯定……出事了。」
宮燈暈黃的光籠罩在他身上，這位一向剛猛酷烈，令朝臣百姓畏懼膽寒的帝王，面容也似蒙上了一層黯然昏黃。
朱聿恆喉口似被堵住，什麼也說不出來。
其實他早該知道，就算他瞞得過全天下，也不可能瞞得過祖父的，畢竟，全天下都在他的掌控之中。
「聿兒……」過了許久，皇帝才開口，聲音有些低啞：「魏延齡已經死了。」
朱聿恆心下一驚，說道：「孫兒的病如此詭異，魏院使無力回天，罪不至死。」
「心慈手軟，能成什麼大事？」皇帝瞪他一眼，眼中滿是騰騰的殺氣，適才那一瞬間的委敗彷彿只是朱聿恆的錯覺。

「你可以容忍他躺上一年苟延殘喘，朕無法容忍！因此我去了他家，把他那個號稱盡得家傳的兒子抓過來，讓他把他爹給弄醒。他兒子說，若強行施針弄醒，他爹就只能活片刻了——哼，片刻也夠朕問清事實了，否則，朕抄了他全家！」

朱聿恆心知當時魏家肯定是人間慘劇。若魏家長子讓父親醒來，等於是他親手終結了父親的壽命；可若不讓父親醒來，魏家滿門都要死。

他知道祖父一向手段殘酷，可這次是為了他，他實在無法進言勸告，只能黯然靜聽。

「聿兒。」皇帝抬起手，示意他到自己身邊來。他抬手握住朱聿恆的手，將他的掌心攤開來，放在自己面前仔細地瞧著。

「你的命線，還這麼長，怎麼會只剩下一年時光？朕，絕不相信那個庸醫的判斷。」祖父包住他的手，讓它緊握成拳，而他握著孫兒的雙手，緊得彷彿永遠不會鬆開。

「這個天下，將來朕總得交到你的手中。就算傾盡舉國之力，付出任何代價，朕也要讓你，好好活下去！」

第十六章　幽燕長風

活下去。

好好活下去。

長久以來的顛沛奔波、對前路的迷惘、對即將來臨的死亡的恐懼，都在這一刻，因為祖父的話，而化為烏有。

朱聿恆喉口一哽，只覺得一股溫熱沖上眼底，讓他的眼眶熱熱的。

他勉強控制自己的失態，低低應了一聲：「是。」

皇帝輕輕拍了拍他的手背，對外面喊：「高壑！」

門應聲而開，常在御前伺候的大太監高壑，弓著背捧進來一個匣子，奉在皇帝手邊，又立即退出，將門穩妥帶上。

「看了你的信之後，朕命人將薊承明所有遺物都篩了一遍，發現了一些值得注意的東西。」

朱聿恆打開推到自己面前的匣子，一眼便看見了裡面那顆鐵彈丸。他拿起來，考慮到那張開啟的紙便是從薊承明的暗格中拿到的，便將這顆彈丸按照之前的順序，左旋一、左旋三……依次按了下去。

只是在所有步驟都完成後，他掀起桌布，用厚重的錦緞包住彈丸，然後按了下去。

彈丸輕微的啪一聲，緩緩打開。

依然是分成八片散開的鐵蓮花，綻放在金紅錦緞之中，被綠礬油包圍的琉璃之中，也塞著一個紙卷，如一點潔白蓮心。

皇帝詫異地看了他一眼，抬手取過紙卷，展開來。

紙卷不大，上面赫然是薊承明的字跡，寫著密密麻麻幾行蠅頭小楷——

微賤之軀叩首再拜：薊某以此殘軀奉匪首而偷生，非怕死而貪生也，只圖一死以報舊恩。

一甲子之期將至，順天城下死陣待發，屆時全城盡化齏粉，天下大亂正是可乘之機。以我輩微軀祭獻火海，伏願我朝一脈正統，千秋萬代！

這張字條倉促寫就，沒有落款也沒有稱呼。

「一甲子之期……」皇帝思忖著，抬眼看向朱聿恆。

朱聿恆略一沉吟，說道：「至正年間，關先生北伐（註8），攻陷元大都之日，距今正好六十年。」

不必再明言，皇帝也已想起了，近年在山東有愈演愈烈之勢的青蓮宗。

「登萊各州逆亂不斷，難道這薊承明竟私下信奉青蓮宗，與亂軍勾結，企圖重建六十年前的韓宋？」皇帝冷哼一聲，眉宇間暗帶殺氣。「順天城下的死陣又是什麼意思？」

「此事，正是孫兒此番倉促回京的原因。」朱聿恆將葛稚雅所說的話複述一遍，然後又道：「由此看來，薊承明定是在修建皇城之時，尋到了關先生當年針對元大都所設的機關陣法，因此移花接木，欲利用當年舊陣，來顛覆如今的順天城。」

「關先生……」皇帝沉吟片刻，才徐徐道：「他當年統領北伐軍，一路北上直擊元軍、三戰高麗之時，朕尚在襁褓之中，太祖皇帝亦只占據南方一隅。其時天下共奉韓宋為主，而關先生正是韓林兒最為倚重的左膀右臂，他率中路軍連下元大都、中都、上都，從中原腹地到荒漠草原，縱橫萬里攻無不克。可這樣的人物，終究也戰死六十來年了，又能留下什麼東西，足以撼動京城？」

朱聿恆想著阿南與葛稚雅、楚元知等人的陣法，只覺祖父的輕視十分不妥：

註8　關先生北伐：元末紅巾軍主力關鐸，率中路軍北伐，此戰加速了元朝的滅亡。

「孫兒看薊承明對此事十分有信心，或許這京城之下，確實藏著當年關先生用來對付元廷的陣法。一甲子正是干支循環之期，若確在近期發動，必對朝廷不利。事關社稷安定，寧可信其有，不可信其無，望陛下不可忽視。」

見他這樣說，皇帝便問：「那你說說，該如何處理？」

「此次孫兒回京，帶了幾位幫手，應能作為主要力量。薊承明安排陣法之事，葛稚雅瞭解最深，而且她欲為家族和自身贖罪，必然要走這一遭。楚元知出自雷火世家，薊承明既然有『祭獻火海』與『盡成齏粉』之語，想必與火藥霹靂有關，自然有用到他的地方。此外，諸葛家陣法獨步天下，此次也得讓諸葛嘉跑一趟。」

皇帝聽他說完，又問：「那個叫司南的呢？」

朱聿恆心知自己在調查阿南的第一天，或許祖父就已經接到消息了，自然也不奇怪他為何知道阿南的事情。只是，他不知該如何解釋阿南的身分，踟躕道：「她是海客，又身分未明。這地下機關，怕是與她有一定關係，孫兒還在考慮要不要讓她也前去。」

皇帝皺眉端詳著他的表情：「哦？有什麼關係？」

「她所奉的公子竺星河，與薊承明過從甚密，而且，孫兒懷疑，在大殿起火之前，竺星河曾潛入殿內，孫兒當時發現的簷下白衣人，就是他。」

「此人確實大為可疑。」聽朱聿恆說起竺星河在靈隱寺所書寫的字句，皇帝立即斷定：「事先潛入殿內窺探、事後又以此等天災人禍為祭，與蓟承明勾結甚密、又到處網羅能人異士，必是青蓮宗妖邪！」

朱聿恆默然點頭，又道：「他是海外歸客，孫兒已經命人下西洋打探，但路途遙遠，尚未有具體消息。」

「六十年前，韓林兒溺於瓜洲時，姬貴妃剛剛誕下龍子。當時群雄並起，中原逐鹿，那對母子為求生渡海而去。難道說，六十年了，他的後人還妄圖糾結信徒，以此來興復韓宋？」皇帝冷笑道：「縱然他們青蓮宗糾集鄉閭大堆痴夫愚婦又有何用！韓林兒當初謊稱趙林，本就是冒名的大宋後裔，如今天下皆知其為假貨，但凡有點見識，誰會奉姓韓的為帝？」

朱聿恆深以為然，只是提醒：「但，前朝疆域遼闊不可一世，太祖從一介布衣起事之時，亦託以青蓮宗麾下的紅巾軍。如今我朝雖盛世太平，但天下之大，總有饑饉災荒之處，民變不可不防。」

「你不必憂心這個，丟給朝中那群傢伙去辦。」皇帝將話題拉回來，道：「所以，這個司南，也是青蓮宗之人？你是否想過，她與你同行，或許也是經人授意？」

對於此事，朱聿恆並無確切把握，但他還是說道：「孫兒自會留意，但阿南，未必是青蓮宗的人。」

皇帝的目光落在他的面容上，像是在審視他的內心。

但見朱聿恆神色堅定，一意庇護阿南，他便也放過了，只問：「那麼，你準備如何處置那個竺星河呢？」

這事，朱聿恆確實沒想好。見他遲疑，皇帝說道：「世間所有難決斷之事，都只需一個字。」

朱聿恆心知他下一刻吐出來的便是個「殺」字，便道：「他與孫兒的病情有關，以後或許有託賴於他的五行決之處。」

皇帝停了一停，問：「為何？」

「魏延齡診斷我的奇經八脈每隔兩月會斷裂一條，八條盡斷之時，便是我無力回天之日。但，孫兒這兩月來，發覺自己的脈象，並不是莫名發作，而是，會與災禍一起發作。」

皇帝撫鬚點頭，肯定了他的想法：「第一次，三大殿火災；第二次，黃河水患。」

「因此，孫兒相信，這怪病必是有人祕密下毒所為。此人用心險惡，將孫兒的怪病與天下災禍相連，怕是要藉此來打擊孫兒、朝廷甚至天下民心。因此孫兒一直隱忍不發，就是擔心此事洩漏後，徒增流言，引發朝野不安。」

「此等裝神弄鬼的把戲，正是青蓮宗最擅長的把戲！」皇帝拍案而起，怒不可遏。「聿兒，難得你如此識大體，朕心甚慰。只是以後如此大事，你定要首先告知祖父，別再一人獨扛。」

「是。」朱聿恆垂首應了，又道：「孫兒一開始知道自己時日無多，也是茫然無措。但這些時日以來，漸漸考慮清楚，既然對方設了如此之局，我們何不反客為主，扭轉乾坤？他要以孫兒的病情來攻訐我朱家，那我們亦能以此作為鑰匙，利用這幾條即將潰亂的經脈，尋找災禍發生地並將之破解，打開平息禍患的安定之門！」

皇帝錯愕地瞪大了雙目，盯著朱聿恆久久不開口。

六十餘年人生，二十來年帝王生涯，他早已喜怒不形於色。可在這一刻，看著面前這個面容上寫滿堅定信念的孫子，他下巴的鬍子，微微顫動了幾下。

他想說什麼，但終究在長久的沉默之後，皇帝只是拍了拍自己最摯愛孫子的肩膀，說：「好，我朱家兒孫自當如是！人生天地間，剛強執烈方是立身之本，若有忤逆作亂者，必當迎頭痛擊，絕不委曲求全，苟且偷生！」

夏日的雨，來得快，去得也快。

阿南醒來時，推窗看見外面高遠的天空。北方的天似乎比南方要更高一些，那藍色也更耀眼。

瞥了一眼葛稚雅窗外，幾個護衛站得筆直，也不知道昨晚幾點輪班的，怎麼精神還這麼好。再一想，阿言說還有幾個女暗衛盯著葛稚雅，阿南不由得又揉了揉自己的手肘。

「同在客棧，你們徹夜盯人，我一夜睡到天亮，真是羞愧。」
用過早膳，阿南見楚元知正站在門口，一直向外看，便順著他的目光看去，頓時笑了。

原來是一個捏糖人的老頭，此時一大早哪有生意，正在閒極無聊捏著小豬、小羊。

阿南見楚元知一臉饞樣，便笑著走過去，買了兩支糖豬，回來遞了一個給楚元知。

楚元知一臉尷尬，忙擺手道：「我一個大男人，吃這種東西幹什麼。」
「別裝了，走之前你家小北都告訴我了。」她咳嗽一聲，裝出小北那小大人的口吻，說：「南姊姊，悄悄告訴妳一個祕密，我爹偷吃我的糖！他什麼甜的都愛吃，連蘆葦芯子都要拔出來嚼一嚼！」

楚元知頓時狼狽不堪，囁嚅道：「小孩子……就愛說笑，我這麼大的人了偷吃他的糖幹什麼？」

「不吃嗎？不吃我丟掉了。」阿南作勢要把給他的糖豬扔地上去。
「啊……這怎麼可以糟蹋東西呢？給我吧……」他趕緊接過。

旁邊傳來一聲冷笑，兩人回頭一看，葛稚雅一身俐落打扮，面無表情地束緊衣袖：「多吃點吧，畢竟，去了不一定有命回來。」

阿南笑問：「什麼龍潭虎穴啊，這麼可怕？」

葛稚雅冷冷道：「六十年前，關先生在元大都設下的機關。」

「關先生？」阿南覺得好像聽過這名字，便轉頭問楚元知：「你知道嗎？」

楚元知有些詫異：「妳居然不知道關先生？六十年前他帶著幾萬人，憑著九玄陣法從中原打到蒙古上都、又從上都打到高麗王京，轉戰萬里所向無敵，甚至傳說他的陣法能移山填海，翻天覆地。九玄一脈百年來奇才輩出，他是最傳奇的一個！」

「原來是他！制定了十階準則的關先生，當年我們練習的時候，好多人都恨死他了……」阿南這才想起來。「好啊，這回雖然見不到六十年前的傳奇人物，但能見識見識他留下的陣法，也算和他過過招了！」

「有志氣。」葛稚雅瞧著她，面帶譏嘲。「朝聞道，夕死可矣。」

阿南轉向楚元知：「什麼意思？」

「就……」還沒等楚元知解釋，後邊馬蹄聲響，阿南回頭看朱聿恆從馬上下來，立即上前問：「阿言，那個機關在哪裡？我們什麼時候去看看？」

「馬上。」朱聿恆簡短地回答，縱身下馬，示意她跟自己往裡面走。

阿南見他和後面的諸葛嘉都是腳步匆匆，知道事態必然緊急，忙走到前廳。

朱聿恆已經打開了手邊一個匣子，將裡面的一張小冊頁給他們看。

見上面全都是複雜的天干地支與星辰方位，阿南瞥了幾眼便道：「看你這麼緊急，長話短說吧，這上面究竟是什麼？」

「這是薊承明這些年來，推算六十年前關先生設陣的時間和方位。」朱聿恆指著那上面的時辰，說道：「當時由於其他幾路北伐軍都敗退了，無法鞏固防線，所以他們退出了大都。但在退出之前，關先生傾中路義軍之力，在地下設了一個足以覆滅整座都城的陣法，只要義軍勢力再起，便能在反掌之間讓元廷化為烏有。只可惜，他一路北上，竟未能再回到這裡。」

「難道說，這個陣法一直埋藏在地下，持續運轉，以一甲子的時間為循環，現在……時限就要到了？」

朱聿恆點了一下頭：「幸好我們及時趕到，又幸好，今天早上，我從薊承明那堆遺物中，發現了這本冊子。」

阿南急問：「所以，究竟是什麼時候發動？」

朱聿恆指著上面的星辰排列，神情凝重，一字一頓道：「今夜子時。」

坍塌的三大殿，斷壁殘垣未加清理，皇帝也沒有重建的意思，任由焦黑的廢墟占據了皇宮最前端的大片地方。

朱聿恆踩著滿地瓦礫，率眾走上被煙火熏黑的殿基，走向後殿僅存的半個牆角。

那裡正是薊承明選定的逃生通道，此時已有一群太監在挖掘下方的地龍坑道，黑洞洞的一片。

上次朱聿恒來此視察時，第一次見到葛稚雅，當時她還是卞存安的身分，趴在地上無比認真地撮土、研究，或者說消除現場留下的痕跡。

這女人，身上有一股男人都比不上的狠勁，所以才能隱藏二十一年，無人察覺。

阿南走到坑道邊，朝下看了看，問朱聿恒：「下面情況如何，你有底了嗎？」

朱聿恒點了一下頭，說：「地形並不複雜，只是陣法似乎頗有詭異之處，看薊承明的描述，似是絕不可能破解。」

「絕不可能？」阿南眼睛頓時亮了，立即道：「那我非得下去看看不可！」

見她如此興奮，朱聿恒默然望著她，說道：「下面很危險。」

「再危險的陣法，也得有人去破啊。我千里迢迢跟著你跑到順天來，一聽說是關先生設的陣法，嚇得轉身就跑回去了，這像話嗎？」阿南揚眉朗聲道：「再說了，難道要我們眼睜睜看著順天城被毀掉，近百萬黎民家破人亡？」

朱聿恒抿脣不語。阿南又問：「地下空間如何，大嗎？能容納多少人？」

「具體未知，但應該無法讓太多人進入。」

「可不是麼。」阿南蹲在地道口看了看，說：「而且時間這麼緊迫，倉促間也無法制定更好的辦法了，那就咱們幾個人先下去看看情況。」

她抬手指了指楚元知和葛稚雅，又比了比自己與他。

朱聿恒正要說什麼，只聽她又道：「別擔心，行就行，不行咱們就跑。實在破不了，子時發動之前，咱們逃出去。」

一直站在後面聽著的諸葛嘉，此時插話道：「聖上已經吩咐了，提督大人不能下去。」

阿南回頭看他一眼，道：「那可不成，若下面機關複雜的話，我需要他幫我。」

「這是聖旨，難道妳還敢抗旨不成？」諸葛嘉眉眼鋒利，冷冷道：「此次探陣由我領隊，已經選定了幾個好手，到時候你們配合我即可。」

「好吧。」阿南對著朱聿恆做了個無奈表情，悄悄湊到他耳邊笑道：「看來，皇帝捨不得你呢！」

她的氣吹在耳邊，話語中的不明意味讓朱聿恆心口微動。正抬眼想看看她的神情，她卻已經笑嘻嘻地退開了兩步，對諸葛嘉做了個招呼手勢：「那就走吧，諸葛提督。」

她一向喜歡鮮豔的衣服，今日櫻草色衫子配艾綠羅裙，腰與袖收得極緊，身形俐落又高䠷。

走到地道入口，阿南轉頭朝他笑了笑，便縱身一躍而下，如一枝花在春風中的姿態，一閃即沒。

朱聿恆走到地道口向下看去。被挖開的洞口，泥土尚未清理乾淨，黑洞洞的入口冒出微微涼風，撲開此時的炎熱天氣，侵向他的肌膚。

她已經消失於黑暗之中。

楚元知和葛稚雅跟著阿南相繼躍下。朱聿恆抬起頭，諸葛嘉帶著自己選定的幾個得力下屬，向他抱拳辭別，也跳了下去。

地洞下方六尺處，便是一個斜斜向下的洞口，只能容納一人勉強彎腰通行。諸葛嘉與下屬身形高大，到最狹窄的地方，只能將松明子咬在口中，趴下往裡面爬了一段。

幸好地道並不長，不多久眼前一亮，已經到了一個較大的空洞內。雖還沒有活動空間，但至少不必彎腰站著了。

阿南一身顏色鮮亮，首先呈現在他們的火光之下，然後是站在她身邊的楚元知。一身黑衣的葛稚雅，正靠在洞壁上冷眼旁觀。

諸葛嘉見阿南拿著火把一直在照著洞壁，便上來仔細看了看，臉色頓時沉下來。

這是一扇看來怪模怪樣的木門，門上沒有鎖，只有縱橫兩根木頭呈「十」字型，附在門上，卡住上下左右，將門嵌在土壁之中。

在木十字交叉的正中間，是一副嵌模式的空木殼，下方掛著木刻的「一」「二」「三」「四」「五」「六」「七」「八」「九」「十」「百」「千」「萬」十三個字。數字間不相連的筆畫，由細繩固定，看來端正整齊。

按大小來看，木殼當中正好可以容納四個木字並排放入。

「看來，是個數字排列鎖。」諸葛嘉拿起那幾個木字，看了看說道：「要從這十三個木字中選出正確的四個字，然後按順序排列好，推進木殼，就能打開門上的暗鎖。」

「對，但現在的問題是……」阿南抬手在木殼上輕敲，說：「我們不知道應該選哪四個木字，更不知道這四個字的順序。」

「十三個字，按照機率來說，排列可能性成千上萬，我們如何能知道？」諸葛嘉放下那些木字，口氣強硬：「反正沒多少時間一一嘗試，這扇門並不牢固，乾脆，我們直接把它拆了！」

「想拆的話……」阿南微抬下巴，示意楚元知。「你先問問那位楚先生吧，他家的院門設置，與這扇門原理大致相同。」

諸葛嘉回頭看楚元知，楚元知依言走到門邊，將門與土壁連接的地方指給他看：「這門的四面有上百根火線與內壁相接，火線上垂墜著無數特製的小石塊，或大或小，靠著彼此重量的牽制，維持著精妙的平衡。當你將四個字按照正確的方式嵌套好推進去之後，正確的火線被扯動，門便能安然打開。可如果你拉錯了一條線，或者擅自去動這扇門和旁邊的土層的話……」

楚元知用受過傷的手，顫抖地順著門框，往旁邊的土壁指去：「一根線扯動，便會引發所有彼此牽繫的火線瞬間連動。而火線一旦牽動，上面的石子便會全部落地。石子落地，機括啟動，地道必被炸塌封閉，我們都將活埋在這土層之下，絕無生還的機會！」

諸葛嘉臉上的肌肉微微一跳，收回了按在門上的手。

他身後幾個下屬都是見過大風大浪的人，但此時也是神情凝重，盯著那扇門不敢出聲。

「那如果……」諸葛嘉想了想又問：「我們換個方向，從別的地方開挖下去，是否能行？」

「第一，你怎麼知道除了這個入口之外，其他地方有沒有設置機關？到時候我們只知道方位，挖下去時碰到機關，說不定比這個更麻煩。」阿南揉著低久了有點痠痛的脖子，反問：「其次呢，你們不是說，今晚子時，裡面的殺陣就要啟動了嗎？哪還有時間找方位往下挖？」

諸葛嘉皺眉思索，久久不語。

阿南見他這樣，轉身便往外走，說：「你先慢慢想吧，和數字有關的問題，我知道找誰最合適！」

大火焚燒了巨木大殿，卻未能毀掉殿外日晷。

朱聿恆站在廢墟之中，沒有離開。身後的太監們替他撐起黃羅傘，遮蔽出一片陰涼。

而他卻只一動不動站著，看著日晷的影子，以肉眼無法察覺的速度，緩慢轉移到他的面前。

距離午夜子時，不過四個時辰了。

而他卻只能眼睜睜看著，無力折斷那即將西沉的金烏翅膀，讓那註定到來的黑夜延遲一刻。

昨日與祖父的對話尚在耳邊。他誓要扭轉乾坤，利用身上的怪病，尋找災禍的來源。可聖上一聲令下，他明知這個地下殺陣與自己關係匪淺，火災中第一次出現的這場大病，很可能就要從這個地下尋找根源，卻依舊只能待在這裡，等待著別人為他尋找最終的答案。

阿南……現在在地下，走到哪裡了呢？

他看向自己的腳下。焚燒後的廢墟，早已被野草野花入侵。盛夏時節，所有的磚縫間都有雜草拚命鑽出來，開出米粒大的點點黃花，執著地在這焦黑廢墟中繁衍下去。

這金黃與深綠，讓他眼前又出現了那抹櫻草色的身影，義無反顧投入黑暗之前，她轉頭朝他微微一笑，雲淡風輕。

她每次為公子而奔赴前方的時候，是不是也會這樣朝竺星河露出笑容？彷彿前方等待她的，是春風，是秋水，是皎潔的月與馨香的花，而不是稍一疏忽就永遠埋葬了她的凶險之地。

曾經說過，不會讓一個女子擋在自己身前的他，現在與竺星河，又有什麼區別？

他屏退了周圍所有人，在烈日下，一步步登上城臺馬道。

高臺之上，大殿高臨虛空，下方是紫禁城的護城河，粼粼映著湛藍的高天。

朱聿恆看到大半個京師在自己的面前鋪陳。近百萬人居住於此，這座在古老的幽州城上重建的宏偉城池，樓閣屋宇街衢巷陌無不氣象儼然。

此時此刻，夏日閒適的午後，大街上並無多少人。倒是小巷內許多人在樹蔭下乘涼，搖扇的漢子，下棋的老人，玩鬧的兒童……賣瓜賣水的販子被人圍住，熱鬧的討價還價聲傳不到高高在上的他耳中，卻依然可以從那人群的攢動中感受到一二喧鬧。

他站在皇宮的至高處，俯瞰著這座天下最壯麗也最宏偉的城市，看著日光灑在各街各巷上，明暗鮮明地勾勒出棋盤一般縱橫交錯的京城。

日光還在緩慢轉移。

那即將來臨的子夜，那在地下埋藏了六十年的殺陣，將把他面前這座百萬人繁衍生息的城市，毀於一旦。

心口忽然有一種難以抑制的血潮，瘋狂地湧過他的胸臆。

他轉過身，快步衝下了高臺，向著奉天殿廢墟奔去。站在三層玉石臺階上的太監們，不知所措地望著他，不知道該阻攔，還是該跟上去。

而他大步走到地道入口處，只頓了一頓，便翻身躍了下去。

眼看殿下居然抗旨，跳入了那等險境，瀚泓嚇得面無人色，忙趴在地道口，朝裡面喊：「殿下，殿下您……」

黑黢黢的地下，只傳來朱聿恆略帶回聲的一句：「我去看看，馬上回來。」

瀚泓呆呆望著再無聲息的洞口，茫然想起，這是二十年來，殿下第一次違逆祖父的旨意。

阿南舉著手中的火摺子，正彎腰弓背往地道外走時，忽覺面前的黑暗中，有些異常動靜。

她立即朝著對面照去，然後便看見了，因為手長腳長所以在狹窄地道裡走得艱難的朱聿恆。

他彎著腰，抬頭看她。在松明子跳動的火光下，阿南看見他臉頰上擦了一塊土，髮髻也有點歪了。

他的手裡，握著一個已經熄滅的火摺子。

「阿言，你來了？我正要去找你呢。」她驚喜不已，晃晃自己手中那明亮的銅火摺，照亮了他的同時，也笑了出來，說：「你看你，沒事長這麼高幹麼，鑽地洞多不方便呀！」

他沒說話，只看著她在火光下灼眼的笑意，心口那些湧動的熱潮，也漸漸地平息了下來。

因為那難抑的衝動而跳入險境，他只能用火摺子照著前方的路。火摺子燒完的時候，他不知道前方還有多少路，是該繼續往前走，還是該退回去。

就在這黑暗之中、進退兩難之時，忽然像夢境一樣，她攜著明亮的光芒，出現在了他的面前，一如既往戲謔的表情和不正經的話，卻讓他感覺無比踏實安穩。

「走吧，這段路最狹窄，前面就寬敞了。」阿南用火摺子照著腳下，帶著他走出最黑暗狹小的一段。

前方開始寬敞，是一段上坡路。

「這個火摺子啊，在楚家燒壞過一次後，修復好也沒有以前亮了。」阿南隨口說著，見腳下全都是凹凸不平的石頭，便站在高處的石頭上，一手照著地下，另一隻手下意識去拉他。

握住他手掌的那一刻，阿南才想起來，阿言不是太監。

雖然都是阿言，可是，握太監的手，和握男人的手，區別是很大的。

不知怎麼的，就有一種怪異的熱氣，從他們相握的手掌，漸漸沿著她的手肘往上延伸，一直燙到胸口去。

所以，她將他拉上石頭後，便彆扭地想要抽回來。

可他的身體卻晃了一下，差點從石頭上滑下去。阿南只能再拉了他一把，照著腳下的坑坑窪窪，無奈說：「畢竟是走慣了平坦大道的人，石路都不會走了。」

他沒回答，只是沉默地握著她的手，在她手中光芒的映照下，牽著手直到出了那一段，才鬆開了她。

輕咳一聲，她示意他跟自己往下面走，一邊說：「薊承明留下了一個門鎖，我們目前摸不透，你在他的遺物中，有查出過什麼關於開門的線索嗎？」

「有。」朱聿恆的回答簡單俐落，卻讓阿南頓時一喜：「真的？說什麼了？」

朱聿恆沉吟片刻，終究沒有告訴她，自己昨晚徹夜搜查了薊承明的東西。

但，起因是因為，那個鐵彈丸。

與她的同夥給她傳遞消息時，一模一樣的彈丸。薊承明是個聰明人，不至於記不住打開彈丸的那七個步驟。那他為什麼要留下開啟的字條，以至於最終在他面前洩漏了呢？

「唯一的可能，他這次在三大殿，是抱著必死之心而去的，因此，他還需要將一些消息傳遞出去。而傳遞消息，或者延續在宮裡的眼目，必然需要選定一個繼任者，接替自己。」

他當時是這樣猜測的，也這樣對祖父說。

祖父深以為然。他用雷霆手段，一夜之間將宮中所有與薊承明有過接觸的人都篩查了一遍，鎖定了可疑目標後，再用了兩個時辰拷打。最終，一個毫不起眼的太監，承受不住殘酷手段，在日出不久後招供了。

他略過了所有過程，只簡短地說：「我拿到了入口的地圖，就是現在這條地道及後面布局的地圖。還有一句話。」

「什麼話？」

若有阻礙，盡在彈丸之中。

但朱聿恆沒有把這句話說出來。畢竟，這彈丸與阿南也有關係。儘管他在祖父面前，替她保證與青蓮宗無關，可在他還沒掌握所有真相之前，他不會傻到對她全部吐露。

阿南見他沒說話，正想再問，眼前豁然一亮，地下通道拐了個彎之後，已經到了門前。

正站在門前研究那些數字的諸葛嘉，見朱聿恆居然真的下來了，頓時驚詫不已，忙與幾個屬下一起向他見禮。

「不必了。」朱聿恆示意他們，不用在這種地方多禮，然後便走到門前，看向那十三個數字。

「一、二、三……百、千、萬。」他思索著，這與薊承明留下的那句「盡在彈丸之中」，究竟有什麼關係。

思索片刻，沒有頭緒，他拿起被繫在木套下方的幾個木字，又看了片刻。

「一」字最簡單，就是一根橫著的木條。

「二」、「三」「六」等字，因為中間筆畫是分開的，所以需要一根細線連接拴住。

其他的數字都很簡單，唯有「萬」字最為複雜，但木工師傅雕工不錯，中間透雕乾淨俐落，絕無任何地方有缺筆與斷裂。

在所有的字體之中，只有「五」字被雕得略有殘缺，中間一橫斷了一個缺口，筆鋒猶在，讓人忍不住想補全那一丁點大的斷口。

朱聿恆看著那個小缺口，輕輕出了一口氣，抬頭看向面前盯著自己的眾人，緩緩道：「這個鎖，我知道怎麼解了。」

「果然能解嗎？」阿南聽到朱聿恆說的話，朝他一揚眉。「性命攸關呀阿言，你要是放錯了一個字，別說破陣了，我們所有人都會立刻死在這裡。」

朱聿恆頓了頓，肯定地說：「信我。」

見他毫不猶豫，阿南便立即將木殼的蓋子打開，示意他開門。

朱聿恆抬手拿起那些木字，仔細端詳著，再確定了一次自己的想法後，緩緩吸了一口氣，先拿起「一」字，放在空著的木套最右。然後，又拿起了那個「五」字。

眾人都屏息靜氣以待，等他將這個字也放進去。誰知他卻將手中那個帶著缺口的「五」字翻了過來，展示在眾人面前。

中間一橫的右邊有個小缺口的五，在翻過來之後，變成了一個「正」字。

阿南「咦」了一聲，脫口而出：「這不是數字？」

「對，這其實是薊承明在誤導我們。他將正字的缺口做得很小，又故意將這個字反轉放置在其他數字之中，於是我們就會自然而然地認為，這肯定是五字無疑。但其實，它是一個文字，而不是任何數字。」

而薊承明所說的「彈丸之中」，其實應該是「彈丸之終」，他寫在絕筆信的最後一句話——

一脈正統，千秋萬代。

但這是朝廷密事，朱聿恆當然不會對著眾人說出。他下手極快，將「一」「正」「千」「萬」四個木字依序拼在木殼套之中，朝著阿南點了一下頭。

阿南朝他一笑，以慣常的輕快口吻道：「你來開吧，反正已經全部依託給你了。」

狹窄的空間內，阿南緊貼著朱聿恆站在窄小的門前，身後諸葛嘉和神機營的四個將士相護。

葛稚雅後退了兩步，緊盯著朱聿恆的手。而楚元知則躲得遠遠的，貼在土壁上一臉心驚膽顫。

黑暗與寂靜壓在他們身上，令所有人的心跳都顯得沉重無比。

而朱聿恆那雙白皙修長的手，在火光下閃耀出淡淡光彩。既已到了此時此刻，他再不遲疑，俐落地拉下盒上的蓋子，將那四個字壓住，固定在盒子之中，然後緩緩地按住木殼套的蓋子，將它往後推去。

輕微的「喀喀」聲中，木殼套帶著四個字，沉入了門後。
就在這一瞬間，所有人的心都吊到了喉嚨，提著一口氣，連呼吸都暫時停頓了下來。
四個字推進去，喀喀聲響起，隨後停止，所有人屏息以待。
彷彿只過了一瞬間，又彷彿過了很久，然後，那扇門輕微一震，有石頭在上面輕輕碰撞了一下，隨即再無聲息。
定了定神，朱聿恆抬手，在門上輕輕一推。
木門應聲而開，後方是開闊平坦、繼續向下的一條黑色通道。
眾人都不約而同地鬆了一口氣。諸葛嘉這種一貫冷心冷面的人，也不由得脫口而出：「大人英明神武！」
朱聿恆雖有成竹在胸，但畢竟這是性命攸關的事情，他一舉開門後，心下也漾出一絲輕鬆，不由自主地看向了阿南。
松明子光線跳躍，而阿南的笑容燦爛得幾乎壓過周身的火光：「阿言好厲害！我就知道和術數有關的事情，找你就對了！」
朱聿恆朝她略點了一下頭，沒說什麼，唯有脣角微揚。
阿南轉頭朝門內看了看，後方依舊是黑黝黝的地道。她問朱聿恆：「你要回上面去嗎？」
朱聿恆搖頭道：「來都來了，一起下去看看。」

順著門後的斜道一直向下，越走越是深廣。呼吸倒是還順暢，松明子也燃燒得穩定，讓人略感安心。

一路洞壁上殘留著久遠的水紋痕跡，看來，這裡本應是條地下水道。只是千百年前河水枯竭，而河道則一直保留下來，被關先生利用上，改造成了地下陣法的一部分。

地下水系縱橫交錯，河道錯綜複雜。幸好朱聿恆之前已將地圖交給諸葛嘉，此時他與那四個下屬舉著松明子，一邊對照著地圖，一邊向著前方緩緩前進，警惕地邊走邊查看四周。

周圍一片寂靜，無聲無息的地下，只有他們窸窸窣窣走路的聲音。偶爾，相通的地下河道彼端，會有悠長的風吹來，詭異地拉出「嗚啊」的一聲輕響，然後又消失無蹤。

時間緊迫，他們加快了腳步。

唯有楚元知在行走途中還不忘抬手在牆壁上輕撫，查看石壁上漸漸出現的烏黑紋路，漸漸落在了後面。

阿南看了看牆上，詫異道：「這裡的岩石中居然夾雜著煤層。楚先生，你看煤炭幹什麼？」

楚元知在後方敲著煤層道：「真沒想到，順天地下居然有這麼多煤，可惜埋得太深，恐怕開採不易。」

諸葛嘉久在軍中，一看便說道：「這要是被順天兵器作坊看到，豈不是幾十年的炭料都不愁了。」

他的下屬倒是不太清楚，便問：「諸葛大人，這是何物？」

沿著黑色的礦脈往前走，諸葛嘉解釋：「這煤炭又稱石炭，是地下土石所生之炭，拿來煉鐵鑄刀遠勝普通木炭，因此各地兵器作坊多用此炭。如今順天兵器坊所用都是從大同等處挖掘運送過來的，誰知順天城底下就有，而且這麼多。」

楚元知點頭道：「蘇軾當年有詩：豈料山中有遺寶，磊落如礐萬車炭……為君鑄作百煉刀，要斬長鯨為萬段。這煤炭燃燒比尋常木炭更為持久，也更熾熱，鑄出的武器自然更為鋒利。」

葛稚雅聽著，「嗤」一聲冷笑，道：「都什麼地兒了，還掉書袋。」

一路談論，他們腳下不停，已到了地下通道的出口。

前方是廣闊平坦的一處凹地，周圍許多乾枯河道匯聚於此。顯然這裡當初本是多股地下水交會之處。如今泥土已被沖刷走，河水也乾涸退去，只留下一個巨大的黑色煤洞。

踏過乾枯河道，他們走入了大片的黑色煤炭之中，就如幾隻螞蟻踏上了黑色的陶盤，微不足道。

楚元知抬頭望向四周，感嘆道：「這位闞先生可真是奇才啊！煤炭所生之處本該悶熱難當，瘴癘眾多，但他居然能藉助地下水道，讓這邊氣流保持如此通暢，簡直鬼斧神工！」

在不知多廣也不知多厚的黑色煤層之中，松明子的光也顯得微弱起來。周圍略帶光亮的煤層在他們周身泛著微光，腳下是厚厚的風化煤渣和碎屑，微風捲起細碎的粉末狀煤灰，在他們身邊飄蕩迴旋。

葛稚雅見松明子的油吱吱冒出，便對諸葛嘉道：「別讓火油滴到地上，萬一把碎煤渣給引燃了，後果不堪設想！」

眾人深以為然，神機營的兩個士卒將自己的衣服下襬撕了，纏在松明子下方，防止滴油。

幾人站在黑色凹洞邊緣，諸葛嘉拿出地圖看著，又抬頭環顧四周，面露遲疑之色。

朱聿恆問：「怎麼？」

諸葛嘉將地圖遞到他面前，指著上面的線路道：「地圖上畫了此處，可……這標記不知是何意思？」

聽他這麼說，阿南便湊過去，看向了那張地圖。

這是薊承明交給繼任者的地圖，是一張厚實的桑皮紙卷，因為年歲久了，邊角已經泛黃。

但上面所繪的內容確實無誤。先是順著通道彎彎曲曲走下來，有窄道有上下坡；然後是阻擋道路的密門，畫這道門的墨跡較新，顯然是新近建造後，在地圖上補加的；然後是乾枯的河道匯聚於圓形凹處，顯然，就是他們此時置身之處。

在這圓形的旁邊，標注著一個小小箭鏃印記，不知是何用意。箭鏃的前方，也就是更後面一點，則是一個漩渦圖示，看起來令人不安。

阿南看了片刻，忽然「咦」了一聲，見這箭鏃與漩渦都是灰黃色，那運筆又類似於薄薄膏體，便抬手刮了刮，放在鼻下聞了一下。

朱聿恆正關注著她，見她撚著手指沉吟，便問：「這是什麼？」

「這個你可絕對猜不著了。」阿南笑著抬手，彈掉了上面殘留的粉末。「是胭脂，陳年胭脂。」

在一個太監留下的地圖上，居然會殘留著胭脂，朱聿恆略覺錯愕，問：「確定？」

「十分確定，你看刮掉了表面之後，下面露出的顏色。」阿南將紙卷靠近松明子，在火光映照下，朱聿恆清楚看到，那灰黃的陳年痕跡中心，確實依稀還殘留著淡淡紅色。

「這胭脂有點年頭了，應該不是薊承明的。」阿南道：「地圖和胭脂都已陳舊，我想，這應該是設陣的人留下的。」

朱聿恆深以為然，道：「薊承明是內宮監掌印太監，十幾年來主持營建皇城，但我不認為他能有餘力設置這麼長的地道。他大概是拿到了地圖之後，找到了入口，並偷偷將它與地龍挖通。唯一動的手腳大概是在入口處設置了那扇門，以防有人闖入其中，誤觸引發陣法。」

阿南點頭，思忖片刻又問：「我有個問題，既然薊承明已經掌控了這個陣，又知道就算沒有提前去開啟，它也會準時啟動的，為何非要在四月初八那日動手呢？」

「畢竟，聖上忙於政務巡視，經常不在宮城。而且遷都之事也是力排眾議才得成，聖上以後在兩京輪流執政的可能性也不小。薊承明雖是宮中大太監，但也無法控制聖上行蹤，因此為了避免陣法落空，他必須要抓住時機。而四月初八那場雷雨，大概讓他以為自己找到了最好的機會。」

「上方雷火，下方死陣，薊承明借了我的力，又借了關先生的力，大概以為自己這萬全之策，不可能有失手的可能性。」葛稚雅冷笑道：「可惜啊，他不應該威脅我，以至於未入地道就被我幹掉了，根本沒機會去發動地下死陣。」

阿南朝她笑了笑，說：「看來，妳還是朝廷有功之臣？」

葛稚雅傲然道：「至少，你們現在還活生生站在這裡，都要感謝我。」

阿南正想反諷一句，誰知耳邊忽然傳來砰的一聲響。

她立即抬頭看去，原來是諸葛嘉見地圖上看不出端倪，便拾起地上一塊人頭大的黑色煤石，向著凹洞的中間砸去。

煤塊落地，砰一聲響，然後在地上滾了兩下，停止不動了。

地下空洞，又是凹聚的形狀，他們站在旁邊只聽得那撞擊聲久久迴盪在洞中，嗡嗡嗡響成一片。

後方因為研究煤帶而落後的楚元知，在嗡嗡聲中停下腳步，傾聽了一瞬後，立即大叫：「快跑，退回來！」

話音未落，還未等他們行動，只見頭頂上亮光忽閃，無數支箭從四面八方的黑暗中射出，帶著破空聲向他們襲來。

諸葛嘉與幾個下屬立即拔出腰間長刀，團團圍住朱聿恆，用刀撥開面前射來的箭矢。

可箭如飛蝗，哪是這麼輕易可以全部避開的，只聽得兩聲低呼，有兩個士卒已經中箭。

「原來……箭矢的意思是這裡有暗箭埋伏！」諸葛嘉一邊說著，一邊示意士卒背起受傷的同袍，向後撤退，順著乾涸的河道奔回。

幾人退出黑色的凹地，嗤嗤聲依舊不絕於耳。

他們躲在河道之中，一個士卒撕下衣襬，按住傷者的箭桿，一下拔出，然後倒上傷藥，替他包紮。

在旁邊的葛稚雅一眼瞥見那傷口，立即將士卒的手打開，用松明子一照傷者臂上傷口，聞到那隱約的臭味，頓時脫口而出：「箭上有硫磺硝石，這是火箭！」

彷彿在驗證她的話語，那些從天而降的箭矢雖然開始零散下來，但它們落在地上之後，擦著黑色的煤層劃過，白煙隨之燃起。

腳下有些地方煤粉鬆散，火苗落地不久即燃燒起來，簇簇火苗騰起，映照得周圍如同幽火地獄。

朱聿恆對諸葛嘉道：「把受傷將士送出去，立即救治。」

「是！」諸葛嘉自然不會離開，吩咐下屬背起受傷的士兵往外撤去，又請示朱聿恆：「我營左軍有熟知地下岩層之人，屬下已讓他們出去後立即召其進內。其餘或有需要的，還請提督大人示下？」

朱聿恆看向阿南，想問問她要準備什麼東西。

卻見阿南臉色忽然大變，轉過身竟向著起火的中心點奔去。

朱聿恆一把拉住她的手臂，急道：「危險！」

「不能讓這些火引燃煤炭！」阿南一指面前這蔓延無邊的黑色煤礦，面罩後傳來的聲音有些沉悶，卻掩不住其中倉皇：「這些箭射下來，不是為了殺我們的；而是要引燃這大片的地下煤炭，使上面整座順天城，化為焦土！」

森冷的汗，從所有人的背後冒出來。

一個人，可以布置下什麼樣的陣法，讓一座近百萬人的城市，須臾間化為烏有？

在進入地道之前、甚至就在那些箭矢射下來的前一刻，他們都還不相信，這世上會有哪個陣法，擁有這樣的力量。

但如今，他們看著滾滾的大片濃煙，看著已經開始灼燒的煤屑，相信了。

這地下的煤炭深厚如海，綿延不斷，怕不有億萬石之多。這麼多的煤一旦被引燃，必將持續燃燒幾年、甚至幾十年，順天城將就此化為一座火窟，再也無法保留任何生機。

「讓傷患們立即出去。」朱聿恆盯著面前騰起的火苗，那一向淡定沉穩的嗓音，也在面罩後顯出一絲微顫來。「上去後，稟告聖上，盡快疏散京城所有人，一個也不能留！」

諸葛嘉早已無法維持那清冷的眉眼，他看看那已經開始燒起來的火，再看看朱聿恆面罩後決絕的面容，單膝跪地拜求道：「請提督大人先行離開，此地交由屬下等應付！」

朱聿恆沒回答，轉頭便朝著火海而去，一邊走一邊脫下自己身上的錦緞華服。

諸葛嘉起身追上去，聲音失控，以至於聽來有些嘶啞：「提督大人，此等險地，萬萬不能久留！」

「下來之時，我就已抱了必死之心。」朱聿恆的腳步頓了一頓，聲音反倒沉下來了：「人固有一死，但至少，可以選擇死得有價值些。」

「可您肩負重任，還要為聖上分憂、為社稷謀福啊！」

「聖上會理解的。」朱聿恆說著，掄起手中銀線暗花的錦衣，撲打向了離他最近的一簇火苗。

望著他毅然決然的身影，諸葛嘉只能令下屬立即帶著傷患出去求援，然後他也學朱聿恆的樣子，脫掉外衣，撲打地上的火苗。

下面的火在燃燒，周圍的箭矢依然根根射下。

朱聿恆剛剛滅掉一簇火苗，火光中只見一點銳光閃現，一支箭正向他迅疾射去。

朱聿恆正彎腰拍火，根本無法調整身體來躲避箭矢，倉促間只能掄起衣服，要將它拍落。

可那疾勁的暗箭，怎麼會害怕區區一件衣服，眼看就要穿透錦緞，直插入他身上。

只聽得破空聲響，流光乍現，是正在關注他的阿南，抬手間以流光將那支箭勾纏住，倏地間將其撩開，反手一揮，射回了岩壁去。

朱聿恆轉頭看向她，而阿南朝他點了一下頭，說：「安心，這些箭交給我！」

她手中的流光快捷如風，將射向他和諸葛嘉周身的箭矢一一勾住甩出。

見此情形，就連一直縮在河道邊的楚元知，也脫下了自己的外衣，開始幫他們撲打火苗。

畢竟六十年的機括，射不多久，箭矢數量開始零落，勢頭也早已大減。但煤洞如此巨大，她能護住的僅是他們身邊一部分，更遠的地方，即使已經燃起半人高的火焰，也無力顧及了。

而葛稚雅看了看上頭還在零星下落的箭矢，又看看那些頑固的火焰，站在河道邊冷笑道：「白費工夫。煤炭燃的火，可比普通的火熱多了，你們這點小打小鬧成什麼氣候？」

聽她這麼說，阿南收了手，回頭盯了她一眼。

朱聿恆知道她不是好脾氣的人，以為她會和冷嘲熱諷的葛稚雅動手，誰知他剛停手，便聽阿南說道：「妳說得對，這樣做不成。」

說完，她幾步跨過來，抓過朱聿恆手中已經破掉的衣服，一把扔掉：「衣服燒完了，人也累死了，不能用這麼笨的辦法。」

幾人上到乾枯河道中，眼看一停手後，撲滅的火又漸漸燃起來，頓覺疲憊不堪。

楚元知直接脫力地跌坐在地上，也不管燙熱了，問：「南姑娘，接下來可怎麼辦？」

「就算現在勉強能控制火勢，可薊承明說子時此陣發動，到時候這地下，必定還有其他變化。」阿南咬住下唇，轉頭對諸葛嘉說：「你把那張地圖，再拿出來給我瞧瞧。」

諸葛嘉把地圖展開給她看。她的手指順著眾人所處的圓形凹洞一直向前而去，在那個漩渦的標記上重重點了點，說道：「這個漩渦，不知道是什麼意思，但肯定是午夜之時就要發動的，那個最核心的機關。」

這一點，眾人都是深以為然，畢竟，最終的路途通向那邊，那裡必定是整個陣法的關鍵。

「我懷疑，這個漩渦，代表的是水。」阿南的手指定在那個漩渦之上，思忖道：「這裡盡是乾枯的地下河道，那麼原來的水去了哪裡呢？或許那漩渦的標誌，就是指水改道去了那邊。」

「嗤，妳這推斷未免太過荒唐了。」葛稚雅抱臂看著他們這群一身煤灰的人，嘲譏道：「人人皆知水火不相容，關先生布下的是火陣，他為何要在機關的盡頭給妳留一片水，來破自己的陣？而且妳說這是漩渦就是嗎？在我看來，說不定是雷紋呢。」

「無論是與不是，我們都得過去。」阿南一指上方，說道：「我不信這就是關先生設下的殺陣。地下煤炭起火雖然可怕，但燃燒到地面並非一時一日，地面只會逐漸成為焦土。我認為，我們應該要破的死陣，指的絕不是這裡。」

朱聿恆望著面前的地下煤洞，看見在黑色的凹地上，亮起的一片片紅斑，就如一匹黑緞，被火星灼出星星點點的破洞。

等到這些小小的破洞連在一起，灼燒成大洞，一切就再也回天無力了。

「憑我們的力量，已經無法控制火勢了，煤炭已開始復燃。」在這悶熱的地下，朱聿恆的聲音卻越發冷靜與果斷：「既然此處已無力拯救，我們唯一的機會，就是去核心機關那裡賭一把。」

阿南見他毫不猶豫選擇相信自己，心下愉快，朝他點了一下頭，將地圖捲起來，握在了手中。

朱聿恆見她不將地圖交還諸葛嘉，馬上便知道了她的用意。他轉頭對諸葛嘉道：「諸葛提督，你留守此處，等援兵進來，立即組織人手滅火，千萬不得有失。」

諸葛嘉見他們要繼續往陣法腹心而去，頓時大急，衝口而出：「提督大人，屬下誓死追隨您左右！」

「你是朝廷官員，一切應以大局為重。」朱聿恆拍拍諸葛嘉的肩，說道：「等援手到來，你須得好好調度，盡快撲滅煤火。此事你責無旁貸，若有閃失，地下火焚燒順天城，後果不堪設想！」

諸葛嘉看著周圍騰起的熊熊火焰，終於咬牙低頭道：「是，屬下……遵命！」

穿過燃燒的煤層凹洞，他們跟著地圖的指引，選定了道路，迅速趕往前方。

進入地下已經多時，這一路黑暗之中曲折環繞，也不知道自己進入了多深的地底。

這裡已不再是空曠河道，空氣流通不暢。遠離了起火的煤炭之後，他們繼續在黑色的礦層中疾行，只覺得悶熱壓抑。

「地下或有毒氣，而且煤層之中見明火極易爆炸。」楚元知從隨身包袱中掏出幾條蒙面巾，一一分發給眾人，示意大家繫上。「拙荊縫製的，裡面有我調配的防毒炭末。」

眾人一一接了，最後一個發到葛稚雅時，楚元知停了停，終究還是將手伸入了包中。

卻聽葛稚雅冷哼一聲，從懷中掏出一個厚實的蒙面布罩，套在了口鼻之外，說：「我葛家防火防毒的面罩，比你這種大路貨可強多了。」

楚元知扭過頭，不再理她。

阿南示意眾人滅掉火把，免得下面存了瘴癘之氣，被明火引燃。

葛稚雅踩滅了火把，問：「我們待會兒就在黑暗中摸索前進？」

「我帶了夜明珠（註9），勉強照著行走吧。」阿南說著，從懷中掏出一塊雞蛋大的石頭。那石頭在黑暗中發著熒熒綠光，只能照亮身邊三尺地方。

朱聿恆看著，說：「我有顆更亮的，下次拿給妳吧。」

「好呀，我在海上尋了這麼久，最好的也就這樣，看來我以後要靠你了。」阿南朝他一笑，耳邊卻忽然想起葛稚雅那句嘲諷的話——

「靠男人吧，他挺喜歡妳的。」

碧光幽微，她看不清身旁朱聿恆的面容和神情，只分辨出他俊逸的輪廓剪

註9　夜明珠：這裡指螢石。部分螢石具磷光效應，能自體發光。

影，和一雙凝視著她的雙眸，黑暗亦難掩裡面的清湛光彩。

心口微跳，一種自己也不明白的緊張，讓她趕緊回過了頭，舉著夜明珠走在最前頭，照亮周圍的狹窄洞壁。

楚元知身體最弱，漸漸落在了後面，有時候不得不小跑幾步才能跟上他們。他不敢跟朱聿恆商量，只能小聲叫著：「南……南姑娘，我們要不……坐下來休息一下？」

阿南聽著他急促的喘息，略遲疑了一下，見前方不遠處有一塊略微寬闊的空地，便示意眾人走到那邊後，停下了腳步，鬆懈下來靠在了土壁之上。

楚元知如釋重負，順著洞壁滑坐在地上，喘了幾口氣。

「廢物。」葛稚雅冷笑一聲，看著他道：「一個大男人，這就撐不住了。」

「那是因為妳剛剛袖手旁觀，沒有和我們一起救火。」阿南自然站在楚元知這邊。

葛稚雅冷冷道：「我可不像你們，白白做無用功，浪費時間又浪費體力。」

「妳怎麼知道是無用功？我們當時將大半火苗都已撲滅了，等援兵趕到時，至少不必再面對回天無力的場面。」

葛稚雅翻了個白眼，沒再說話。

楚元知打開自己的包袱，將裡面幾個乾餅子拿出來，掰開來分發給阿南和朱聿恆。

在地下折騰這麼久，阿南確實餓了，拿過來在手中看了看，笑問：「這該不會是你夫人在杭州做好，你一路帶過來的吧？」

「不不，我昨天在路邊買的，又乾又硬，扛餓。」楚元知對阿南露出一個苦笑。「但是我背不動水，就這樣吃吧。」

幾人身上都是煤灰，掰開的餅子上自然也都留著手印。但到了此刻，就連朱聿恆都沒嫌棄，拉下面罩，把餅子上面的黑灰刮了刮，也就吃了。

只是地下悶熱，餅子乾硬，吃起來確實艱難。阿南一邊嚼著，一邊換了隻腳支撐自己的身子，把另一隻腳抬起來撐在牆壁上，緩解疲乏。

就在腳蹬上洞壁的時候，她感覺到有點不對勁，便轉過身，將手中夜明珠用力摩擦了幾下，以求更亮一些，再照向後方土壁。

在珠光照耀下，後方壁上閃爍著一片金光，夾雜在黑沉沉的煤炭層之間，煞是迷人。

葛稚雅沒有餅吃，正站著發呆，此時看見金光閃爍，便問：「那是什麼？煤炭中夾生金子？」

「是黃鐵，很多不識貨的人確實會認成金子。」阿南道。

葛稚雅「哼」了一聲，別開了臉。

朱聿恆見阿南一直盯著牆壁看，便走到她身旁，問：「怎麼？」

「笛子……」阿南將珠子靠近牆壁，說道。

朱聿恆順著她的目光看起，果然看見在黑色的煤層之中，夾雜著一長條的黃鐵礦，形狀與竹笛一般無二。

而最令人詫異的是，笛身上還有七個均勻分布的孔洞，用金絲纏繞的紮線。

阿南抬手摸了摸，說：「笛身是天然形成的，但這七個孔洞和紮線是後來刻的。」

朱聿恆則看向了旁邊的一行字，低念了出來：「春風不度玉門關。」

這是王之渙《涼州詞》中的一句，上一句是，羌笛何須怨楊柳。

「這笛子看起來……有點熟悉啊。」阿南說著，與朱聿恆對望一眼，都不約而同地想起了，從楚元知家的天井中取出的那柄金色竹笛。

那孔洞的分布、繞笛身的金絲，幾乎都一般無二。

兩人都不由自主地回頭，看向了葛稚雅。

葛稚雅瞥著那牆壁上金色的笛子，卻沒什麼反應。阿南忍不住問：「葛稚雅，妳還記得當初嫁妝中的那支笛子嗎？」

葛稚雅嗤之以鼻，說：「嫁妝？我當時等於是被家裡趕出去的，嫁的卓壽也不過是個邊軍小頭頭，能有什麼值錢的嫁妝？」

她說著，又看了牆壁上的笛子一眼，皺眉道：「這麼說的話……當時我的嫁妝中似乎是有一支笛子。但那笛子不過是三、四十年前的舊物，因為我娘會吹笛子，還教過我，所以族裡開倉庫讓我選嫁妝時，我也不屑拿什麼貴重東西，順手就拿了幾樣不值錢的過來湊數。後來它應該和其他嫁妝一起，在徐州驛站被燒掉了吧？」

楚元知埋頭吃餅，一聲不吭。

阿南則若有所思：「當時三、四十年的笛子……到了現在，那就是五、六十年了。」

「與這機關的時間，差不多。」朱聿恆說著，又示意她將珠子往旁邊移了移。可惜土層風化，這一處盡是新塌的斷口，看不出原來是否有什麼東西。於是阿南再將夜明珠移向右邊，他們終於看到了另一個圖案。

朱聿恆臉色微變，碧綠的珠光在他的睫毛上略微一顫，讓他眼中滿是陰翳。

阿南看著那上面的圖案，也是錯愕不已。

那上面的煤層，被刮去了一部分，修成了幾座黑色山巒形狀。而那山峰之中，黃鐵礦正生成金色怒濤，衝擊著黑色的山峰。

旁邊也有一句詩，刻的是「咆哮萬里觸龍門」。

這是李白《公無渡河》中的一句，上一句是，黃河西來決崑崙。

而那被修出來的黑色山巒，朱聿恆與阿南，都無比熟悉——

那正是開封暴雨之中，河堤坍塌的一段。

阿南頓了一頓，立即快走一步，向著更右邊走去。

在黃河的旁邊，是黃鐵礦中的巍峨城池。金色的黃鐵被人用利器鬪出如火般的形狀，將整座城包圍在其中。

「這是……順天？」阿南看著那城池，聲音略有乾澀。

朱聿恆搖了搖頭，說：「不，這座城池沒有北垣，西北也未缺角。這是大都，元大都。」

在這焚城的圖像之旁，也有一句詩，寫的是杜甫的「風吹巨焰作」。

阿南立即高舉手中的夜明珠，尋找四壁其他的圖像。

可惜，不知是由於六十年來四壁風化，還是因為一開始就沒刻上，只有這三幅圖。

「至少這裡，原來肯定有一幅。」阿南指著黃河與竹笛中間，煤層新剝離的地方，恨恨道：「如果順天這個陣與黃河那次都與這個關先生有關，那麼，下一次還會有一場我們所不知道的災難；而下下次，就是這個笛子代表的那一場！」

第十七章　混沌荒火

朱聿恆的手，不由自主地抬起，輕覆住自己咽喉的下方。

在那裡，有一條猙獰血線，正縱劈過他的身軀，讓他的人生，即將走到盡頭。

順天、黃河……玉門關。

若按魏延齡所說，他每隔兩個月發病一次的話，那麼下一條血線的出現已經迫在眉睫。可如今那條線索，已經殘缺了。

「阿……言？」阿南看著他臉上的神情，帶著隱約的擔憂。「你沒事吧？」

朱聿恆勉強鎮定下來，別開了頭，低聲說：「沒事，我只是擔心，以後還會有更多的災難，湧現在神州大地之上。」

「出現就出現，那又怎麼樣。」阿南將兩邊牆壁和頭頂都照了一遍，確定再也沒有其他圖案後，朗聲道：「刀對刀，槍對槍，兵來將擋，水來土掩，世上哪有解決不了的事？」

她的聲音清朗堅定，讓此刻一時迷失恍惚的朱聿恆，似是回了神：「妳真的，能解決？」

「上次我在黃河邊未能破解那個陣法，以至於釀成大錯。接下來就看對方還設了什麼花招，我非要各個擊破不可！」她斬釘截鐵道：「就算我一人能力有限，不是還有你嘛，再加上楚先生他們，我不信那關先生是大羅神仙！」

說到這，她低頭看了看他的手，語調又轉為輕快，道：「所以阿言，你一定得好好練自己的手啊，以後我做不到的事情，都要靠你了。」

朱聿恆看向前方未知的黑沉通道，又回頭看向後方，也不知道那些遍燃的火苗是否已被撲滅。

他心下想，以後，他是否還有以後呢？還有多久的以後呢？

而她拉上面罩，手捧明珠，為他照亮前路：「走吧，時間緊迫，不能再耽擱了。」

一路在黑沉沉的煤層之間穿行。道路有時開闊如高軒，有時狹窄得只夠手腳並用爬過去。若沒有地圖指引，他們怕是在這些地下空洞中繞個十天半月，都未必能走得出來。

離那個漩渦越來越近，但預想中的水聲卻並未出現。

預想落空，阿南的心下越發不安。

通道盡頭，面前的黑暗一片死寂，空間卻很大。阿南手中夜明珠的光被無邊無際的黑暗吞噬，只能模糊照亮她自己的身影，周身所處的環境，卻全都看不清楚。

這漩渦所在的地方，似乎只是一片廣袤無垠的空間。面前的黑暗一片死寂，空間卻很大。

「看來，要和諸葛嘉一樣，投石問路了？」阿南口中開著玩笑，臉上的神情卻絲毫不敢鬆懈。

楚元知有點遲疑問：「這……貿然試探，會不會像前邊一樣，讓機關提前啟動？」

阿南便轉頭問朱聿恆：「現在大概是什麼時候了？」

朱聿恆略略算了算，面色嚴峻：「亥末了。」

「亥末，那不是馬上要到子時了嗎？」阿南看著面前似乎沒有邊際的黑色，又問：「你之前說，死陣會在今晚子時發動？」

「是薊承明留下的推論，但這畢竟是一甲子之前設下的陣法了，不知道是否精準。」

話音未落，彷彿要驗證他的話，黑暗中忽然傳來悠長的風聲，隨即，「喀——吱——」的聲響在他們耳邊響起。

四人都聽出來，這是機關啟動的聲音。

子時，已經到了。

周圍情形未明，他們立即聚攏，警惕地觀察四周，以應對那可能突如其來的暗襲。

一片漆黑之中，一點明亮的火光忽然升騰而起，照亮了這片黑暗。

是一根大碗公粗、一丈長的青銅火炬，自地下冉冉升起，它上面顯然是安裝了火石，越過地面時火星撞擊，上端頓時燃起火焰。

火炬光芒之下，他們終於看清了自己身處的環境。

這是一個巨大的岩石空洞，煤層至此已經所剩無幾，只在頭頂還有一部分，如一條條黑色的帶子飄在穹頂之上。

石洞如同一個巨大的蛋殼，將他們包裹在其中。幸好在空間的邊緣，有十二根巨柱撐起這個空間，四周又有許多大大小小的孔隙與通道，送了風進來，破除了被整個渾圓包圍的窒息感。

見這裡煤層稀少，又有火光燃起，想必外面空氣沒問題，眾人都拉下了面罩。

楚元知走到柱子旁邊，看了看柱子，有點心驚地對阿南道：「南姑娘，這些柱子是煤炭堆琢而成，裡面還混雜了硫磺硝石，遇火則必會爆炸燃燒。」

阿南環顧四周，說道：「看來，我們得防備中間的火炬，畢竟這裡的明火只有它。」

眾人看向中間的火炬，火光照亮了火炬上刻的花紋。那是飛鸞圖案，刻法線條十分俐落，寥寥幾筆便刻出了青鸞飛舞的形象。

順著火焰向下看去，火炬上的青鸞，尾羽曳向地面。那地面上的煤層，被人工打磨得平整如鏡，只在炬身周圍三尺內，刻出一些羽毛凹線，彷彿青鸞的尾羽拖曳在了地上，而烏黑平整的地面讓它彷彿站立在水面上，幾乎可以看出倒影。

「九玄門……」楚元知看著那鸞鳥花紋，喃喃道。

朱聿恆看向阿南，阿南知道他對這些並不瞭解，便低聲解釋：「九玄門，傳說是黃帝時崛起的上古門派，創立者是個女子，因傳授黃帝兵法戰陣而被尊為九天玄女。不過九玄門一脈綿延數千年到現在，早已式微，如今後人都難尋了。但這一脈的標誌確是青鸞，而且陣法宏大精妙，善於利用山川河流天地造化。看起來，這位設陣的關先生，應該是九玄門的傳人。」

阿南說著，繞著光滑的圓形鏡面邊緣走了幾步，觀察那根燃燒的火炬，試圖瞭解它的用意。

怕直接踏足地上會有機關啟動，因此阿南考慮片刻，抬手先射出流光，在炬身上輕觸一下。

叮的一聲輕響，毫無反應。

阿南收了流光，正皺眉思索，身後朱聿恆卻道：「妳再敲一下。」

阿南依言，叮叮噹噹朝著那火炬飛快敲了數十下，從上至下都敲了一遍，才收了手，說：「裡面藏著東西，好像是銅鐵類的東西。」

朱聿恆說道：「裡面應該是套著的空心銅管，一個疊一個，依次相套，一共有四層。」

「四層套管……」阿南向楚元知看了一眼，問：「楚先生，你知道這是幹什麼用的嗎？」

楚元知搖了搖頭，葛稚雅卻在後面突然出聲，指著斜上方道：「妳再敲擊那裡試試看。」

阿南看了她一眼，依言試著將流光射向上方高高的穹頂，卻發現它的精鋼線不夠長，無法觸到頂端。

阿南朝旁邊看了看，踩住旁邊的凹洞，躍上一個稍高的通道，站在通道頂端又射了一次。

這次距離頂端不過半尺，卻依然夠不著。

正在阿南皺眉之際，卻見朱聿恆也踩著凹洞翻了上來。

通道頂端狹窄，站兩個人相當勉強。阿南竭力給他騰出站腳的位置，貼著他站著，問：「你上來幹什麼？」

「我送妳上去。」他說著，抬手托住了她的腰身，將她舉起向上拋去。

就如那一夜在楚家的地窖中，他送她躍上高處一般。

阿南縱身而起，抬手向上方射出流光。

鐺的一聲，是金鐵相擊的聲音，清脆地在這圓洞內迴響，久久不散。隨即，上方落下了一撮混雜著金色的煤屑。

阿南大驚，落回朱聿恆懷中，因為站腳的地方狹窄，他抬手接住她後身體失去平衡，兩個人一起翻墜下來。

朱聿恆剛扶著她站定，旁邊已經傳來葛稚雅的聲音：「怎麼樣？是黃鐵礦吧？」

阿南點了點頭，皺眉道：「這一路走來，只有那一處煤層中，夾雜著黃鐵礦。」

葛稚雅抱臂道：「而且很巧，就在我記得的那一處。我認方向很準的，一路走來，我們其實是向下繞了一個大圈。」

那張地圖，在畫出了正確的通道之時，也在誤導看圖的人。圖上一直向前延伸的路，其實有著不易察覺的向下弧度。而葛稚雅因為沒有看那張地圖，所以憑著自己的感覺，察覺到了真實的地形。

「所以我們現在，是在那個起火的凹洞下方？」朱聿恆立即明白過來，他看向中間那熊熊燃燒的銅火炬，只覺不寒而慄。「所以，這火炬裝置的用意是……」

「子時快到了，火已經點著。它將焚燒這支撐空間的十二根巨柱，再引燃煤層，讓下面與上方空洞在焚燒中同時坍塌，到時候整座順天城將在瞬間塌陷火海！」饒是阿南這些年見過無數風浪，此時也忍不住聲音微顫，勉強才能控制住自己的驚駭。

「比我們預想的，順天城因為地火而化為焦土還要可怕一萬倍。地下焚燒變熱，還有足夠的時間逃離，頂多是廢棄掉這座城市。可坍塌於火海，只是一瞬間！」

他們看著面前這座正在燃燒的火炬，彷彿看到一頭在地下蟄伏六十年的巨獸，正徐徐開啟雙眼，準備張開血盆大口，將上面整座城市、連同可能正在倉促逃離的人群，一口吞沒。

「誰也逃不掉了……我們都逃不掉了……」楚元知舉拳敲擊著身旁的柱子，面露絕望道：「這青鳥的尾羽連著火線，通過地下，正在慢慢燃向這撐起穹頂的十二根柱子。頂多只要一、兩刻鐘，這十二根柱子爆炸起火，這個岩洞將徹底燃燒坍塌！」

雖然在下來的時候，已經做好了回不去的打算，但一想到自己即將葬身火海，屍骨無存，朱聿恆的臉色還是頓顯蒼白。

阿南亦是呼吸急促，然後立即道：「看來，我們唯一的辦法，只有推倒火炬，阻斷地下火線，保住這幾根柱子了！」

說罷，她也沒時間再去管那被打磨得如同平鏡般的地上有沒有機關了，一步踏上圓形地面，向著中間的火炬疾奔而去。

朱聿恆下意識便跟了上去，想要與她一同前去。

然而就在阿南踏上地面之際，那圓形的平滑地面陡然一震，那根看似牢牢站立在地面中的火炬，竟似折斷一般，轟然倒下了大半截。

那倒下的銅管，被青鳥的雙足撐住，橫懸在離地一尺半的地方，而在傾倒的一瞬間，那裡面套著的銅管因為慣性而從外管的中間衝了出來，帶著熊熊火焰，旋轉著直擊向正踏上光滑地面的阿南。

阿南翻身躍起，避開襲來的厚重銅管。就在她剛剛翻轉過去的剎那，銅管的盡頭又衝出另一層銅管，轟然燃燒的火焰直撲向她。

在煤層中跋涉這麼久，阿南身上的櫻草色衫子早已黑一塊灰一塊。饒是她反應極快，避過了第一根銅管，又在第二根衝出來之際倉皇一越而過，但羅衣翻飛之時，火焰驟然冒出，裙襬頓時被燒掉了一塊。

「小心！」朱聿恆話音未落，只聽「錚」的一聲，第四層銅管也已從第三層中滑出。

四截一丈長的銅管，第二節連在第一節的盡頭，第三節則連在第二節的盡頭，第四節又連在第三節的盡頭，首尾相連又彼此萬向旋轉，半懸在光滑如鏡的地面之上，燃著熾烈的火，彼此牽扯又各自擁有旋轉軌跡。

一時間整片被打磨成鏡面的地上，全都是行跡詭異的火影，阿南閃過第三根火管，第四根就以完全不可能的角度從後方旋轉了過來，從她唯一能落腳的地方掃過。

眼看那燃燒著火焰的沉重銅管向她旋轉擊來，阿南被逼無奈，不得不退了回來，脫離那些火焰與銅管的範圍。

「是混沌計法啊……」楚元知顫聲道：「二連混沌就已經無人能預料其軌跡了，如今我們面前的，是四連混沌！」

「混沌計法又怎麼樣？」阿南咬一咬牙，說道：「拚上一條命，我就不信衝不破這場混沌！」

朱聿恆看著面前那些燃燒翻滾的、似乎完全無序的銅管，只覺得面前一片全是火光，灼眼得厲害。他強自鎮定心神，問阿南：「什麼叫混沌計法？怎麼算？」

「沒法算。混沌計法，是陣法中最不講道理的攻擊方法。兩根可以隨意旋轉的棍子相連，那麼我們根本無法預計第二根的旋轉方向和行動軌跡。而再接上第三根，因為第二根已經無法計算，第三根角度變換的可能性又多了億萬倍，所以，發力點從何處而來，攻擊要往何處而去，全都是不可能預判的。」時間倉促，阿南一指那些不斷無序旋轉的火管，道：「而這是四連混沌，所以除非是神仙，否則沒人能算出這四根銅管的行動軌跡！」

楚元知急問：「或許我們……可以去搬幾塊大石頭來，卡住這些銅管？」

阿南看了看被打磨得如同鏡面的地板，又轉頭看向外面的通道，搖了搖頭。

楚元知奔出去，一看外面通道，頓時內心一片冰涼。

頭。

顯然設陣的人也早已料到此事，通道中空空蕩蕩，竟沒有半塊稍大些的石

朱聿恆抿脣看了看面前那片無序的火海，低聲說：「我來算。」

「你算不了，混沌是無解的。」阿南咬牙道。

「就算無解，反正都到最後一刻了，我們總得試一試。至少，我一定會在混沌火海中，幫妳找到落腳的那一點！」朱聿恆說著，向著後方的高處奔去，抬腳踩住凹洞，翻身便上了最高點。

看著他的背影，阿南深吸一口氣，抬手緊綰自己的髮髻，轉頭就向著中間的混沌火衝去。

火光照耀出她的身影，在四根無序旋轉攻擊的火焰銅管之下，她如同撲火的飛蛾，向著最中心的機關樞紐而去。

朱聿恆站在高處看著她，在刺目的火光之中，他緊緊盯著那個身影，就像在雷峰塔的蓮花火海中一般，在瘋狂湧動的火焰之中，爭取一個可以讓她堪堪避過攻擊的空隙。

「東南方，二尺三寸……」

話音未落，他的喉口忽然哽住，竟發不出任何聲音。

劇痛撕裂了他的身軀。那條從小腿直上咽喉的血線，在蟄伏了兩月之久後，忽然間劇痛起來。

如同一把刀正順著陰維脈，硬生生劈開他的半身。他眼前昏黑一片，捂住自己的喉頭，跌靠在了後方的土壁上，連呼吸都難以繼續。

他苦苦隱藏了這麼久的祕密，在這最重要的一刻，卻毫無預兆地爆發出來，再也無法隱藏。

朱聿恆竭力倚貼在壁上，不讓自己從高處墜落。

眼前一片昏黑，火焰的光芒在瞬間黯淡下來，只在他的眼前如一條條亂舞的金蛇，怪異地扭曲著。

可，阿南還陷在火海裡，等待著他的指引。

在火海之上，還有近百萬人的生命，繫在他的身上。

他指尖死死掐住身後的土壁，咬破舌尖，強迫自己恢復一點清醒神智。

面前模糊的光亮之中，阿南的身影也已經難以分辨。他在一片昏黑中，憑藉著對上一次她落腳點的記憶，尋找那些狂舞的光點之中，可以讓她稍避凶險的空隙。

「西……稍偏北，四尺一寸……」

他的聲音斷續破碎，那聲嘶力竭的嗓音，讓下方原本緊張關注阿南的楚元知心頭一驚，趕緊回頭看他。

見他面色慘白地貼在高處土壁之上，身軀顫抖，冷汗涔涔，楚元知「啊」了一聲，問：「大人，您……怎麼了？」

他沒有回答。在依稀模糊的昏黑視野之中，他看見那抹極淡的身影，沒有落在他指定的地點。

她反身躍了回來。

背後那無序旋轉的燃火銅管，忽然從斜後方劃了個詭異的弧線，向她的背後襲去。

阿南聽到耳後風聲，立即向前撲去，以求脫離攻擊範圍。

然而她的行動終究沒有那些呼嘯而來的銅管那麼快，只聽得嗤的一聲，她的綠羅裙已經被掃中，燃燒起來。

幸好阿南見機極快，在銅管掃來的那一刻，她的右手在地上一撐，雙腿已經旋過那重重一擊，卸掉了大部分力量。

饒是如此，她的左腿依然被掃到了，砰的一聲，重重摔在了地上。

楚元知這下不僅是雙手，連身體都顫抖起來了。他看看面色慘白痛苦不已的朱聿恆，又倉皇回頭看摔在地上的阿南，絕望地閉上了眼。

燃燒的機關已經深入地下，他們再也無法阻止已經步步逼近的死亡了。

而阿南迅速打滾，滅掉自己裙上火苗的一剎那，不顧小腿的劇痛，爬起來奔向朱聿恆。

一腳踩踏在牆壁孔洞之上，抓住上面突出的石頭借力，她翻身躍到他的身邊，一把抓住朱聿恆的手，急問：「怎麼回事？」

朱聿恆瞳孔渙散，她的面容在火光下化成模糊一片，金色橙色或者是血色的影跡，在他面前晃動，就像死亡來臨，冰冷又恍惚，眩目又迷離。

他再也無力撐住，整個身子倒在了她的懷中。

高處的空間太過狹小，為了不讓他掉下去，阿南伸出雙臂抱緊了他，倉促間回頭瞥了那在機關的驅動下，依舊狂亂畫出刺目弧線的混沌荒火一眼。

小腿上那灼熱的焦痛，已經變成椎心的刺痛。懷中抱著的朱聿恆，已經失去了神志。

難道，她真的要死在這裡，無能為力地化為焦灰，讓頭頂上的百萬性命，也因為她的無能而永墜火窟？

「阿言，你怎麼了？」阿南抱住朱聿恆，試探了一下他的鼻息，見他呼吸紊亂，立即掐住他的人中。

可懷中的朱聿恆卻毫無反應。

楚元知在下方掏出傷藥，丟給她：「南姑娘，妳的腳……」

阿南一把接住藥瓶，胡亂在自己的腳上塗抹了一下，抬頭見下方打磨得光滑無比的黑色煤層之上，混沌荒火呼嘯而過，但那些刺眼的火光已隱藏不住下面隱約的十二條紅線。

那是楚元知所說的火線，如同殷紅的血，正從青鸞的尾部，漸漸蔓延向那十二根柱子。

「阿言，你快點醒來，你得幫我進入混沌中心，把機括停下，阻斷那些火線……」

可朱聿恆毫無反應，只是呼吸灼熱急促。

他的外衣早已在撲火時脫掉，阿南見他呼吸不暢，便抓住他中衣的衣襟，將它扯開。

她的手觸碰到了他咽喉處的血線，正在他的皮下劇烈跳動，似要突破皮膚而出。

阿南愣了愣，然後將他的上衣一把扯開。

那條縱劈過他半身的血線，頓時呈現在她的眼前，在此時凌亂變幻的火光之下，顯得更為猙獰可怕。

「這難道是……山河社稷圖？」她抬起手，撫在那條血線之上，臉色驟然變得慘白，似是不敢相信，又似是同情憐惜，撫摸他胸膛的手微微顫抖。「誰弄的？是薊承明嗎？」

朱聿恆已經陷入昏迷，他當然無法回答。

下方忽然傳來凌亂腳步聲。阿南抱著朱聿恆，轉頭看去。

煤炭的引燃，比木炭要慢得多，但，他們無法停止混沌荒火去阻止它們，便只能眼睜睜地看著那紅色的線延燒而去。

就像被綁在床上的人，眼睜睜看著刀子一絲一絲挪動著刺入自己眼中一樣，比一觸即爆還要可怕千百倍的煎熬，死死扼住了他們的喉嚨，讓他們深陷恐懼。

下方的楚元知因為受不了這種壓抑，正跌跌撞撞地向著出口奔去。

葛稚雅依然是那種冷冷的口吻，但那聲音也已經變調了，顯得有些扭曲：「跑什麼跑？死在過道和死在這裡，有什麼區別！」

她的話，讓楚元知更加絕望，撲通一聲跪倒在地，泣不成聲問：「我……我死了不要緊，可璧兒怎麼辦……北淮怎麼辦？」

按照葛稚雅的個性，平時肯定會諷刺幾句，可此時此刻，聽到他失控的哭叫聲，她竟也沒再說話，只是面色鐵青地看著那些逐漸蔓延的火線，不知道在想什麼。

「怕什麼，我們還有希望！」阿南在上頭終於出了聲，蒸騰的火焰與一路疲憊讓她聲音乾澀嘶啞，但依舊沉穩堅定：「只要阿言快點醒來！」

她的目光從那些暗紅的火線上收回，轉回頭死死盯在朱聿恆身上那些赤紅的血線上。

但，也只是猶豫了一剎那。她抬起手，狠狠撕開了朱聿恆的衣襟，讓他的胸膛徹底袒露在自己的面前。

她的手按在他咽喉血線的末端，然後順著那條殷紅的線，一路向下，摸索著一寸一寸移了下去。

從咽喉，一直摸過胸口，再探到腰間，她卻一直沒摸到自己想要的那種觸感。

她只能扯開他的腰帶，想順著血線，繼續從他的腰間摸到小腿。

但一扯開腰帶，她便看見了橫貫過腰腹的那第二條血線。

「原來……這不是剛發作。」阿南只覺得心口一陣冰涼，一種絕望感襲上心頭。

阿言說，查不清三大殿起火案，他會死。

原來，是真的會死。

不是皇帝要他死，而是他身上的山河社稷圖，要讓他在剩下的時日裡備受折磨，眼睜睜看著自己一步步走向生命的終點。

這一刻他們面臨死亡的恐懼與絕望，阿言卻每天都在面對著、承受著。

這日復一日的沉默隱忍，她不知道他究竟是如何做到的。

「我不知道能不能有效，但……都到這分上了，咱們就當你中毒了，死馬當活馬醫吧！」她一咬牙，抓起他隨身的龍吟拔出，抵在了他的咽喉處。

定了定神，她抬起手，猛然劃了下去。

鮮血迅速湧出，朱聿恆的身體陡然一震。

但阿南毫不為所動，下手極穩地將那條血線又挑開了一些，用力去擠壓裡面深紅的瘀血。

可是瘀血黏稠，凍在皮下，她竟無法擠出。阿南把心一橫，俯下身去，將自己的脣湊在傷口處，用力將那些瘀血吸出來。

從咽喉到胸腹的血線被她吸出後，她吐完口中瘀血，喘息了幾口氣。

身邊朱聿恆的軀體猛然一震，她轉頭看他，他已經微微張開了眼睛，正用沒有焦距的眼睛盯著她。

「醒了啊……看來，是有效的。」她說著，深吸一口氣，舉起龍吟，用尖端再度挑開他腰上的血線。

朱聿恆在朦朧的視線中，感覺到腰間微痛，然後看見她俯下身，挑開自己腰間的血線，以口相就，將血一口口吸走。

他失神地望著她，又是茫然，又是驚懼，還帶著些許不明所以的震撼。

阿南沒有理他，逕自撩起他的衣服下襬，極為準確地順著那條蜿蜒血痕劃下來，然後再次將湧出的血吸走。

等到他身上瘀血已清，她才吐乾淨口中鮮血，抓起他的手，示意他一手按住自己胸前的傷口，一手按住腿上傷口。

「沒辦法，我只能這樣臨時先幫你緩一緩。」倉促以手背擦去脣邊鮮血，她俯頭盯著朱聿恆，問：「看得見我嗎？」

朱聿恆只覺得太陽穴一陣陣針刺般的疼痛，胸口和腿上的傷處正在劇烈抽痛。但他確實聽到了阿南的話，看到了阿南的臉。

他艱難地蠕動雙脣，竭力開口：「阿南……」

聽他聲音還算清晰，阿南略微鬆了一口氣，朝下面喊：「楚先生，金瘡藥！」

楚元知畢竟是有家室的人，那包袱看似不大，東西準備得十分停當，當下就拋了傷藥上來。

時間緊迫，阿南飛快沿著朱聿恆的傷處，撒了一遍，然後將他衣服下襬撕了，在胸口和腿上緊緊包紮好。

她抬手指著面前的混沌荒火，問：「看得清嗎？」

朱聿恆靠在她的懷中，頓了片刻，等待眼前的陰翳過去，才點了一下頭：「可以。」

「沒時間了。無論如何，為了順天的百萬人，阿言你必須撐住，知道嗎？」

阿南站起身，不管左腿上的劇痛，抓起他的龍吟一躍而下。

下方，楚元知看看高處的朱聿恆，又緊緊盯著她，目光驚懼中又帶著些絕望的企盼。

就連葛稚雅也站直了身子，似在等待她的指令。

「阿言已經沒事了。我們這次，一定要衝破混沌陣，將機關樞紐停下來，這樣才能打破地面，將火線阻斷。」阿南看著面前兩人，以不容置疑的口吻說道：「事到如今，逃也是死，躲也是死，我們唯一能活下來的機會，只有幹掉這機關！」

楚元知眼圈通紅，看向那詭異莫名的混沌荒火，顫聲道：「可是……可是這四重混沌火，這世上，從沒人能破解……」

「就算從來沒有，我們也得做開天闢地的第一個！」阿南目光銳利地盯著他，反問：「你這一輩子，活在徐州那場大火的陰影下，成了現在的模樣，難道不想拚一把，當一回拯救百萬人的大英雄？」

楚元知張了張嘴，終究什麼也沒說出來，只重重點了一下頭。

「葛稚雅，我知道妳與我們不是一路人，但——」阿南又看向葛稚雅，聲音乾脆俐落：「今日大家待在同一條船上，要是船底漏了水，黃泉路上誰也逃不了。幫我就是幫妳自己，妳說呢？」

葛稚雅瞧著她，說話依然僵硬，但目光卻不再那麼冷了：「說吧，要我做什麼？」

都是聰明人，不需廢話。阿南滿意地指著周圍的一圈柱子，說道：「柱子是削煤而堆成，中間摻雜了易燃物，火線一燒過去，十二根柱子必定會同時爆燃。你們對於火藥都是大行家，能處理嗎？」

楚元知立即道：「能！」

葛稚雅瞧了瞧柱子，又看了看地面，說：「行，我負責右邊六根柱子。但是南姑娘，妳可不能成拖累。就算我們把火線截斷了，但這層地面是煤炭打磨而成，也會慢慢被引燃。到時候停不下機關處理不掉地面，這裡全部化為火海、順天整城湮沒，都要算在妳的頭上！」

「放心，要是我們死在這裡，下輩子我給你們當牛做馬！」阿南深吸一口氣，義無反顧便朝著混沌荒火躍了進去。

楚元知緊張地看著她的身影，卻聽到身旁的葛稚雅喃喃道：「當牛做馬就不必了，下輩子……我倒是挺想當一個妳這樣的女人。」

楚元知愕然看著她，不知道她是什麼意思。

她卻已經轉過身，大步走向了右邊的柱子。

混沌荒火依舊呼嘯著，瘋狂無序地亂擺。

在黑色的鏡面上，上下相映的火光在阿南面前一剪而過。那狂暴的力量，彷彿能將世間任何事物捲纏入自己的攻襲範圍內。

如亂雲，如激流，如迷霧，如漩渦。

關先生早已在地圖上標明了，這是漩渦。世上最可怕的漩渦，任何接近的人，都將被捲入其中，撕得粉碎。

阿南腳步不停，撲入了這火焰漩渦之中。

「正東，二尺八寸。」

朱聿恆的聲音雖然喑啞，卻十分穩定。無人看到，他的指甲深深嵌入胸口，強行對抗那亂扎太陽穴的刺痛。

他要讓自己更冷靜一點，要看得更清楚一點，要算得更準確一點。

要讓阿南的落腳點，更安全一點。

「西稍偏南，三尺整，彎腰。」

阿南的身影，撲向他所說方位的同時，彎下了腰。

呼嘯而過的銅管，帶著灼熱的火氣，恰好從她的頭頂上轉了過去。

「北偏東，一尺六寸。」

阿南翻身落地，在一縱即逝的空隙之中，堪堪落腳，然後聽到朱聿恆的另一聲指引，又一個起落，欺入了陣法內圍。

楚元知那雙滿是死氣的眼中，終於燃起希望。他一邊加快了手下處理火線的動作，一邊死死盯著阿南，就像是溺水的人盯住岸上人拋來的浮木，不敢有一瞬分神。

然而，因為銅管的擺動距離，在最周邊，能攻擊到阿南的只有最外面連接的那第四根銅管，而越接近內部，能襲擊到她的銅管也就更多。等到了最中心，她便到了被四根火管籠罩住的範圍。

本來就艱難的計算，此時陡然以千萬倍增，朱聿恆只覺得扎在太陽穴的那些鋼針刺痛，已經變成了一把錐子，深深扎入他的腦中，讓他頭顱劇痛的同時，也變成了混沌一片。

混沌，不可計算，無法預測。

一生二，二生三，三生萬物。每一根銅管的旋轉、每一簇火苗的跳動、甚至是阿南裙角的細微翻飛，那些最細微的力量與氣流，會順著第一根、第二根、第三根銅管的放大，從而在第四根燃燒的銅管上變成巨大的逆轉擺幅，重擊回她的身上。

太陽穴的疼痛越來越劇烈，身體的抽痛卻清晰無比，阻礙了他呼吸，也讓他無法再清醒地計算那海量龐大的數字。

他的聲音開始遲疑緩慢，每一次都只能讓阿南堪堪從攻擊邊角避過，而中間已經再也進不去。

葛稚雅身手俐落，此時將第六根火線截斷，然後站在混沌荒火邊緣，盯著阿南。

她幾次接近最內圍，卻又幾次被迫退出，讓葛稚雅臉色鐵青，一腳踏進了那鏡面上，又在火焰襲擊過來時，猛然縮回。

楚元知也正從左邊第六根柱子下直起身，急切關注著阿南的情況。見葛稚雅半隻腳踏進陣法中，立即問：「你想幹什麼？」

「他能精準計算的，只有三層。」葛稚雅看著阿南翻飛險避的身影，聲音在此時火焰之前，卻顯得格外冷靜：「所以她只能進入三層混沌，而第四層中心，神仙也算不出、攻不破的。」

楚元知自然也看出來了。但他們都無能為力。畢竟，沒有人的計算能超越朱聿恆，也沒有人的身手能比阿南俐落。

他們只能看著地下綿延的火線，向著那些柱子越燃越近，紅得怵目驚心，卻無法阻止，無能為力。

「大概……」楚元知喃喃道：「我們真的要死在這裡了。」

「不然呢？難道你還期望自己這樣的升斗小民，真的能變成救世英雄？」到了這地步，葛稚雅依舊尖酸刻薄，對他嗤之以鼻。

楚元知已經不再介意這些了，他恍惚道：「死有輕於鴻毛，亦有重於泰山，我……至少盡力了。」

葛稚雅盯著機關的最中心，冷冷道：「哼，你死在這裡，就是輕於鴻毛。」

楚元知反問：「妳難道不會死？」

「我本來就是將死的人。焚燒三大殿，又殺了那麼多人，就算我把薊承明的陰謀告知朝廷，可現在也沒法立功挽回，皇帝老兒會放過我？」葛稚雅反問。

楚元知想了想當今聖上的酷烈手段，搖了搖頭，心想，說不定妳死在這裡還算是好事，不然，凌遲腰斬剝皮都難說。

「但，我還是想搏一搏。」葛稚雅低低說著，回頭看向上方的朱聿恆。

她看著他越發慘白的面容、青灰的雙唇、布滿血絲的雙眼，明白他已經到了瀕臨崩潰的邊緣，無法再支撐下去了。何況再進一步，突破那以恆河沙數計的第四層混沌，幾乎是絕不可能的事情。

「我要讓我娘入土為安，要讓那些厭棄我的族人虧欠我的大恩，世世代代祭拜我，要把我的名字，留在那本《抱朴玄方》上！即使我註定要死，但……只要我把他保住，這些我做不到的事情，就都能實現！」

楚元知不理解她說的是什麼，只順著她的目光，看向朱聿恆，喃喃問：

「他……能算出來嗎？」

「不可能。人力總有窮盡之時，他畢竟也是人，破不了最後一層混沌。」葛稚雅說著，轉頭朝著楚元知扯起一個她慣常的冷笑，然後一步邁入了混沌陣中——

「但我，能把四層混沌降到三層，讓他足以算出來！」

前方的銅管，正以迅疾的速度襲來。葛稚雅卻並不閃避，反而撲了上去，將它緊緊抱住。

她常年穿著防火的衣服，此時抱住燃燒的銅管，只將臉偏了一偏，任由上次在雷峰塔被灼燒過半的頭髮，此時再度捲曲成灰。

她彷彿毫無察覺，仗著自己身穿火浣衣，竭力爬到第四節銅管與第三節銅管相接的地方。

機括極為強勁，但畢竟銅管上多了一個人，旋轉攻擊的速度略微放慢了。葛稚雅趴在上面，從懷中掏出一個瓶子，咬掉軟木瓶塞，將裡面的東西一股腦全部倒在手套上，死死按在了相接的萬向鈕上。

為了讓旋轉靈活自如，那銅鈕並不粗大，只以手指粗的精鋼相扣。而葛稚雅死死按在上面，手中冒出熾烈的白色火光與濃煙。

楚元知驚駭得大叫：「葛稚雅，妳瘋了！」

他的聲音甚至蓋過了朱聿恆指點阿南閃避的聲音，阿南憑著下意識的判斷，險險避過那攻擊而來的銅管，自然也看見了銅管相接處的葛稚雅，還有她手上的熾火濃煙。

「即燃蠟！」阿南脫口而出，而葛稚雅從她身旁轉過去的剎那，忽然摘下了自己的面罩和一只火浣布手套，丟給了她：「戴上！」

阿南下意識地接住，看著她被身下的機括帶動，飛速遠離了自己。

「西偏南三分，二尺二寸！」

她的身體本能地躍起，落在朱聿恆指點的地方，倉促戴上面罩，回頭再看葛稚雅。

即燃蠟的煙火已經燃完，而葛稚雅卻彷彿絲毫不懼這些毒煙毒火。她伏在銅管上，抬起火浣布手套，看著上面殘留的白灰，然後毫不猶豫地將它們全部按在精鋼的連結鈕上，抬起了自己的手。

她入陣之前，早已抓了一塊尖銳的煤塊，此時她狠狠地將尖端朝著自己的手腕劈了下去。

十四歲時的那個猙獰舊傷，再次被劃開，鮮血噴湧而出，灑在即燃蠟的灰燼上，頓時沸騰起來，甚至還可以聽到嗤嗤的聲響。

無論多麼精煉的鋼鐵，都難以對抗這麼劇烈的腐蝕。

銅管的火已經灼燒了她的全身，火浣布也無法抵擋這麼長久時間的火焰。但她卻狀若瘋狂，彷彿感受不到自己皮膚正被火燒得焦黑。她舉起手中的煤塊，用盡最後的力量，狠狠向下砸去，一次，兩次，三次……

鋼鈕終於出現了一個凹口，在她的擊打下，扭曲變形。

她最後一次重重砸下去，煤塊碎在她的手中，崩裂四散。

後方的銅管，飛旋擊來，重重砸在她瘦小的身軀之上。她口中鮮血噴出，撲倒在第四節鋼管上。沒有戴手套的手抓住管沿，被火燒得皮肉焦爛，卻死都不鬆手。

直到下一次失控旋轉，銅管猛然震動，她的手狠命向上一提，連接處的鋼鈕，終於跳了一下，那個她豁命砸出來的凹口，斷裂了。

機括還在繼續，第四節銅管帶著她，急速橫飛出去，重重砸在了牆壁之上。

就連身處混沌中心的阿南，都清楚聽到了她骨骼碎裂的聲音。但這個狠倔的女人，在阿南看向她的時候，只用最後的力量朝著她張了張嘴，想說什麼，卻已經沒有力量發出聲音，那血沫子從口中湧出，便氣絕身亡了。

但，阿南已經看到了，葛稚雅說的是，找回我娘！

她眼眶一熱，但隨即便咬牙回過頭去，在朱聿恆嘶啞微顫的聲音中，在尚存的三根火管之中縱橫起落，漸漸接近了最中心。

到了如今，她實在已是強弩之末。腳上的劇痛，身體的疲累，胸口被火焰的灼燒，全都可以壓垮她。

但，憑著最後一口氣，她終於站到了混沌的最中心。

驅動擺臂的機括，就在青鸞的尾羽之下。

阿南將葛稚雅的手套戴在右手上，盯著那混亂旋轉的機括，竭力讓自己冷靜下來。

但她緊盯著的機括，就在這稍縱即逝的一瞬，出現了左旋右轉之間唯一的空隙。

「西北偏西，二尺五！」她聽到朱聿恆的提醒，知道後方已經有銅管襲來了。

她沒有聽從朱聿恆的話，只抓住龍吟的劍柄，毫不猶豫地朝裡面刺了進去。

熊熊烈火之中，精鋼的名劍分毫不差地卡進空隙之中。

刺耳的「軋軋」聲尖銳響起，劍身被機括絞了進去，扭曲成了一坨廢鐵，但也死死卡住了這個機括。

正從她身後襲來的第三節銅管，在飛擊途中陡然被停止的機括拉扯，旋轉著改變了方向，從她的耳畔飛速越過，勁急的火風在她的臉頰上刮出一道紅腫，呼嘯遠去。

阿南起身，在朱聿恆的指點中疾退而出。

中心機括被卡死，混沌荒火失去了驅動力，速度終於慢了下來，直至停止。

就在阿南脫離危機，終於從混沌陣中撤出的一刻，朱聿恆那一口勉強懸著的氣，終於鬆懈了下來。

阿南沒事了，所以，後面的事情都可以交託給她了。

他靠在壁上，任由眼前的昏黑將自己淹沒。

他不知道自己昏昏沉沉睡了多久。

在黑甜夢鄉之中飄浮著，朦朦朧朧之間，他聽到一個人在低低唱著一支小曲兒——

「我事事村，他般般醜。醜則醜，村則村，意相投……」

唱歌的女子嗓音低啞，這首戲謔的歌被她唱得斷斷續續的。她模糊地哼唱兩句，停頓一下，又哼唱兩句，漫不經心。

明明全身都疼痛無比，縱劃過胸口與左腿的那條陰維脈傷口一直在抽痛，昏沉的頭顱還像是有針尖偶爾在扎入。但朱聿恆還是覺得周身暖融溫柔，無比平和。

「阿南……」他還沒睜開眼，先喃喃地念了一聲。

那不成調的歌聲停下了，她湊過來，嗓音低啞，尾音卻是上揚的：「阿言，你醒啦？」

朱聿恆睜開眼，在松明子跳動的光芒下，他發現自己還躺在黑洞洞的煤炭之中，面前是阿南被火光照亮的容顏，染著橘黃色的暈光。

見他一直盯著自己看，阿南便抬手摸了摸臉，說：「哎呀，我的臉破了，是不是很醜。」

他竭力彎了彎唇角，說：「不會，挺好看的。」

「騙人，我覺得你現在滿臉煤灰，可醜了。」阿南說著，忽然想起自己剛剛唱的那一句「我事事村，他般般醜」。

醜則醜，村則村，意相投。

她只覺得心口一種莫名的情緒湧過，甚至讓這麼厚臉皮的她都有些羞怯。

她偏過頭，攏了攏頭髮消除尷尬，抬手從旁邊取過一個水壺，打開湊到他唇邊，說：「喝點水吧，不過只能一點點，不能多喝。」

他「嗯」了一聲，但全身的疼痛讓他動一動也難。

她便將他的頭抱起，擱在自己的膝上，然後傾斜水壺，餵他慢慢喝了兩口，沾溼他乾裂的雙唇。

兩人都十分疲憊。她倚坐在土壁上，他躺在她的膝頭，安安靜靜靠了片刻，都沒說話。

但也不必再問了，朱聿恆知道他們都沒事了，順天城也沒事了。

所以他只與她閒聊：「哪來的水？」

「諸葛嘉這個事後諸葛亮送來的。我們這邊都搞定了，他終於滅了前邊的火，帶人趕到了。不過前面最狹窄的通道那裡，縛輦出不去，所以他讓人去挖寬一點，再把你抬出去。」

聽她這麼說，朱聿恆才轉頭看了看旁邊，果然看見不遠處的通道內，站著幾個士兵，遠遠關注著這邊。

他又問：「後來地下那些火，你們怎麼解決的？」

「別提了，你是暈過去了，楚元知和我可累死了。我們用銅管把地面砸開，把下面已經燃燒的煤塊鏟出來，徹底隔絕火種，總算把火給滅了。幸好楚元知最懂怎麼控火。」阿南說著，癱在土壁上一臉疲憊。「出去後我要睡個七天七夜！」

朱聿恆微微笑了出來。他躺在她的膝上，從下面仰視她。她的臉髒兮兮的，頭髮也亂糟糟的，歪著頭靠在牆壁上的姿態也實在不太好看。

但他就是不自覺地看了她許久。睏了，他闔上眼，但大腦還是清醒的，聽著她鼻息輕微，枕著她雙膝柔軟，久久無法入眠。

他睜開眼再看，發現她已經睡著了。

他便不由自主又看她一會兒，直到在橘黃跳動的火光下，世界變得一片溫柔模糊，才和她一起沉沉睡去。

尾聲　昔我往矣

時隔三月，順天依舊是熙熙攘攘熱熱鬧鬧的景象。

阿南穿著薄薄衫子，抱著一兜杏子，豔衣靚飾招搖過市。走到胭脂巷，相熟的姑娘們看到她，驚喜不已地圍上來：「阿南，可好久沒見妳了呀，上哪兒去了？」

阿南愉快地給大家分杏子吃，說：「去了一趟江南，又回來了。」

「得虧妳最近不在，哎呀前天夜裡啊，京中大批官員和有錢人都往外跑。我們姊妹天快亮了才知道消息，還以為是瓦剌打來了，匆匆忙忙收拾好東西正要逃出去，結果妳猜怎麼著……」穿紅衣的姑娘嘟起嘴，氣惱道：「還沒出城，那些人又回來了，說是虛驚一場！這一場瞎折騰，妳說氣不氣人啊！」

阿南笑嘻嘻地吃著杏子，說：「那也是為了以防萬一嘛，還是穩妥點好。」

「對了，妳去江南幹什麼啊？現在江南好玩嗎？」

「江南很美，我還遇見了綺霞，她的笛子在杭州也挺受追捧的。」阿南笑道：「至於我嘛，說起來妳們不信，我這兩個月奔波，幹了件大事呢！」

姑娘們嘲笑道：「妳能幹什麼大事呀，不會是釣了個金龜婿吧？那妳怎麼還一個人在街上閒逛？」

阿南沒法說自己為順天做了一點微不足道的貢獻，正笑著吃杏子，身旁嘰嘰喳喳的姑娘們忽然都閉了口，個個看著她的身後，露出意味深長的笑容。

阿南轉頭一看，身著朱紅羅衣的朱聿恆，騎在高大的烏黑駿馬上，正向她行來。日光斑暈透過樹蔭在他身上輾轉流過，光華灩灩。

這個男人，難怪能迷倒坊間無數姑娘。

阿南的臉上流露笑意，朝著他揮了揮手，叫：「阿言！」

朱聿恆縱馬來到她身邊，從馬上俯身下來，問她：「來這邊，是要去看妳之前住的地方嗎？」

「對呀，我倉促離開，還沒來得及賠償房東呢。」阿南笑道：「我得回去看看。」

「不用了，神機營已經按照市價賠償過了，他們正在蓋新房子呢。」

「那我的東西呢？」

「我派人去清理過了，現在東西應該在……」朱聿恆回頭看向韋杭之，韋杭之板著臉回答：「屋子塌陷後，是刑部的人來收拾的，他們熟悉清理這些。如今應該在他們的倉庫中。」

阿南斜睨著朱聿恆，說：「沒找到什麼罪證吧？沒有就快點把我的東西還給我！」

理虧的朱聿恆只能避而不答，示意身後人騰出一匹馬給阿南。

阿南隨手把杏子整兜送給姑娘們，翻身上馬，在姑娘們「就知道妳釣到金龜婿」的豔羨目光中，無奈朝她們揮揮手。

夏日午後，柳蔭風動。

「對了，阿言。」打馬前行時，回頭看看韋杭之，笑著湊到朱聿恆耳邊，低聲問：「怎麼韋副統領的臉色，好像不太好看？」

「我下地道之前，把他支去辦事了，因為知道他肯定會阻攔我。」朱聿恆壓低聲音，不讓其他人聽到：「所以這幾天，他一直這副模樣。」

「這還得了，這是給你臉色看啊提督大人！」阿南噗哧一聲笑出來，用鞭子敲敲他的馬背。「對了對了，我這次出生入死，立了這麼大功，朝廷對我有沒有賞賜啊？」

朱聿恆側過臉朝她微揚脣角：「我已經向朝廷提交，目前還在審議中。」

「哎，不用這麼麻煩啦，其實吧，你們把一個人交還給我就行了。」

朱聿恆當然知道她口中所說的那個人是誰。他略一沉吟，說道：「妳是妳，他是他。此次妳雖然立下奇功，但拿妳的功抵他的過，沒有這樣的道理。」

阿南嘟著嘴道：「什麼叫抵他的過？現在案子都水落石出了，公子和三大殿起火案沒有半點關係，你還不趕緊去打錦衣衛的臉，把公子放出來？」

朱聿恆頓了一頓，問：「妳陪我出生入死，奮不顧身，都是為了妳家公子？」

「阿言，你說這話好沒良心啊。」阿南反問：「你要查清三大殿的縱火犯，我也要為公子洗脫嫌疑，咱倆不是剛好一拍即合麼？而且現在也造福百姓拯救順天了，不是最好的結局嗎？」

他沒有回答，神情漸漸地冷了下來。

「果然如此……」他低低地說著，然後抬眼看她，嘴角輕扯，露出一抹自嘲的笑。

那火海中出生入死的相隨，那不分彼此心有靈犀的配合，那不顧生死將他的毒血吸出的行動……

終究，全都是他一廂情願，自以為是。

太陽穴上青筋跳得厲害，他不想與她就這個問題糾纏下去了，只以公事公辦的強硬語氣道：「就算竺星河與此事無關，但朝廷也不能因此而罔視流程。到時候自會查驗釋放，妳何必心急。」

阿南噘起嘴，兩腮鼓鼓地瞪著他。

見這邊氣氛不對，韋杭之撥馬過來，站在旁邊不敢出聲。

朱聿恆避開阿南的逼視，轉頭問他：「怎麼了？」

「聖上急召，讓大人立即到宮內覲見。」

朱聿恆便將隨身的權杖解下來交給侍衛，說：「你帶阿南姑娘去刑部跑一趟。」

阿南眼看著他快馬加鞭離去，氣惱地嘟囔了一句：「說到正事就跑，怎麼回事啊！」

權杖一亮，刑部最深一進院落內，牆壁最厚、門鎖最堅固的那間證物房，就為阿南打開了。

守衛詢問了她要找的東西，帶她走到貼著「短松胡同」四字的櫃子前，打開櫃門讓她自行尋找。

阿南打開一看，裡面有摔壞的提燈、破掉的瓶瓶罐罐、缺腿的櫃子……甚至連她買的絹花和衣衫都在。

拿起那盞提燈，阿南想起自己與阿言初遇時那一場大戰，不由得笑了出來。

幸好初遇的那一夜，她收住了手中流光；幸好黃河激流時，她在渾濁泥水中看見了他的手；幸好在春波樓，她一擲定乾坤，讓他留在了自己身邊。

否則，她這輩子也不可能有與阿言一起經歷的這一切了。

翻了翻東西，其他都在，就是沒有那只遺失在神機營的蜻蜓。

「奇怪……」阿南思忖著，難道說，因為是丟在困樓內的，結果沒有一併送到短松胡同這邊來？

「看來，得再讓阿言去神機營找找了。」她自言自語著，正要出去，一眼瞥到旁邊的櫃子上貼著「蒯承明」三個字。

阿南一時有些好奇。不知蒯承明是怎麼發現關先生的地圖和地道的呢？此人也是個厲害人物，潛心設計二十來年，最後雖功虧一簣，但是差點掀翻了這個朝廷啊……

她轉頭看門外，見帶她來的侍衛正和庫房守衛在門口閒聊，心想，他們怎願多事幫她打開呢，還是自己來吧。

她把外面短松胡同的櫃門敞開著，擋住自己的身影，然後從臂環裡抽出一根尖細的鉤子，插進蒯承明櫃子的鎖孔，慢慢地控制著手指，尋找鎖芯的壓力。

手指的靈活度終究還是比不上以前了，以至於她用了十來息的時間，才將這個鎖打開。

裡面也是整整齊齊擺放的東西。阿南飛快翻看那些個人雜物，都是些平凡物事，又翻了翻他的手箚之類，也全都是無關緊要的宮中帳目和雜事。

想來也是，這人心機如此深沉，怎麼會輕易留下把柄讓人抓住。

阿南正想將櫃門闔上，目光瞥過角落，發現有個不起眼的小盒子，便隨手打開一看，然後猛然皺起眉頭。

那是一個表面凹凸不平的鐵彈丸。

這東西，她自然再熟悉不過，因為是她親手製作的。

他們內部拿來傳遞機密資訊的東西，打開的方法，也只有寥寥數人知道。為什麼，它會出現在這裡？

阿南毫不猶豫，抬手拿起它，用指尖熟稔旋轉，再一按一壓，不過彈指間，它便打開了。

她抽出裡面的紙條，看到了上面的字。

「哇，簡直膽大妄為，居然敢說當今皇帝是匪首，嘖嘖嘖，真是我輩中人……」阿南低呼著，又看下去，一直到最後那句「以我輩微軀祭獻火海，伏願我朝一脈正統，千秋萬代」，她才臉色驟變。

後背有微汗沁出，她呼吸滯了片刻，然後才回過神，立即將紙條重新捲好，塞回彈丸之中，然後將它關閉如舊，放回原處。

悄無聲息鎖好薊承明的櫃門，她抄起旁邊櫃子內那盞已經砸得不成樣子的提燈，走出庫房，展示給守衛看：「我要拿走這個。」

等守衛登記好後，她才告別了帶自己來的侍衛，提著那盞破敗的燈，縱馬離去。

盛夏午後，槐樹蔭濃，知了遠遠近近的叫聲，傳到耳邊無比嘈雜。

遠離了刑部之後，她勒馬站在樹蔭下，捏緊了手中的燈把。她強迫自己平靜下來，將這驟然被自己發現的祕密，理了一遍。

公子與三大殿的起火案，有關聯。

薊承明是效忠於他的宮中眼目，紙條正是傳給公子的。

阿言說過公子曾在起火當夜潛入三大殿，看來，是真的。

阿言看過這張紙條，所以才會知道地道密語是「一脈正統，千秋萬代」中的「一、正、千、萬」四個字。

無論她立下多大的功勞，朝廷都不可能釋放公子。不是幽囚一輩子，就是被祕密殺害。

因為，他們已經知道，公子的真實身分了。

她用微微顫抖的手，死死捏住手中提燈柄，掌心被硌出深深紅印，卻彷彿沒有知覺。

難怪……難怪阿言一直不肯答應釋放公子，甚至寧可一再欺騙她。

原來她一直是與虎謀皮，白費心機！

一霎間心緒混亂，氣恨與驚懼填塞了她的胸臆，她恨不得立即衝到宮裡去，把阿言揪出來，狠狠質問他。

但，令她氣昏頭的潮熱很快過去了。阿南深深地吸氣，又長長地出了一口氣，強迫自己鎮定下來。

事到如今，氣憤又有何用。

她唯一能彌補過失的辦法，是盡早將公子救出，以免他遭遇不測。

朱聿恆騎馬入宮門，看見聖上正站在三大殿的殿基前，背手沉思。

廢墟已經清理完畢，但聖上沒有重建的意思，只任由三座空蕩蕩的雲石平臺排列在紅牆之內，長出稀疏的青草。

朱聿恆下馬上前，見過祖父。

祖父帶著他，走到那已經被徹底封存的地道入口邊，低頭看了看，說：「聿兒，你此次救了整座順天城，可謂厥功至偉，朕該如何嘉獎你才對啊？」

「孫兒不敢居功。此次順天危在旦夕，是阿南在生死關頭挽救的，葛稚雅更是因此殞身，義行可嘉。」

聖上點點頭，若有所思問：「阿南，是那個你一路追到杭州的女海客？」

朱聿恆應道：「是。」

「是那批海外歸來的青蓮宗眾首領之一？」

朱聿恆看到祖父眼中的銳利神色，立即道：「也是她在危急關頭救治了孫兒。孫兒認為，她並非那種妖言惑眾的作亂分子。」

「你確信？」祖父若有所思地端詳著他神色。「這女子來歷不明，舉止不端，你切莫因為短短幾日的接觸，而受她蠱惑。」

朱聿恆堅定道：「阿南幾次三番救我於水火之中，為了無親無故的小孩、為了順天近百萬民眾，她都能奮不顧身赴湯蹈火。就算她舉止荒誕，與世上所有女子迥異，但孫兒相信，她確是心地善良、大節無虧。」

祖父看著他眼中無比篤定的神情，沉吟許久，終於緩緩抬手拍了拍他的肩，說道：「她是有功之臣，朕怎麼會不念功勞呢？既然如此，她便全權交由你吧，朕隨便你怎麼處置她。」

朱聿恆謝過了祖父，又苦笑著想，是誰處置誰，還不一定呢。

祖父又看了看他衣領下的脖頸，問：「你說，她在危急關頭救治了你？她是如何救治的？」

朱聿恆將當時情形說了一遍，又將衣領略略扯開一些。

他身上的血線，依然縈繞在身，怵目驚心。

「孫兒醒來後曾問過阿南，她說，這應該是九玄門的山河社稷圖。但九玄門早已湮沒在戰亂之中，阿南也只在古簡中見過記載。據說奇經八脈依次崩裂如血線，待到八脈盡斷之時，便是中術之人……殞命之時。」

「魏延齡臨死前，也是這麼說的。但他只在年少時見過，他師父無法救治，斷為絕症，因而他也束手無策。」聖上面沉似水，又問：「那個阿南，是否知道如何解救？」

「不知，之前那陣法發動之時，引動我這兩條血線，阿南只能在倉促間幫我清掉瘀血，讓我清醒過來。但之後很快血線又再度生成，顯是治標不治本的法子。」朱聿恆沉重搖頭道：「至於九玄門在何方何處、是否還有後人，我們都無從知曉。」

聖上一掌擊在玉石欄杆上，怒問：「那為什麼每次你身上的異變，都與天災人禍有關？順天如此、黃河如此，必是有人藉機興風作浪！」

朱聿恆想起地下通道那些利用黃鐵礦而製作的壁畫，只覺心頭盡是寒意：「此次在地下，我們亦有了些微線索，猜想第四次或許是在玉門關，只是都尚待驗證。」

聖上看著面前風華正茂的朱聿恆，又想著他如今身負的沉重未來，不由得長嘆了一聲。

「去吧……去找那個阿南。」他拍了拍孫兒挺拔如竹的脊背，說道：「既然是六十年前青蓮宗留下來的東西，那麼六十年後，我們也得從這裡下手。」

朱聿恆強抑住胸口翻湧的氣息，默然點了點頭。

「聿兒，為了朕和你的父王、母妃，為了天下百姓，為了這必將由你扛起的山河社稷，你得不惜一切，不擇手段，活下去！」

杭州。

從京城南下的船，慢慢地順著運河駛進杭州城。

阿南獨自趴在船舷上，望著岸邊鱗次櫛比的人家，一直在發呆。

直到船靠了湧金門，阿南走上岸，想起上一次坐船入杭州時，萍娘划船、囡囡聽她講故事的情形。

不過兩、三月時間，物是人非，變化真快。

阿南記得囡囡的二舅就在湧金門這邊的，便向路邊大娘打聽著尋摸過去。剛到巷子口，便看見幾個孩子踢毽子的身影。阿南抬眼一看，其中一個穿著小花布衫、紮著兩個小揪兒的女孩子正是囡囡。

她的臉似乎圓了一些，臉頰紅撲撲、汗津津的，在樹蔭透下的陽光中閃閃發亮。

阿南站在巷子口，不由得笑了，釋懷又感傷。

「先別踢啦，來幫我剝蓮子。」她的二舅媽招呼孩子們過來，三個孩子一起坐在門檻上剝蓮子，她自己則坐在旁邊剖著菱角，說：「今天做個蓮子炒菱角，你們都愛吃魚，我剛在河邊買了兩條鯽魚，又肥又大……囡囡，妳那顆蓮子真嫩，嘗嘗看甜不甜？」

囡囡把手裡正在剝的那顆塞到嘴巴裡，笑了出來：「甜！」

「我這顆也甜！」「我這顆也是！」囡囡兩個表哥競相吃起來。

「別吃了別吃了，待會兒沒菜下鍋了……」

阿南正看著，身後忽然傳來一個熟悉的低沉聲音：「囡囡現在過得不錯，妳可以放心了。」

阿南怔了怔，回頭看去。逆光中對方輪廓清俊，正是朱聿恆。

她心下不禁湧起一陣驚喜，但隨即又抿住了唇，一聲不吭地離開巷子走了兩步，板著臉問他：「你怎麼也來杭州了？」

「我還沒有問妳，為什麼要不告而別，突然離開？」

說到這個，阿南頓時一肚子氣：「三大殿的案子不是已經結束了嗎？你又不肯履行承諾釋放公子，我不走難道還賴在順天嗎？」

「妳誤會了，其實我一直在向聖上爭取。只是竺星河身分特殊，目前朝廷一時難以決斷。」朱聿恆解釋：「只要他願意幫我，我一定會保住他的性命。」

「是嗎？」阿南抬起眼皮，朝他笑了笑。「可惜啊，死罪能免，活罪難饒？」

她一擊即中，朱聿恆默然不語。

「你之前不是也答應過葛稚雅的交換條件麼？她用薊承明的死陣，交換赦免她和葛家一族之罪。但你看她還不是清楚地知道皇帝肯定不會放過自己的，因此寧願死在地下。」

朱聿恆道：「葛家的罪，已經被赦免了。如今聖旨已下傳雲南，他們全族很快都可以結束流放，回歸葛嶺。」

阿南抱臂靠在身後樹幹上：「那是因為葛家的人死得差不多了。如果是葛稚雅還活著呢？」

「事情已經發生，妳又何必做如此假設？」朱聿恆自然知道自己祖父的脾氣，葛稚雅就算逃得一死，後半生也必定活得悽慘無比，因此避而不答。

「呵……」阿南翻了個白眼。「把我的蜻蜓還給我，我們兩清了。」

朱聿恆頓了一頓，道：「蜻蜓在應天，我到時找出來還給妳。」

「這可是我第三次問你了，你一直只說讓人找找。」阿南轉身就走，只撂下一句話：「事不過三，食言而肥啊提督大人！」

朱聿恆默不作聲，跟著她向巷子外走去。

阿南回頭看他：「跟著我幹什麼？」

他有點彆扭地轉開臉，避免與她對視：「一年之期未到，我確是不能食言而肥。」

阿南轉頭看他，脣角一抹他看不透的笑意：「對哦，提督大人還給我簽了賣身契呢，看來……我不帶著你不行了？」

他哪裡聽不出話中的嘲諷意味，但也不願與她正面交鋒，只轉了話題，說道：「我命人帶了葛稚雅的骨灰回來，正要送往葛嶺，妳與我同去嗎？」

阿南心情鬱悶，轉過身去，本想一口回絕，但一低頭卻看見水面之上阿言的倒影。

他站在她的身後，在她本該看不見的地方，深深凝望著她，一瞬不瞬。

心裡那些厚厚築起的惱恨，終究在這一瞬間鬆動了。

她遲疑著，許久，嘆了一口氣，點了點頭，說：「我也承了她的救命之恩，那就……一起去吧。」

去往葛嶺，必然經過寶石山。

騎馬從山下經過時，阿南不覺仰頭看向顏色赭紅的山頂，彷彿能看到自己借居過的樂賞園。

朱聿恆便說道：「卓壽被削職為民，阿晏的祖父也被剝奪了爵位，官位降了好幾級。」

「阿晏呢？」她問。

「他本就因丁憂而離開官場了，朝廷也就沒追究。」朱聿恆淡淡道：「欺瞞朝廷、藏匿宦官是大罪，卓家本該流放邊關，能得如此處理，已經很幸運了。」

阿南斜了他一眼道：「看來，你在皇帝面前說話，果然很有用啊。」

朱聿恆垂眼催促馬匹，說道：「倒也不是因為我，卓家畢竟有從龍之功，我只是將原委說清楚了，聖上自有斟酌。」

阿南嘴角一撇，沒說什麼。

葛家全族流放，葛嶺故居早已荒廢，葛幼雄回來後，只清掃出了老宅的一間屋子，暫時住下。

阿南和朱聿恆去找葛幼雄時，他正蹲在後山的祖墳堆裡，拿著鐮刀在割草。

山頭荒墓成片，有老墳有新墳，眼看著不是一、兩日可以清理完畢的。
見他們過來，葛幼雄丟下鐮刀，忙不迭帶他們進屋。
廢宅之中無酒無茶，還是韋杭之帶人取了山間泉水，用小茶爐扇火烹茶。
阿南看看後方山頭，問：「葛先生，那幾個正在築的新墳是？」
「哦，是我爹娘和十妹的墳墓。唉，這麼久了，我爹娘的遺骸終於找回來了。」葛幼雄說著，抬手抹了抹眼角淚花。「天恩浩蕩啊，此次我葛氏全族蒙恩獲赦，爹娘落葉歸根，真是上天垂憐！」
阿南聽他這樣說，忍不住道：「這可不是上天垂憐，這是你的十妹葛稚雅立下不世功勳，朝廷看在她的分上，才赦免你們全家的。」
葛幼雄忙點頭道：「是啊，朝廷頒恩旨的時候，也提到了雅兒。我已經讓人給她做好了靈位，到時全族回歸，祠堂大祭，她是唯一享祭的女人，我們葛家有史以來第一個！」
說到這裡，他又疑惑試探問：「但我十妹……她不是恐水症去世的嗎？何況她一介女子，如何能為朝廷立功啊？」
「她之前憑著自己的才能，為朝廷頗出了些力。」朱聿恆一筆帶過，轉頭示意侍從們送上一本冊子。
「這是葛稚雅的遺物，這些年她研究的方子都記錄在案，有成功的也有失敗的，葛家可以去蕪存菁，錄在你們家傳的《抱朴玄方》上。」

「咦，是她這些年的心得嗎？」見冊子放在桌上，阿南有些驚喜，拿過來翻了翻。

孔雀石研粉甚為貴重，但以銅入醋所製之銅青，實與孔雀石粉無異。服之有毒，可以蛋清解之。

雷火灼熱，勝過凡火百倍。以銅線水瓶似可引而用之，但散逸亦極快，指尖觸之輒受重擊身麻，雞鴨可立斃。

軍中各營所用之火藥係洪武三年劉基所配，為芒硝一斤、硫磺一兩、炭四兩。試將芒硝用量稍增一兩，減炭用量一兩，發射似更為爽利，銃管留存藥燼更少，或可改進。

……

凡此種種，從頭看到尾，全是這些零散的記載。

阿南掩上書卷，想起二十年間她心無旁騖，埋首其間的情形，有些嘆息，又有些羨慕。

她想起與葛稚雅交手時的情形，道：「我也見識過她的一些絕技，都記著呢，到時候添到你家絕學上去。」

葛幼雄聽他們這樣說，便開了櫃門鎖，取出那本陳舊發黃的《抱朴玄方》給他們看，為難道：「這是我葛家歷代先輩總結的經驗，代代相傳，每五十年增刪一次，加入傑出子弟的成果，刪掉不足不驗之方。沒有族中長老主持，我哪敢擅自動手？」

阿南攛掇道：「我看這書這麼舊，距離上一次也該有四、五十年了吧？如今你也改進了火炮，兄妹倆對葛家全族都有巨大貢獻啊，這書此時不修更待何時？」

聽她這麼說，葛幼雄顯然也是頗為心動，但還是躊躇道：「然則，這是葛家傳男不傳女的絕學，如今竟添上女人的方子，以後族規可怎麼寫呢……」

「還要這種族規幹什麼？你們葛家就是被族規害了，不然你十妹或許可以學得更多，成就更輝煌。」阿南心懷不滿，說話也不太客氣了。「你十妹從小就是你們族中頂尖的人才，若光大你們家學，豈不比現在你們葛家零落成這樣好？」

她這幾句話，頓時頂得葛幼雄面紅耳赤。

畢竟，葛家如今流放雲南，日服重役，確實人才凋敝。他已經算是際遇最好的了，用二十年的努力給自己洗了罪行，也只謀到個八品的衛所知事，葛家淪落至此，已是日薄西山了。

「可是姑娘，傳了女子後，出嫁就是別家的人了，我族中機密，怎可流傳外方？」

「我聽說，蜀中唐門的機巧之術，便是由諸葛家後代女子帶入唐家，如今發揚光大，為朝野軍民所用，也是好事一樁。」朱聿恆終於開了口，勸道：「如今時移世易，只要於國於民有利，又何必因循守舊，以至於折損你家族中大好人才？以我看，以後若是你們族中有聰慧靈透的女子，有志於此，也不必再阻攔其學習家學了。」

葛幼雄見他一番話說得立場如此之高，又代表朝廷旨意，遲疑半晌後，終於點頭道：「既然是朝廷的意思，我葛家自然謹遵，待族中長老回歸後，我們定會商議確定。」

阿南抬眼看著不遠處正在修建的新墳，想起當年葛稚雅的母親將女兒救下時，當眾發誓，女兒以後若是用了家學，她便死無葬身之地。

但葛稚雅，她既要鑽研家學，也要讓母親入土為安。

如今，她都做到了。

葛幼雄起身，將那本陳舊的《抱朴玄方》與葛稚雅的手卷一起放進櫃子。

瞥到櫃子內的一個卷軸，他想了想便拿出來，打開給他們看，說：「這是大姊出嫁時，我們這一輩幾個姊妹的畫像。你們看，這就是雅兒，當時她十四歲。」

垂柳依依之下，幾個姊妹或站或立，個個都是笑吟吟的模樣，但如今，都已經不在人世。

十四歲的葛稚雅，穿著鵝黃的衫子，倚著欄杆手拈菡萏，面容清秀稚嫩，脣角含著一絲天真笑意，看起來，是再普通不過的少女。

頭。

無人知道，她那時已經選擇了最為艱難的一條人生道路，從此生死再未回頭。

告別了葛幼雄，他們騎馬沿葛嶺迤邐而行。

前方林間樹下，挑出一幅青布，是路邊一間茶棚。天氣炎熱，阿南進去問老闆娘有備什麼果蔬，點兩盞時新渴水。

聞著新鮮瓜果的香味，阿南正湊到櫃前選果子，耳聽得輕微的叮一聲。

她回頭看向朱聿恆，發現他端坐在樹蔭中，手中正在解著自己給他做的岐中易。

他如今已能靈活地單手解十二天宮了，那手指在金屬圈環之中翻飛，不假思索，毫無凝滯之感。

無論如何，他的手還是讓她心情愉快。

端著兩盞西瓜渴水回來，她問：「手練得怎麼樣了？如果效果不錯的話，你可以試著將手和計算能力相連配合了。只要理出規則，說不定你破解岐中易的速度可以趕上公子呢。」

「他很快嗎？」朱聿恆輕扣住那個岐中易，抬眼看她。

「『五行決』最擅解析各種繁複錯綜的情況。我給他設置的岐中易，他解得可能比我做得還快。比如說……」阿南指了指他手中的「十二天宮」。「按照流傳已久的手法來導解，脫出第一步的三角環，便需要六十四步，而且每一步都有口訣，每一句口訣都需要結合勾連主環的情況。但公子經過推算後，總結出了一個方法，只需二十五步便能成功。」

「二十五步？」朱聿恆舉起手中繁複勾橫的那些圈環，雙眉微揚，道：「這未免，也太多了吧。」

「初生牛犢，不知深淺。」阿南嗤笑一聲，正要跟他擺道理，結果一看他已經抬手開解，立即抬手去阻止他。「別亂扯，懂不懂岐中易怎麼解？你這樣完全不符合《知岐解易》中的步法規矩，到時候越走越亂，纏在一處，各個環都要被你弄變形的……」

朱聿恆目光平靜地盯著她，將手略微收了收，避開她伸過來的手。他沒有去看那副岐中易，手卻一直未停。

纖長白皙的手指，以不可思議的動作穿插，似乎完全無視關節和筋絡的束縛。他的手指順著各個圓圈的弧度滑動，以中間的扁長橢圓為心，旋轉緊扣著的三角與圓形。一步，兩步，三步……

推索關聯、預設後路本就是他專長，每步之後便可以往下再推九步，所以不需要看這十二天宮，但所有步數都已經在他的預計之中。

毫不遲疑，手指迅捷，十二個圈環在他的帶動下，以不可思議的角度互相穿插，旋轉盤繞。

十幾步後，只聽得輕微的叮一聲，糾結在一起的那幾個鉤環陡然一鬆，赫然脫出了第一個三角形的環，靜靜被他捏在雙指中。

他脣角微揚，抬起手，將三角環放在她的手心中，說：「二十三步。」

阿南托著那個三角環，目光恍惚地盯著他，幾乎連呼吸都忘記了。

岐中易的聲響還在繼續，金屬的碰撞聲叮叮咚咚輕微悅耳。很快，他將第二個橢圓擺在了她的面前，然後是第三個、第四個……

隨著最後一個拆解動作的完成，只聽到噹啷聲連響，五個大小圈環齊齊跌墜於桌面。

與那些圈環一起落下的，還有他的雙手。

他將自己的手輕輕擱在桌上，抬眼看著面前的阿南，一言不發。

頭頂是夏日暑熱，薄薄的熱氣籠罩在他們周身。在熱氣蒸騰之中，世界變得有些虛妄，如在夢境之中。

阿南盯著他的手看了很久很久，目光才從他的手上慢慢抬起，望向他的眼睛，說道：「阿言，假以時日，說不定你能超越傳說中的三千階呢。」

「但我已經，沒有時日了。」朱聿恆聽出了她話中的期待，卻毫無喜色，只低低道：「若魏延齡預測得不錯，我的奇經八脈兩個月要崩潰一根的話，距離我第三次發作，已經迫在眉睫。」

「那又怎麼樣？」阿南蠻橫道：「那就順著你的病，反摸過去，把關先生的陣法給一一破掉啊！」

她毫不猶豫的話，讓朱聿恆呼吸一滯。

他對祖父所說的話，言猶在耳，與她今日對自己所說的，一模一樣——

既然對方設了如此之局，我們何不反客為主，扭轉乾坤？

他死死盯著阿南，而阿南，還以為他不相信自己的話，便又道：「背後的敵人可以害你，但反過來，你也可以利用它，尋找災禍發生地，對不對？」

原來這世上，真的有人和他一樣，不服輸，不認命，寧折不彎，永遠執著地跋涉於人生逆旅之上。

而這個人，就在他的面前。

望著阿南明湛的目光，在得知自己時日不久後的朱聿恆，終於第一次，發自內心地笑了出來。

彷彿發誓一般，他斬釘截鐵，一字一頓道：「對，我不會逃，更不會死。我會把幕後黑手揪出來，破除他所有的鬼蜮伎倆，然後，狠狠地予以反擊！」

——第一卷　神機　完——

司南

神機卷

司南神機卷 下

作　　者／側側輕寒
執 行 長／陳君平
榮譽發行人／黃鎮隆
協　　理／洪琇菁
總 編 輯／呂尚燁
執行編輯／陳昭燕
美術監製／沙雲佩
美術編輯／陳聖義
國際版權／黃令歡、梁名儀
企劃宣傳／陳品萱
內文校對／施亞蒨
內文排版／謝青秀

國家圖書館出版品預行編目資料

司南・神機卷 / 側側輕寒作 . -- 1 版 . -- 臺北市：城邦文化事業股份有限公司尖端出版：英屬蓋曼群島商家庭傳媒股份有限公司城邦分公司尖端出版發行，2023.05
冊；　公分
ISBN 978-626-356-321-6（下冊：平裝）

857.7　　112000725

出版／城邦文化事業股份有限公司　尖端出版
台北市 104 中山區民生東路二段 141 號 10 樓
電話：（02）2500-7600　傳真：（02）2500-2683
讀者服務信箱：7novels@mail2.spp.com.tw
發行／英屬蓋曼群島商家庭傳媒股份有限公司城邦分公司　尖端出版
台北市 104 中山區民生東路二段 141 號 10 樓
電話：（02）2500-7600　傳真：（02）2500-1979
劃撥專線：（03）312-4212
戶名：英屬蓋曼群島商家庭傳媒（股）公司城邦分公司
劃撥帳號：50003021
※ 劃撥金額未滿 500 元，請加付掛號郵資 50 元
法律顧問／王子文律師　元禾法律事務所　台北市羅斯福路三段 37 號 15 樓

台灣地區總經銷／中彰投以北（含宜花東）　楨彥有限公司
電話：（02）8919-3369　傳真：（02）8914-5524
雲嘉以南　威信圖書有限公司
（嘉義公司）電話：（05）233-3852　傳真：（05）233-3863
（高雄公司）電話：（07）373-0079　傳真：（07）373-0087
馬新地區總經銷／城邦（馬新）出版集團 Cite（M）Sdn Bhd
電話：603-9057-8822　傳真：603-9057-6622
E-mail：cite@cite.com.my
香港地區總經銷／城邦（香港）出版集團 Cite（H.K.）Publishing Group Limited
電話：852-2508-6231　傳真：852-2578-9337
E-mail：hkcite@biznetvigator.com

版　次／ 2023 年 5 月 1 版 1 刷